AF099879

Les chocolats ne fondent pas à Noël,
les cœurs oui !

©2020. EDICO
Édition : JDH Éditions
77600 Bussy-Saint-Georges. France
Imprimé par BoD – Books on Demand, Norderstedt, Allemagne

Réalisation graphique couverture : Cynthia Skorupa

ISBN : 978-2-38127-088-3
Dépôt légal : novembre 2020

Le Code de la propriété intellectuelle n'autorisant, aux termes de l'article L.122-5.2° et 3°a, d'une part, que les copies ou reproductions strictement réservées à l'usage privé du copiste et non destinées à une utilisation collective, et d'autre part, que les analyses et les courtes citations dans un but d'exemple et d'illustration, toute représentation ou reproduction intégrale ou partielle faite sans le consentement de l'auteur ou ses ayants droit ou ayants cause est illicite (art. L. 122-4).

Cette représentation ou reproduction, par quelque procédé que ce soit constituerait une contrefaçon sanctionnée par les articles L. 335-2 et suivants du Code de la propriété intellectuelle.

Clora Fontaine - Zéa Marshall – Jessica Motron
Bella Doré – Mickaële Eloy – Marie-Claude Catuogno
Agnès Brown – Nathalie Sambat

Les chocolats ne fondent pas à Noël, les cœurs oui !

Recueil de nouvelles

JDH Éditions
Romance Addict

Un Noël inattendu

Par Clora Fontaine

— 1 —

— Ah ! Enfin ! Cela fait au moins un quart d'heure que je tambourine ! Mamie est là ?

— Bonjour, répondit Jonas, interloqué par la tempête brune et bouclée qui déboulait dans le salon de Georgette et Lucien.

— Bonjour, bonjour, murmura la tornade sans se retourner, avant de hurler à tue-tête. Mamie ! Mamie, tu es là ? Papy ! Papy ! C'est moi, Katia ! Je suis arrivée !

Jonas referma la porte délicatement. Les bras croisés, il observa, perplexe, Katia faire les cent pas d'un bout à l'autre de la pièce.

La jeune femme vint jusqu'à lui :

— Ils sont absents ? Vous êtes qui, vous, déjà ? Jonathan, c'est ça ?

— Ils sont dans leur bureau, en train de régler quelques affaires avec un fournisseur. Moi, je suis Jonas. Enchanté également.

De ses grands yeux bleus, elle dévisagea celui qu'elle considérait comme un inquisiteur tout en se retournant au son des pas de sa grand-mère sur le carrelage. Elle fonça vers elle pour se plonger dans ses bras.

— Mamie… Qu'est-ce que ça fait du bien de te voir…

Georgette sourit en étreignant son unique petite-fille, qui avait pris la décision de s'expatrier, de vivre « chez les fous », à Paris. Voilà six mois qu'elles ne s'étaient vues, et chacune en souffrait. Jonas perçut ce manque dans l'intensité de l'étreinte de Georgette. Sans un mot, il quitta la pièce pour mieux préserver leur intimité.

Georgette en profita pour l'interpeller :

— Jonas, auriez-vous la gentillesse de nous faire du thé ?

— Sans problème. Earl Grey pour toutes les deux ? Ou je prévois également Lucien ?

— Je pense que Lucien prendra un déca. Et si vous voulez vous joindre à nous…

— Désolé, il va être l'heure d'aller faire le tour des chevaux. Je vous prépare un plateau.

— Oh… Et si vous aviez du miel, vous seriez un ange.

Cette dernière requête de Katia, lancée sur ton à la fois mielleux et hautain, piqua le jeune homme au vif. Cependant, il choisit la version pacifique pour répliquer.

— Très bien, Mademoiselle. Un miel à la lavande ?

Elle acquiesça, ignorant la pointe de sarcasme.

Aussitôt que Jonas fut dans la cuisine, Georgette s'empressa de débarrasser Katia de son manteau et l'invita à s'asseoir sur le canapé, au coin de la cheminée. Elles avaient tant à se confier. Lucien ne tarda pas à les rejoindre. Ils discutèrent du quotidien de Katia, de son travail d'acheteuse professionnelle pour une grande enseigne française de vêtements. Bien entendu, la conversation dériva sur sa vie sentimentale.

— Et ce jeune homme dont tu me parlais l'été dernier ? Comment va-t-il ? Il ne devait pas venir avec toi pour les fêtes ?

Katia baissa ses yeux embués en triturant l'ourlet de son pull.

— Oh… Tu sais, Mamie, les garçons ne sont pas tous des perles comme Papy…

Georgette fit la moue et serra Katia dans ses bras. Lucien les observa, désabusé.

Dans la cuisine, Jonas s'affairait à la préparation du breuvage réconfortant. Il bouillait intérieurement et manqua de se brûler en versant l'eau dans la tasse de Katia. Son comportement l'avait échauffé. Cette façon d'entrer et de hurler, d'agir comme si elle était chez elle ! Être la petite-fille de ses patrons ne l'autorisait tout de même pas à manquer de savoir-vivre ! Georgette et Lucien lui avaient vanté une jeune femme belle, sage et bien élevée. Ils avaient tout à fait raison sur le premier point, néanmoins, les deux autres méritaient une explication. Il se hâta de terminer afin d'aller trouver calme et réconfort auprès des chevaux.

Il entra dans le salon d'un pas lourd, et se ravisa aussitôt. Katia, le visage plongé dans le cou de sa grand-mère, hoquetait. Sa tension disparut en un instant, troublé par la scène qui se jouait. Les débordements émotionnels le mettaient mal à l'aise. Georgette lui fit signe de poser le plateau et le remercia. Il s'éclipsa en toute discrétion et s'empressa d'aller vaquer à ses attributions premières.

Dans les écuries, Déborah l'interrompit en plein brossage d'*Étoile de Vénus*. Sa nervosité était de retour.

— Tu as l'air agacé. Ou perdu.
— Hum…
— Qu'est-ce qu'il se passe ?
— La petite-fille des patrons a débarqué.
— Houlà…
— Quoi ?
— Pour que tu appelles Georgette et Lucien tes «patrons», c'est que ça ne va pas.
— Elle est égocentrique et hautaine. Je ne veux pas que tu la rencontres.
— Je vais peut-être la croiser tout de même. Je te rappelle que nous dînons ici tous les soirs.
— Eh bien, nous allons changer nos habitudes et manger chez nous.

Déborah ne renchérit pas. Elle saisit une étrille et s'installa dans le box suivant afin de panser *King Black*. La séance de soins se déroula dans un silence de plomb. Déborah n'osait ouvrir la bouche. Elle savait que, quoi qu'elle dise, Jonas serait offensé. Il pouvait se montrer doux et compréhensif autant que borné et étroit d'esprit. Lorsqu'une personne ne lui plaisait pas, il campait sur ses positions, coûte que coûte.

Lui, de son côté, soufflait et tergiversait. Il n'arrivait toujours pas à se défaire du comportement sans gêne et méprisant de cette petite pimbêche ! Cela faisait cinq ans qu'il travaillait pour Georgette et Lucien. Il n'avait jamais vu Katia. En principe, elle venait lorsqu'il était en vacances. Il lui semblait la connaître simplement au travers des louanges de ses employeurs. Il avait été bien déçu, aujourd'hui. Elle l'avait purement ignoré, avait écorché son prénom sans s'excuser et sans prendre la peine d'écouter sa réponse. Ce genre d'attitude le mettait vraiment hors de lui. Mais, au-delà de tout, il avait le sentiment d'avoir été trahi par ses patrons. Il partageait leurs vies, leur quotidien, leurs émotions, leurs humeurs depuis si longtemps. Bien sûr, il ne se serait jamais permis de s'identifier à leur fils ou petit-fils. Il les connaissait cependant avec une certaine intimité. Et le contraire était tout aussi juste. En cet instant précis, pourtant, ils lui apparurent comme deux étrangers.

Au moment de préparer le repas, Jonas prit soin d'avertir Georgette que Déborah et lui ne seraient pas présents, au prétexte qu'il souhaitait les laisser profiter de leur petite-fille et passer du temps en famille. La septuagénaire le remercia de sa prévenance, bien qu'elle eût aimé qu'ils fassent plus ample connaissance avec Katia, surtout Déborah – une présence féminine et jeune ne lui ferait pas de mal. Jonas n'osa lui avouer que l'aperçu qu'il avait eu de la Parisienne lui avait largement suffi, que le fait de devoir la croiser tous les jours jusqu'à Noël ne l'enchantait guère, et donc qu'il n'était pas vraiment enclin à ce que sa sœur puisse fréquenter une personnalité si dédaigneuse.

De part et d'autre de la propriété, la soirée fut tranquille.

Katia avait recouvré sa sérénité et dégustait la soupe de légumes de sa grand-mère comme si elle n'en avait jamais mangé, retrouvant les saveurs et les odeurs de son enfance.

Un Noël inattendu

Juste avant le couvre-feu, la tisane de tilleul au coin du feu lui offrit le réconfort attendu, sous le regard bienveillant de ses grands-parents.

Jonas et Déborah partagèrent une pizza maison, autour d'un jeu de société et de discussions à bâtons rompus sur le lycée et le déroulement de l'année scolaire de la jeune fille. Elle n'osa aborder le point qui la troublait depuis quelques jours. Elle s'entêtait à penser qu'il ne comprendrait pas. Un court instant, elle aurait aimé rencontrer cette Katia afin de juger par elle-même si elles auraient pu, sans devenir amies, au moins s'entretenir de préoccupations féminines. Malheureusement, ce cher Jonas était si têtu qu'une telle hypothèse était à bannir.

— 2 —

Les jours qui suivirent ne furent guère plus reluisants. Jonas s'évertuait à éviter soigneusement « la Parisienne », ainsi qu'il l'avait baptisée. Katia, quant à elle, ne se souciait guère de la présence du palefrenier. Il se débrouillait pour manger plus tard le midi, utilisait le prétexte des devoirs de Déborah pour éviter de partager les repas du soir et ne cessait de guetter les allées et venues de Katia afin de ne pas la croiser dans la maison.

Les trésors d'efforts déployés par le jeune homme furent cependant réduits à néant lorsque la citadine le surprit un après-midi. Il dessellait *Œil de Velours* après un tour en forêt. Vêtue d'un anorak, d'un jean slim et de bottines vernies aux talons aiguilles, un ensemble largement inadapté aux températures hivernales, elle s'approcha. À la seule vue de sa tenue, Jonas se moqua intérieurement. Katia était jolie, même belle, mais apparemment bien plus attachée à la mode qu'au côté pratique des vêtements !

— Est-ce que vous pourriez me mener en ville ?

L'absence de formule de politesse exaspéra Jonas. Il rétorqua, sans daigner lui jeter un regard :

— Tout d'abord, bonjour ! Vous n'avez pas le permis ou vous ne connaissez pas la route ? Et un petit « s'il vous plaît » ne serait pas de refus, charmante demoiselle !

— Oh ! Bien… Excusez-moi, Monseigneur ! Je reformule : Bonjour, Monsieur, auriez-vous l'obligeance de bien vouloir me conduire à la ville, s'il vous plaît, Monsieur ?

— C'est mieux… Oui.

— Pour votre information, non, je n'ai pas le permis ! Je ne vois guère à quoi il me servirait à Paris ! Je vais me préparer. Vers quelle heure serez-vous disponible ?

— Tout de suite, si vous le souhaitez.

— Très bien, alors je reviens.

Un Noël inattendu

En reprenant le chemin de la maison, la jeune femme se retourna et lança, sans colère :

— Quant à la politesse, veuillez m'excuser, mais je ne pensais pas que cela vous préoccupait autant quand je vois le mal que vous vous donnez pour ne pas m'adresser la parole ! À tout de suite !

Jonas jeta la selle et soupira. Cette fille était vraiment exaspérante !

Deux minutes plus tard, Katia sortait de la maison, parée pour aller remplir sa hotte de Noël. Elle distingua Jonas et Déborah près des écuries. La discussion paraissait animée. Elle resta à côté du 4x4 afin d'éviter un impair, faisant mine d'observer les champs voisins, totalement désertés.

Le jeune homme se rendit compte de sa présence et clôtura le débat avec sa sœur qui le suppliait de les accompagner. Au fur et à mesure qu'il approchait de la voiture, son air moqueur prenait le dessus.

— C'est ça que vous appelez « vous préparer » ?

— Oui, pourquoi ?

Jonas tendit une paire de bottes de jardinier à Katia qui les saisit, une expression de dégoût sur le visage.

— Elles ne vont pas vous mordre.

Katia grimaça.

— Mais je vous comprends : elles seront moins *tendance* que vos petits bottillons. Par contre, nous n'avons pas de grand centre commercial, donc je vous conseille vivement de les enfiler si vous ne tenez pas à vous casser une jambe !

Dans le véhicule, un silence de mort les accompagnait. Katia était recroquevillée sur elle-même et Jonas conduisait nerveusement. L'un comme l'autre ne savait comment entamer la conversation et encore moins comment la poursuivre. Ils n'avaient rien en commun. Katia était persuadée que Jonas était un homme bourru, campagnard, sans aucune finesse et dénué de sentiments. C'est lui qui se risqua :

— Où est-ce que je vous dépose ?

— Il y a un magasin de cadeaux, ou quelque chose dans le même style ?

— Vous cherchez des idées pour vos grands-parents ?

Elle acquiesça d'un simple hochement de tête.

— Pour Georgette, je vous conseille le magasin de thé et café. Vous pourrez trouver de jolies tasses en porcelaine. Elle en raffole. Et pour Lucien, vous pouvez vous rendre à la librairie, il est fan de bandes dessinées.

— C'est gentil, mais c'est ce que j'allais faire.

Elle détourna la tête afin de masquer son malaise. Cet homme, bien que simple employé de ses grands-parents, semblait bien les connaître. Elle avait entendu parler de lui fort souvent, mais ne pensait pas qu'il fût lui-même autant attaché à Georgette et Lucien. Ce fut plus son intérêt pour eux qui la déstabilisa que sa propre ignorance à trouver un présent qui leur ferait plaisir.

Jonas, quant à lui, n'insista pas. Il perçut la gêne dans l'attitude de Katia, dissimulée par une fausse fierté.

— Et vous, vous n'avez rien à acheter ?

Il comprit très bien le but de la question.

— Je ne sais pas encore comment la gâter…

— Un parfum, du maquillage… à moins qu'elle n'ait pas le droit.

— Je ne suis pas un sauvage et encore moins un dictateur. Déborah peut tout à fait se maquiller. Mais je ne sais pas si elle s'intéresse à ce genre de futilités.

— Quand on a dix-sept, dix-huit ans, que l'on prend soin de se coiffer et que l'on porte des vêtements en accord les uns avec les autres, même pour panser les chevaux, on s'intéresse à ce genre de futilités. Je vous parle d'elle, pas de vous, ni de moi, bien que je sois une fille.

Il sourit de biais. Mais pour qui se prenait cette mégère ? Elle se permettait en plus de lui donner des conseils sur la façon de gérer le Noël de sa propre sœur.

Percevant l'agacement de son chauffeur, Katia conclut, en descendant de la voiture :

— Et ce n'est pas parce qu'elle aimera se maquiller qu'elle finira à Paris, chez les fous ! Sur ces bonnes paroles, je vous remercie. À tout à l'heure.

— Vous en avez pour longtemps ?

— Environ une demi-heure ou trois quarts d'heure.

— D'accord, je vous attends.

Et bien que l'idée lui paraisse encore saugrenue, il se dirigea sur le trottoir d'en face et entra dans la parfumerie.

— 3 —

Déborah redoutait l'arrivée du week-end.

En temps normal, Jonas et elle passaient la majeure partie des deux jours en compagnie de Georgette et Lucien. Qu'en serait-il cette fois ? Devrait-elle subir la mauvaise humeur fraternelle pendant quarante-huit heures ? Elle souffrait presque de ne pouvoir aller au lycée. Il représentait son échappatoire en cette période tendue.

La question ne se posa pas très longtemps.

Vers dix heures, le samedi matin, Georgette arriva sur le pas de leur porte pour les convier au repas de midi.

— Oh… Je suis désolé, commença Jonas.

À ces mots, Déborah leva la tête. Il allait mentir ouvertement. Elle reconnut instantanément son air de martyr faussement malade ! Elle n'en croyait pas ses oreilles ! Il était si proche de ses employeurs. Il les respectait et les estimait plus que quiconque. Comment pouvait-il leur faire ce coup-là ?

Dès le départ de la septuagénaire, la jeune fille prit ses révisions de maths sous le bras et, tout en filant dans sa chambre, lui lança, amère :

— Tu n'oublieras pas de réciter trois « Notre Père » et autant de « Je vous salue, Marie » ! C'est ce que tu me dis d'habitude, non ?

— Ce n'est pas la même chose !

Elle se retourna, le visage dur :

— C'est un mensonge, un manque de respect envers eux ! Pour une fois, c'est toi qui devrais avoir honte ! Tu as peur de quoi ? Que la Parisienne te mange ? Ne t'en fais pas, je l'en empêcherai. Je ne voudrais pas qu'elle ait une indigestion !

Déborah claqua la porte de sa chambre.

Son frère ne lui fit aucune remontrance. Dans le fond, elle avait raison. Il n'était pas fier de lui. Il sortit dans le jardin. L'air était sec et le soleil brillait fort. Il aimait ce temps d'hiver où la beauté d'un ciel dégagé permettait à la nature de nous offrir ses trésors. La neige, tombée pendant la nuit, recouvrait l'ensemble de la propriété et les champs alentour. Des oiseaux piaillaient de-ci de-là ; les chevaux hennissaient et les chèvres bêlaient. Jonas s'assit au bord de la porte-fenêtre et décacheta le paquet de cigarettes dissimulé depuis son embauche dans la propriété.

Il s'interrogea sur son comportement. Déborah avait soulevé un point important : il mentait ouvertement et manquait de respect à ceux qui l'avaient accueilli sans réserve, cinq ans auparavant.

Il avait vingt-trois ans quand il avait posé sa valise à Meillac, à la suite de la parution d'une petite annonce indiquant que des exploitants agricoles cherchaient un palefrenier. Jonas et Déborah avaient perdu leur maman d'un cancer trois ans plus tôt. Il avait travaillé dur pour subvenir aux besoins de sa sœur, refusant à cor et à cri que la DDASS la prenne en charge. Son père avait déjà eu la bonne idée de les laisser tomber alors qu'elle savait à peine marcher, il était hors de question qu'elle se retrouve seule et élevée par des inconnus quand bien même son frère était en âge de le faire. Il avait abandonné ses études de comptabilité, puis enchaîné les emplois d'agent d'accueil dans une société immobilière, de conseiller au guichet dans une banque en passant par caissier dans un supermarché. Malheureusement, Jonas savait pertinemment que ces emplois ne suffiraient pas à assurer un avenir solide à lui et à sa petite sœur.

Passionné de chevaux depuis l'enfance, il avait arrêté l'équitation après son baccalauréat, les études et sa passion n'auraient pu se cumuler, d'autant que sa mère était tombée malade à la même période. En parcourant les annonces de l'agence pour l'emploi, celle de Georgette et Lucien avait retenu son attention et il avait décidé de tenter l'aventure. Après deux entretiens téléphoniques, il s'était présenté. Tout d'abord, surprise de le découvrir accompagné d'une petite tête blonde aux cheveux longs et bouclés, elle leur avait ouvert la porte et proposé un chocolat chaud. Jonas avait expliqué sa situation à ses futurs employeurs en avouant sa crainte de se voir refuser le travail.

— Tout le monde a droit à sa chance… lui avait répondu Georgette.

C'est sur cette belle phrase que l'aventure avait débuté, et continuait. Déborah avait trouvé sa place entre les propriétaires et son frère et adorait grandir au milieu des animaux. Jonas avait su combiner ses responsabilités et son travail, avec le soutien de ses patrons.

« Tout le monde a droit à sa chance. » À présent, il retournait cette phrase dans sa tête. Il écrasa son mégot sur le bord de la porte-fenêtre, rentra et le jeta à la poubelle sous le regard étonné de Déborah.

— Je reviens, annonça-t-il sans plus d'explication.

Mais avant qu'il ne franchisse le seuil de la maison, elle eut le temps de lancer :

— Merci !

Ni Jonas ni Déborah ne vit le sourire serein sur le visage de l'autre.

Ce fut Katia qui lui ouvrit la porte.

— Je viens voir Georgette.

— Qu'est-ce que vous lui avez fait ?

— Mais rien… Pourquoi ?

— Elle est renfermée depuis qu'elle est revenue de chez vous !

— Je… je suis désolé…

— Vous pouvez !

Elle le toisa un instant et renchérit, sûre d'elle :

— Il ne s'agit pas de moi, mais de ma grand-mère. Je ne sais pas ce qu'elle vous trouve, mais elle a beaucoup d'affection pour vous ! Et là, vous venez de lui faire mal.

Un Noël inattendu

Alors, laissez vos jugements à la porte, et pensez un peu aux autres au lieu de vous focaliser sur vos préjugés !

Elle tourna les talons et regagna le canapé pour terminer la lecture de *Cosmopolitan,* laissant Jonas libre de discuter avec Georgette.

Celle-ci accepta les excuses embrouillées du jeune homme et le serra dans ses bras en signe de paix. Il courut se changer et revint, quelques minutes plus tard, Déborah sur ses talons.

La rencontre entre Katia et Déborah fut timide. Le regard lourd de Jonas bloquait toute envie de se confier librement. Contre toute attente, ce fut Lucien qui leur permit de lever le voile, entraînant le jeune homme dans son bureau, afin de vérifier une anomalie comptable.

À leur retour, les filles, tranquillement installées au coin du feu, parcouraient les magazines et s'extasiaient sur les collections d'hiver. Lucien haussa des épaules en guise d'incompréhension face à la mine atterrée de Jonas. Georgette crut bon de souligner :

— Vous avez vu comme elles s'entendent bien !

Son sourire lumineux effaça la rancœur de Jonas.

Le repas se déroula dans la bonne humeur, malgré la discrétion du jeune homme. Il restait méfiant quant à l'influence que celle qui demeurait « la Parisienne » pourrait avoir sur Déborah. Outre ce scepticisme, sa petite sœur parlait, plaisantait. Il était même en train de la découvrir. Elle discutait potins de stars et grands couturiers ! C'est au coin de l'évier, en aidant Georgette à débarrasser la table, que la raison le rattrapa :

— C'est pour cela que je voulais que Déborah rencontre Katia…

— Que voulez-vous dire ?

— C'est une fille, Jonas ! Elle a besoin de quelqu'un avec qui parler et qui la comprenne.

Il soupira.

— Je ne te juge pas et je ne juge pas la façon dont tu l'élèves et tu prends soin d'elle. Nombreux sont ceux qui l'auraient laissée au bord de la route ! Mais tu es un homme… Et, de plus, celui qui se rapproche le plus de l'image d'un père ! Elle ne va pas se confier à toi, elle ne te dira pas ses sentiments, ses problèmes. Et c'est normal. Il y a des choses que les filles ne veulent raconter qu'à des filles.

Il s'adossa près de la fenêtre et porta son regard au loin, ne sachant que répliquer. Il prenait tout à coup conscience du rôle qu'il s'était attribué envers sa sœur.

— J'espère ne rien avoir fichu en l'air…

Katia entra au même instant.

— Mais non, vous n'avez rien fichu en l'air.

Ses yeux bleus fixaient intensément ceux de Jonas.

— Cette petite est géniale. Elle regorge de vie ! Elle a beaucoup de chance, croyez-moi…

L'adolescente fit irruption dans l'encadrement de la porte :

— Jonas, est-ce que je pourrai aller faire les magasins mercredi ou le week-end prochain avec Katia ?

— Tu connais les règles… Tes devoirs…

Elle souffla bruyamment, tandis que Georgette faisait les gros yeux à son palefrenier. Katia n'osait intervenir. À présent que le dialogue était possible, elle ne tenait pas à relancer une offensive.

Jonas abdiqua.

— Oh… et puis si tu veux ! Ton trimestre a été très satisfaisant pour moi ! Tu as bien le droit de prendre du bon temps…

Déborah courut à lui :

— Super ! Merci. Tu es le meilleur…

Surpris par tant de ferveur, Jonas hésita une poignée de secondes à refermer ses bras sur elle afin de profiter de cette tendresse si rare entre eux.

Georgette et Katia, quant à elles, s'éclipsèrent pour laisser libre cours à leur intimité.

— 4 —

Pour leur journée *shopping*, Katia et Déborah se firent conduire jusqu'à Rennes par Jonas. Elles rentreraient par taxi ou bien prendraient les transports en commun, selon l'heure à laquelle elles auraient terminé leurs achats. Jonas avait un fournisseur à rencontrer, puis il retournerait tranquillement à la propriété.

Il n'eut pas besoin de chercher une place pour se garer, Déborah l'embrassa rapidement avant de descendre de la voiture, suivie de près par Katia qui conclut, légère :

— C'est une fille ! Ne faites pas la tête, je vous la rends propre et sage comme une image. Promis !

Jonas n'eut pas le temps de répliquer, elle avait déjà claqué la portière et s'éloignait au bras de l'adolescente, fascinée par l'univers gigantesque dans lequel elle allait plonger. Il se résigna et reprit son chemin en sens inverse.

Devant les yeux émerveillés de Déborah, Katia ne put s'empêcher de dire :

— On dirait que tu n'as jamais mis les pieds dans un centre commercial ?

— Si ! Mais pas aussi grand !

— Ne me dis pas que tu te limites à Meillac pour faire tes achats ?

— Non ! Bien sûr ! Quand il le faut, nous allons à Combourg.

Déborah demeurait extasiée par les lumières, le bruit, la foule, la hauteur du monument. Et les magasins : une centaine de boutiques collées les unes aux autres, toutes plus attirantes les unes que les autres, avec leurs vendeuses savamment maquillées et si élégantes ! Plongée dans sa découverte, elle ne prit pas part au regard ahuri de Katia qui, de crainte d'avoir mal entendu, reformula les propos de la jeune fille :

— Tu veux dire que tu ne connais que les hypermarchés locaux ?

— Oui, c'est ça. Mais c'est bien ! J'ai quand même dégoté deux ou trois vêtements de marque ! Je peux te dire que j'étais super heureuse.

— Je veux bien te croire.

Katia était abasourdie, mais ravie de pouvoir faire en sorte que la jeune fille s'immerge dans un univers qui lui plaisait.

Elles parcoururent une dizaine de boutiques avant de faire une pause pour déjeuner.

— C'est génial ! Je te remercie tellement de m'avoir fait venir avec toi !

— Ton frère était d'accord... C'est lui que tu peux remercier.

— Hum hum.

Déborah répondit avec une moue boudeuse.

— Sans doute n'y a-t-il jamais pensé...

La jeune fille haussa les épaules.

— Il est très... comment dire... Très masculin.

— Oui, et aussi borné et bourru ! renchérit Déborah.

Katia la fixa, interdite.

— Ne me regarde pas comme ça. C'est vrai, non ?

— Peut-être. Mais je suis plutôt en train de le défendre alors que ce devrait être à toi de le faire. C'est ton frère.

— Oui. Il est aussi gentil, patient, il écoute les gens... Il me supporte et a fait beaucoup d'efforts pour moi. Je le sais. C'est pour cela que je ne lui reproche pas d'être parfois si fermé. Je lui dois énormément. Et toi, tu as des frères et sœurs ?

— Non, je suis fille unique.

— Donc la seule petite-fille de Georgette et Lucien.

— C'est ça.

Par Clora Fontaine

Elles savouraient lentement leur soda quand Déborah aperçut Jérémy accompagné de ses *potes*, devant le magasin face à elle. Il lui fit un rapide signe de la main. L'adolescente, qui vira rouge pivoine, lui rendit sa marque d'attention. Katia se tourna aussi discrètement que possible. Elle n'eut besoin d'aucune explication pour changer de conversation :

— Ça fait combien de temps, lui et toi ?

De rouge pivoine, le teint de Déborah devint cramoisi en dix secondes.

— On… Je… Lui… Enfin, non, ce n'est pas ce que tu crois.

— Je ne crois rien. Je vois.

À présent, Déborah triturait nerveusement les miettes de son crumble.

— Alors ?

— On ne sort pas ensemble.

— Pourquoi ? Tu as l'air totalement fondue !

— Je ne sais pas…

Katia changea de place et se rapprocha de Déborah. Elle entoura ses épaules de son bras et la rassura avec toute la bienveillance d'une confidente.

— Tu sais, il faut un début à tout. Tu n'as pas à avoir peur ou honte, ou je ne sais quoi d'autre. Est-ce que tu en as parlé à quelqu'un ?

Déborah fit un signe négatif de la tête.

— Et tu veux en discuter ?

L'adolescente commença timidement ses confessions, puis de manière plus fluide, jusqu'à être en totale confiance. Elle n'avait jamais eu de copain, contrairement à ses amies de lycée. Elle se sentait si mal qu'elle avait inventé des histoires de vacances pour paraître moins niaise. Et, depuis la fin de l'année dernière, elle avait remarqué Jérémy. Ils partageaient certaines matières et s'entraidaient devant les difficultés : lui en histoire-géographie et en français, et elle en mathématiques. Elle avait réussi à remonter sa moyenne grâce à lui ! Jonas ignorait tout de cette amitié amoureuse. Et, la veille, à la fin des cours, Jérémy l'avait invitée pour une sortie au cinéma. Elle ne savait pas encore comment le demander à son frère.

Katia l'écouta, la conseilla. Elle lui promit de ne rien dire à Jonas, mais également qu'elle ne le ferait pas pour elle. Tout macho qu'il soit, il comprendrait.

— Tu crois ?
— Il a bien eu des copines !
— Pas depuis que nous sommes là.
— Tu ne le sais pas. Il ne te dit peut-être pas tout…

Déborah lança sur le ton de la plaisanterie :

— Ah, pourquoi ? Toi aussi tu souhaites te livrer ?
— Pourq… ? Oh, non ! Tu es bête !

Katia sourit à l'allusion de la jeune fille, un léger malaise au coin des lèvres et du ventre. En la connaissant bien, on pouvait même distinguer ses joues rosies. Que diable lui prenait-elle ? Certes, Jonas était bel homme, mais de là à imaginer ce genre de relation… Pourtant, les papillons qui lui chatouillaient l'estomac avaient tout l'air de vouloir lui faire passer un autre message.

L'après-midi se poursuivit dans la même gaieté que le matin. Vers seize heures, après un ultime thé à la menthe, elles appelèrent un taxi pour regagner Meillac.

Jonas tournait en rond. Il était presque dix-sept heures. Que faisaient-elles ? Il n'aurait pas dû accepter de les laisser rentrer seules. En cette saison, les routes étaient glissantes. Il redoutait qu'un accident ne complique un peu plus cette journée.

Au son de pneus écrasant le gravier, il sortit immédiatement. La nuit était tombée ; vêtu d'un simple pull, il invita

Par Clora Fontaine

Déborah à se mettre au chaud pendant que Katia réglait la course. Elle lui trouva un air grave et inquiet.

— Qu'est-ce qu'il se passe ?

— Entre et j'arrive, la somma-t-il sans explication.

La jeune fille obéit. Son cœur battait la chamade. Elle connaissait ce visage, ces traits, cette dureté mêlée de tristesse. Elle ne l'avait vu qu'une seule fois. Cela faisait maintenant huit ans.

Elle s'assit au bord de la table et attendit sagement.

Jonas apparut dans les pas de Katia. Il lui demanda également de prendre une chaise. Elle obtempéra sans rechigner.

Il était debout, devant elles, et frottait ses mains pour les réchauffer. Déborah voulait qu'il en finisse tout de suite, alors que Katia tentait de déchiffrer ses mimiques instables.

— Voilà… Je dois vous dire quelque chose… Il s'est passé… Enfin, euh…

— C'est qui ? le coupa Déborah.

Il toisa sa sœur. Katia tourna la tête vers l'adolescente pour découvrir un visage blême, des yeux brillants, au bord des larmes, et des lèvres tremblantes. Elle comprit.

— Mon Dieu !

Jonas s'approcha d'elle et lui prit les mains. Il mit tout son cœur pour lui expliquer comment, le matin même, en rentrant de Rennes, il avait trouvé les pompiers. Georgette était en larmes, elle faisait les cent pas et se rongeait les sangs. Lucien avait eu une crise cardiaque assez sérieuse.

— Il est…

— Non, il a été opéré en urgence. On lui a posé un pacemaker. Georgette est avec lui. Tout va bien. Votre grand-père va bien, Katia.

— Pourquoi tu n'as pas appelé ?

— Ton téléphone était là et celui de Katia ne répondait pas.

Aussitôt, la jeune femme s'empara du boîtier noir, dont la batterie était totalement déchargée. Elle le jeta dans son sac et laissa ses larmes couler dans le cou de Jonas.

Déborah se leva pour mettre la bouilloire en marche afin de préparer une boisson chaude. Elle prit soin de ranger les achats près du canapé et rejoignit les adultes. Elle aussi avait besoin de réconfort.

La soirée s'annonçait longue et maussade.

— 5 —

Jonas avait usé de fermeté face à l'insistance de Katia pour se rendre au chevet de son grand-père. À contrecœur, car il avait vu sa tristesse et son désespoir poindre au fur et à mesure qu'il lui avait dit que cela ne servirait à rien, que Georgette était déjà sur place, que les médecins faisaient leur travail et qu'il était en sécurité.

Il comprenait trop bien cette situation. Lui-même avait subi cette résistance lorsque sa mère était à l'hôpital, à quelques différences près : il était seul avec sa sœur, sans personne pour les rassurer, les serrer dans leurs bras et sécher leurs larmes.

Katia avait fini par s'endormir sur le canapé, vers une heure du matin.

Lorsqu'elle émergea, il était neuf heures passées. Elle se faufila doucement jusqu'à la cuisine, où l'odeur du café et du pain grillé lui réchauffa le cœur.

Déborah était attablée, dégustant de belles tartines de beurre et de confiture d'oranges avec son café, tout en lisant un magazine de chevaux. Jonas terminait sa tasse, accoudé au comptoir, le regard dans le vide. Le parfum sucré de Katia le sortit de ses rêveries.

— Comment ai-je atterri dans votre lit ?

— Je vous y ai installée une fois endormie.

— Et vous ?

Il fit un signe du côté du canapé où trônaient encore son plaid et son oreiller.

— Je suis désolée.

— Ne le soyez pas. Il est bien plus confortable qu'il n'y paraît…

— Et il a l'habitude, poursuit Déborah.

Katia l'interrogea de ses yeux bleus.

— Quand nous étions tous les deux, avant de venir ici, nous n'avions qu'un petit appartement, et Jonas dormait dans le canapé.

— Vous préférez thé ou café ? coupa-t-il, évitant toute réflexion ou débordement d'ordre sentimental sur une vie dont il ne souhaitait pas faire étalage ce matin-là.

— Thé, avec plaisir.

Elle prit place en face de Déborah. Alors que l'eau bouillait, Jonas revint avec une veste polaire qu'il lui mit sur les épaules. Elle accepta l'attention, avec un regard bien plus parlant que tout autre commentaire.

— Vous voulez aller à l'hôpital, aujourd'hui ?

— Oui, je vais appeler un taxi.

— Non, nous irons également avec Déborah.

— Ne vous sentez pas obligés de m'accompagner.

— Tu plaisantes ? s'indigna l'adolescente. Il s'agit de Lucien, nous n'allons pas attendre sagement ici. Nous allons le voir aussi !

La détermination de la jeune fille mit un terme à tout débat.

Une fois le petit-déjeuner avalé, Katia regagna la maison afin de se changer pour rendre visite à son aïeul.

Le trajet jusqu'à l'hôpital de Dinan fut silencieux. De temps à autre, Jonas portait un œil rapide en direction de Katia. Elle ne lâchait pas la route du regard. Elle semblait hypnotisée, plongée dans ses pensées. Déborah n'osait pas prendre la parole, il le voyait quand, dans le rétroviseur, il apercevait sa sœur ouvrir la bouche tout en se penchant légèrement en avant, se ravisant aussi vite.

Une fois sur place, ils trouvèrent Lucien fatigué et Georgette inquiète, mais alerte. Elle les rassura. Les médecins étaient intervenus à temps et le chirurgien avait agi rapidement. Tout allait mieux. Lucien était en observation afin de s'assurer que le petit boîtier fonctionnait parfaitement, puis il pourrait retrouver la maison.

— Encore heureux, râla-t-il, alors que tout le monde le pensait endormi.

— Papy !

Katia se précipita au bord de son lit, suivie de près par Déborah. Jonas se contenta d'un simple sourire et d'un petit geste de la main pour lui démontrer son affection. Lucien lui répondit d'un clin d'œil et d'une plaisanterie :

— Vous avez vu ! Deux belles jeunes filles pour un vieux comme moi !

Il se pencha vers chacune d'elle et déposa un baiser sur leurs fronts en murmurant :

— Allez, séchez vos larmes maintenant, gardez-les pour ce qui en vaut vraiment la peine. Moi, je suis là et je vais continuer à vous enquiquiner !

— Heureusement… chuchota Jonas.

La visite se termina, naturellement, dans les rires et les préparatifs de Noël.

Le soir même, Jonas proposa à Katia de rester chez eux durant l'hospitalisation de Lucien. Georgette ne rentrerait qu'avec son mari. Il était absurde que Katia soit isolée, alors qu'ils vivaient à vingt mètres les uns des autres.

— Sinon, vous pouvez venir.

Jonas eut un moment d'appréhension.

— Mes grands-parents sont absents, je dois entretenir un minimum leur maison et faire en sorte que la cheminée fonctionne. Cependant, vous avez raison, je n'ai pas envie de rester seule. Mais il y a bien assez de place pour nous trois ! Déborah pourra prendre ma chambre, moi celle de mes grands-parents, et vous…

— Le canapé ! plaisanta Déborah.

Ils se mirent à rire franchement avant de reprendre :

Un Noël inattendu

— Non ! La chambre d'amis.
Jonas interrogea sa sœur du regard. Elle le suppliait déjà de la même manière.

Ils posèrent donc leurs menus bagages dans leurs quartiers respectifs avant de s'attabler autour d'un délicieux plat de pâtes au saumon.
— Je sais, j'aurais pu faire mieux. Je me rattraperai, promis.
— C'est parfait, s'enquit Jonas, ravi de ce repas convivial et simple.

Déborah monta rapidement se coucher, alors que les trentenaires s'attardèrent autour d'une tisane, se réchauffant face au crépitement du bois dans la cheminée. Après quelques minutes d'hésitation, Jonas lança la discussion :
— Vous allez mieux ?

Katia acquiesça. Elle lui expliqua son attachement à ses grands-parents. Ils étaient ce qui lui rappelait les vraies valeurs de la vie : le travail, l'amour, la famille. Sa mère, Nicole, était, à l'heure actuelle, en voyage en Égypte, au bras de son quatrième époux, qui était aussi le deuxième, mais qui ne valait pas mieux que les deux autres. Seul son père avait, semble-t-il, été un homme bien. Cependant, il avait dû se rendre compte bien vite de la volatilité sentimentale et chronique de Nicole. Il était parti avant sa naissance, laissant la lourde responsabilité de l'éducation d'un enfant à une jeune fille futile et insouciante. Malgré tout, la future mère avait relevé le défi : elle avait travaillé un minimum pour élever sa fille et se rendre en discothèque afin de dégoter des maris qui lui avaient permis de mener une vie décente jusqu'à la majorité de Katia. Cette dernière dut, par la suite, se débrouiller elle-même. Sa mère était présente, elles s'aimaient, mais de loin. Katia pouvait compter sur elle en cas de coup dur, pourtant, elle se réfugierait bien plus naturellement chez Lucien et Georgette, où la tendresse et l'écoute la combleraient.

Jonas eut du mal à résumer son passé, néanmoins, une fois le moteur lancé, il n'eut aucune limite dans ses révélations. Katia comprit son attachement à sa sœur, sa dureté paternelle, ses distances émotionnelles. Il avait le rôle du père, du frère et de la mère ! Il aimait Déborah plus que tout. Il n'imaginait même pas aimer un enfant plus qu'elle, alors qu'ils n'avaient que dix ans de différence. Pourtant, il savait que ses démonstrations d'affection étaient bien trop rares.

— Parfois, j'aimerais tellement la prendre dans mes bras et la serrer fort, comme un frère. Et non comme son…

— Tuteur ?

— Oui.

Katia posa délicatement sa main sur l'épaule de Jonas :

— Vous savez, elle sera bientôt majeure…

Son regard sombre se planta dans celui, azur, de Katia. Il n'avait même pas réalisé que dans quelques mois, sa petite sœur serait lâchée dans le grand tourbillon de la vie. Bizarrement, une frayeur s'empara de lui. Il n'avait pas envie de la laisser filer… Pas plus qu'il n'avait envie que cette soirée ne s'arrête.

La main de Katia était toujours sur son épaule. Leurs regards étaient intenses. Le flot de mots ne coulait plus. De part et d'autre du canapé, les questions fusaient dans le cerveau des jeunes gens. Leurs visages se rapprochaient subrepticement, jusqu'à ce que la sonnerie du portable de Katia les stoppe net. Elle saisit l'objet et sourit nerveusement :

— C'est ma mère…

— Vous voulez que je reste ?

— Non, je vous remercie, tout va bien se passer.

— Bien, à demain…

— À demain.

Jonas prit le chemin de sa chambre alors que Katia décrochait. Il se ravisa pour déposer un baiser sur le front de la jeune femme. Il ne comprenait pas ce qui lui arrivait, cependant, il ne voulait pas que la soirée se termine comme des retrouvailles entre deux vieux amis.

Lors des jours qui suivirent, Jonas reprit la gestion de la propriété, laissant aux filles les délicates tâches ménagères, l'organisation du retour de Lucien et du réveillon. Il plaisantait avec sa sœur, se moquait des manières encore très urbaines de Katia, mais savait apprécier ses qualités de maîtresse de maison et de cuisinière.

— Votre blanquette est un pur délice !
— Vous pourrez dire merci à ma grand-mère !
— Ah… je me disais bien que ce n'était pas parisien.
— Pourquoi ?
— C'est trop campagnard et pas assez lyophilisé !

Katia le fusilla du regard en lui affirmant que tous les Parisiens n'étaient pas des « pures souches ». Nombreux étaient ceux qui connaissaient les qualités de la vie à l'extérieur de la capitale pour avoir grandi en province ! Quant à elle, seul son travail la retenait là-bas. Sans lui, elle aurait trouvé une ville plus plaisante.

— Vous critiquez la vie citadine, mais n'y avez jamais mis les pieds.
— Oh oh ! intervint Déborah.
— Comment ça ? interrogea Katia.
— J'ai vécu en banlieue parisienne, pendant trois mois !
— Trois mois ! Waouh ! Comment avez-vous fait pour tenir aussi longtemps ?
— Elle est restée fidèle pendant trois mois…

La conversation avait donc débouché sur les déboires amoureux de Jonas alors qu'il n'avait que dix-neuf ans.

Ils apprenaient à se connaître un peu plus chaque jour, appréciant sincèrement les moments passés ensemble et la personne qu'ils découvraient mutuellement. Nombreuses avaient été les occasions de terminer le rapprochement amorcé lors de leur première soirée, que ce soit pendant le pansage des chevaux, en cherchant des papiers dans le bureau de Lucien, en débarrassant la table... Mais aucun des deux n'avait osé faire le premier pas. Katia craignait de se faire remercier, et Jonas, de franchir un cap sans avenir.

Malgré tout, l'absence de Déborah la veille du retour de Lucien à la maison leur offrit la possibilité d'y voir plus clair dans leurs sentiments masqués.

— 6 —

Le 20 décembre, Déborah eut la permission de passer une soirée « entre copines ». C'est en tout cas la raison invoquée à son frère pour aller manger une pizza et voir un film. Il accepta, autant par confiance que pour laisser l'autonomie méritée à Déborah qui, comme l'avait souligné si justement Katia, allait sous peu atteindre l'âge des responsabilités.

Katia saisit ainsi l'opportunité d'inviter Jonas pour un repas en toute innocence, afin de profiter du retour à la « presque » normale. Lucien avait évoqué avec Jonas le besoin d'être secondé dans la gestion de l'exploitation. Le jeune homme ayant eu un aperçu des missions qui lui seraient confiées dès le jour de l'an fêté, connaissait déjà la charge de travail à venir.

Le sourire de Katia, dès qu'elle l'accueillit, provoqua un émoi indéfinissable dans le plexus de Jonas. Il sentit le sol fondre sous ses pieds, comme s'il rentrait d'une longue mission à l'étranger, retrouvant sa maison, son confort et une personne chère à son cœur. Il reprit ses esprits et entra dans la grande salle où une table, délicatement dressée pour deux, l'attendait.

Katia, affairée dans la cuisine, l'invita à s'asseoir. Elle le rejoignit avec un plateau de petits-fours.

— Il ne fallait pas vous donner tant de mal !

— Ça me fait plaisir aussi, je vous rassure. Je n'ai que rarement l'occasion de préparer un repas correct…

— Vous vous êtes pourtant bien débrouillée pendant ces derniers jours. Et pour trois personnes !

— C'était tout à fait normal et j'ai été ravie de le faire, vraiment. Cela me change de mon quotidien superficiel.

Jonas la fixa, ébahi.

— Oui, je le reconnais, mon quotidien, mon emploi sont superficiels ! Futiles !

Le jeune homme sentit une gêne s'immiscer en lui. Katia aurait-elle pu lire dans ses pensées lors des premiers jours de son arrivée ? Il s'excusa à sa manière :

— Ne dites pas cela. Je suis certain que votre travail est utile pour des dizaines de personnes qui, si elles vous connaissaient, vous en seraient reconnaissantes ! Vous leur évitez sans doute de se retrouver attifées comme des clowns. C'est un grand service que vous rendez, non seulement à ces clientes ou clients, mais aussi à ceux qui les regardent !

Katia sourit, lui affirmant que, malgré le choix des collections, elle voyait partir des clientes les sacs remplis de vêtements dont les assemblages restaient douteux. Plus d'une fois, elle s'était demandé si la personne avait réellement envie de ressembler à Polichinelle ou si, malheureusement, elle souffrait de daltonisme.

La conversation se poursuivit sur des sujets divers et variés : de la splendeur des monuments de la capitale au caractère infâme des Parisiens. Jonas évoqua, pour sa part, le bonheur de vivre à la campagne, retiré d'un quotidien stérile et éloigné de ses valeurs. Il reconnut que l'environnement n'était peut-être pas un des plus favorables pour aider sa sœur à se sociabiliser. Souvent, il avait le sentiment que Déborah manquait de relations amicales.

— Elle ne connaît personne à Meillac ?

— Non, je ne crois pas. Elle me parle d'amies qui habitent près de Dinan. Elle n'a jamais évoqué de copines du village.

— Avec qui est-elle, ce soir ?

— Sophie. Elles allaient au cinéma.

Katia préféra changer de sujet afin d'éviter celui de Jérémy qui, elle en était quasiment certaine, s'appelait, pour quelques heures, Sophie. Mais il ne lui appartenait pas de révéler les confidences reçues de la part de l'adolescente.

Le repas se déroula donc dans la convivialité. La sérénité et le bien-être de Jonas le surprirent lui-même alors qu'ils échangeaient sur les actualités de la région. Katia, quant à elle, parlait naturellement, sans chercher à plaire, sans prononcer les mots ou les phrases attendues. Elle se sentait vivre, libre de tout jugement, de toute opinion. Chacun partageait ses points de vue en toute franchise et dans le respect et l'écoute de l'autre.

Ils terminaient de déguster des îles flottantes maison. La soirée tirait à sa fin. Déborah allait revenir dans peu de temps, le couvre-feu ayant été fixé à vingt-trois heures. Katia osa la question qui lui brûlait les lèvres, intensément depuis quelques jours, et fiévreusement depuis le début du repas :

— Alors, votre jugement a-t-il changé ?

Jonas, pris au piège, sourit nerveusement en manipulant le bout de sa fourchette, le regard calé sur la nappe.

Katia insista en baissant la tête pour mieux voir sa réaction.

Il s'accouda sur la table de façon à la fixer droit dans les yeux, leurs visages à vingt centimètres l'un de l'autre. Il lui prit la main, tout en répondant :

— Oui, je reconnais que je m'étais trompé. Et bien trompé. Sur toute la ligne. Je m'en excuse. J'ai été un idiot.

— Je n'ai pas été la personne la plus charmante en arrivant. Mes habitudes parisiennes étaient encore avec moi.

— Depuis, vous avez posé les bagages.

— Et j'ai bien fait.

Leurs visages se rapprochèrent lentement, très lentement… pour être coupés dans leur élan par la sonnette de l'entrée. Katia sourit, Jonas désespéra :

— Ce n'est pas vrai… soupira-t-il.

— Ce doit être…

— Déborah, je sais.

Katia se leva pour ouvrir, hilare à la réflexion de Jonas :

— Pour une fois, elle n'aurait pas pu être en retard…

L'adolescente la salua, le visage illuminé. Katia comprit en un instant, et ses doutes sur l'identité de son « accompagnatrice » se confirmèrent. Jonas allait être surpris.

Il ne mit pas deux minutes pour s'apercevoir de la candeur singulière de sa sœur :
— C'était bien ?
— Trop génial.
Cette attitude légère attira son attention.
— Tout va bien ?
— Oui oui…
— Tu as fumé ?
— Mais non…
— Qu'est-ce que tu as, alors ?

L'absence de réponse de la part de Déborah et l'air inquiet et implorant de Katia levèrent le voile :
— Ne me dis pas que… tu m'as menti !

Pas de réaction.
— Tu m'as menti ! OK, c'est bon ! OK !

Jonas s'empara de son blouson et claqua la porte.

Les filles restèrent en tête-à-tête. Katia ne consola pas Déborah. Elle attira son attention sur le fait que sa façon d'agir n'avait pas été honnête. Jonas avait, en partie, raison de lui en vouloir, bien qu'elle soit une adolescente sensée. Déborah tenta vainement de se défendre. Katia lui conseilla d'aller voir son frère.

La jeune fille le trouva, devant l'entrée, en train de fumer. Elle grimaça.
— Je m'excuse.
— Pourquoi ? Pourquoi tu m'as menti ? Parce que, soyons bien clairs, Déborah, ce n'est pas le fait de sortir avec Sophie ou un mec qui me dérange, mais le fait de m'avoir menti !
— Je pensais que tu refuserais.

Jonas se tordit le nez. Elle n'avait pas forcément tort, mais il aurait au moins pu s'expliquer sur ses craintes.

— Tu vois… Tu cogites…

— Je t'élève depuis que tu as dix ans, c'est à moi de faire attention à toi, c'est moi qui suis responsable de toi.

— Oui, je sais, je ne suis pas idiote ! Mais tu es aussi mon frère. Tu n'es pas mon père et encore moins ma mère. Et de frère, je n'en ai plus non plus !

Elle s'enfuit en direction de leur maison, sans laisser à Jonas le temps de répliquer.

Entendant les cris de Déborah, Katia se risqua dehors et s'approcha.

— Elle avait peur de tout : de vous et de ce premier petit copain…

— Et vous, vous étiez au courant !

— Ce n'était pas à moi de vous le dire.

— Vous auriez pu me le faire comprendre !

— Vous n'aviez qu'à lui poser les questions vous-même ! Ne rejetez pas la faute sur moi ! Cela fait partie de l'éducation aussi de se préoccuper de ce genre de choses ! Et pas uniquement en sanctionnant ou en fixant des interdits !

— Ça suffit, vous ne savez pas ce que c'est !

— Je ne sais pas, vous avez raison. Mais si vous pouviez arrêter avec vos grands principes et vos grandes idées bornées, vous vous rendriez service. Et aux autres également ! Un conseil, d'ailleurs : ce n'est pas en réagissant ainsi que vous arriverez à gérer correctement l'affaire de Lucien. Observez-le et vous comprendrez ! Il a certes quelques manières vieillottes, mais il sait mettre sa fierté et sa rigidité de côté quand les circonstances l'imposent. Sur ce, bonne nuit.

Elle rentra, abandonnant Jonas perdu dans ses pensées, face à la nuit.

Le retour de Lucien se fit en toute discrétion. Jonas le laissa retrouver son logis, son bureau, ses repères et son affaire. Ils ne se virent que le soir du 22 décembre pour un compte-rendu des évènements survenus en son absence. Lucien félicita Jonas pour le relais assuré, sa prise d'initiatives et la mise à jour de différents partenariats ou renouvellements de contrats.

— Vous avez vraiment fait un boulot exceptionnel en peu de temps.

— Je vous en prie. Je me suis sans doute permis des choses que je n'avais pas à faire.

— Non, c'est bien. Je ne m'étais jamais aperçu de tous ces petits riens qui me faisaient perdre de l'argent. Nous allons faire des économies et d'importants bénéfices, grâce à vous.

— Je vous remercie. Que pensez-vous des courses pour *Œil de Velours* et *King Black* ?

— C'est une très belle idée. Mais pourquoi pas *Étoile de Vénus* ?

— Elle ne peut plus… Du moins, pas durant les dix mois à venir…

— Oh ! Ce n'est pas vrai ? Mon *Étoile* va avoir un petit ?

— Oui.

— C'est merveilleux ! Prenez grand soin d'elle, surtout.

— Oui, Lucien, je sais ce qu'elle représente pour vous. Je veillerai à ce que tout se déroule pour le mieux.

— Merci, Jonas. Merci.

Ils s'étreignirent un long moment. Lucien avait conscience qu'il avait en face de lui le repreneur idéal pour la gestion de son affaire et il se sentait tranquille, en confiance.

Avant de repartir, il lui demanda :

— Vous serez parmi nous, après-demain, n'est-ce pas ?

— Je…

— Je ne veux pas de protestations ou d'excuses. Soyez avec nous. C'est le réveillon, cela se passe en famille. Ma fille

me fera l'honneur d'être avec nous également. Il me paraît normal que vous fassiez partie de la tablée !
— Votre fille revient de voyage ?
— Oui, mon petit incident l'aura sans doute un peu bouleversée. Mais ne dites rien à Katia, c'est une surprise.
— D'accord.

Jonas regagna ses pénates, saluant brièvement Katia et chaleureusement Georgette. Bien sûr, la jeune femme allait avoir un cadeau inattendu ! Mais ce n'était pas à lui de le lui révéler.

Le 24 décembre au matin, Déborah se leva, marmonnant un vague « bonjour » à son frère, sur le même ton que l'ensemble des phrases prononcées depuis leur dispute.

Jonas, lassé par cette attitude désinvolte, lui demanda une explication.
— Je peux prendre mon petit-déjeuner avant ?
— Oui.

Il s'éclipsa dans le jardin, tiraillé par le manque de nicotine et la procrastination.

Sa sœur le rejoignit, une tasse fumante à la main.
— Tu t'es mise au thé ?
— Et toi à la clope… Chacun ses envies…
— Gagné.
— Ce n'est pas un jeu.

Surpris par la réflexion, Jonas la fixa. Hier, il la voyait encore comme la petite fille seule et abandonnée, ou comme l'adolescente lascive. Aujourd'hui, elle lui paraissait dix ans de plus, arborant un regard lointain, mais franc. Il n'avait jamais remarqué cette assurance auparavant. Il n'avait, en fait, jamais vraiment prêté attention à elle sous cet angle.
— J'ai été con…
— Ne sois pas si dur avec toi-même. Et ne cherche pas la rédemption par la pitié. Tu as agi comme tu devais le faire

parce que les circonstances t'ont poussé à le faire. Et tu ne m'as pas laissée tomber. Merci. Je n'ai jamais vraiment eu l'occasion de voir ce que tu avais fait pour moi. Longtemps, j'ai trouvé cela normal. Aujourd'hui, je me dis que tu dois aussi vivre comme tu le veux.

— J'ai vécu comme j'ai voulu.

— Non, tu avais une gamine collée à tes baskets. Tu n'as pas eu ta jeunesse. En tout cas, pas celle d'un mec de vingt ans.

— Je ne regrette pas ce que j'ai vécu.

— Alors tant mieux, parce que ça m'aurait bien embêtée d'avoir, en plus, été un boulet, plaisanta-t-elle.

Il se rapprocha, l'enlaça d'une étreinte fraternelle, l'amour au bout des bras, dans le cœur, dans la tête et dans le corps pour cette partie de lui… cette personne qui partageait son sang. Elle l'embrassa entre deux sanglots de joie et de complicité trouvée.

Une page allait pouvoir s'écrire…

— Et, au fait, comment s'appelle Sophie ?

— Jérémy…

— 7 —

Le soir même, à vingt heures précises, ils frappèrent à la porte de Georgette et Lucien, vêtus de leurs habits de lumière.

Déborah avait conseillé à Jonas de faire un effort et troquer ses jeans noirs contre un pantalon à pinces et une chemise violet foncé. Il refusa catégoriquement la cravate, au prétexte que cet engin propice à l'étouffement serait réservé uniquement à son mariage ! Elle n'avait pas insisté, ravie de l'avoir convaincu sur le reste de sa tenue.

Lucien était heureux, il était assis dans son fauteuil, près de la cheminée, un chat à ses pieds. Jonas le salua, intrigué :

— C'est quoi ça ?

— Un chat !

— Je vois bien, mais depuis quand ?

— C'est mon cadeau en avance. Ma petite-fille a décidé que cela me ferait le plus grand bien d'avoir un animal aussi calme à mes côtés... Et ça marche plutôt bien... Hein, Monsieur Christmas, on est bien tous les deux ? dit-il en gratouillant le sommet du crâne de son nouveau compagnon qui ronronna en guise de remerciement.

À l'évocation du nom du chat, Déborah sourit et, après avoir embrassé les septuagénaires, se hâta de rejoindre Katia à la cuisine pour lui livrer ses dernières confidences. Katia était ravie pour elle. Tout s'arrangeait avec son frère et elle sortait avec le petit-ami convoité ! Cependant, en voyant Jonas pénétrer dans la cuisine, son visage se ternit.

Déborah n'eut besoin d'aucune remarque et se faufila hors des lieux.

— Ça va ? commença Jonas.

— Moyen.

— Tu me fais la tête ?

— Un peu. Et toi ?

— Je n'ai pas de raison valable. Tu avais raison.
— Je suis contente que vous vous soyez réconciliés.
— Je suis heureux de retrouver ma petite sœur… Merci de m'avoir ouvert les yeux.

Tout en discutant, il s'approcha subtilement de Katia, leurs battements de cœur s'accélérant au même rythme.

Arrivé à vingt centimètres de la jeune fille, il lui déclara :

— Il y a quelque chose que je n'ai pas fini l'autre soir. Et aujourd'hui, je me fiche des sonnettes, des gens et de tout le reste. Je te préviens.

Il entoura Katia de ses bras et l'embrassa délicatement.

— Alors ! Quand est-ce qu'on… interrompit brusquement Lucien en entrant dans la cuisine.

À la vue des deux jeunes gens enlacés, il se tut immédiatement, fit demi-tour aussi vite qu'il était venu. Un large sourire animant son visage rond, il s'empressa d'aller rapporter sa découverte aux deux femmes restantes. Sa déception fut palpable devant leur réaction :

— Ah, enfin ! s'écria Georgette.
— Tu le savais, toi ?
— Moi, je suis une femme !
— Oh, là, là, vous, les femmes…

Et il rejoignit son canapé.

C'est vers vingt-et-une heures, alors que l'apéritif était entamé, que la soirée put vraiment commencer.

Déborah, Georgette, Jonas et Katia étaient en pleine discussion de l'organisation à mettre en place pour que Lucien soit encore actif sans courir de danger, lorsque ce dernier reçut un message.

Il se dirigea discrètement vers la porte et se glissa dehors.

Il entra de nouveau deux minutes plus tard, suivi d'un :

— Alors, c'est ici, la super fête de Meillac ?

Katia ouvrit de grands yeux ronds tout en rougissant. Elle se retourna pour être sûre de ne pas rêver :

— Maman ?

— Eh oui, ma chérie ! lui dit-elle en venant la prendre dans ses bras. Je suis là.

— Mais…

— Il n'y a pas de «mais». Je veux que l'on profite de cette fête tous ensemble !

Katia se tourna vers Jonas, prête à faire les présentations. À son air entendu, elle lui demanda :

— Et toi, tu étais au courant ?

— Ce n'était pas à moi de te le dire, répondit-il gentiment sarcastique. C'était un cadeau.

— Un sacré cadeau !

Ils s'embrassèrent fougueusement, sous des regards envieux et joyeux.

Ce Noël inattendu resterait mémorable !

Je refuse de fêter Noël !

Par Zéa Marshall

— 1 —

24 décembre

Estomaquée.

Mes doigts tremblotent, flageolent en dénouant les liens de mon cadeau. Mon visage s'est figé. J'essaie tant bien que mal de conserver un air détaché et un sourire de façade. Mes yeux clignent de stupeur. Je sens comme une légère pression monter dans mon corps. Je ne peux pas m'empêcher de détourner mon regard du présent que j'ai entre les mains et balayer mon appartement.

Une jolie table de Noël pour deux est dressée au milieu de mon salon. Trois heures de mise en place. J'ai réfléchi aux moindres détails pour confectionner notre premier réveillon d'amoureux et en faire un moment d'exception. Du doré, de la nacre, des chandeliers, une vaisselle scintillante, de petites bougies égarées aux quatre coins de mon séjour. Un repas préparé avec passion. Ces plats favoris que j'ai déclinés en version festive. Ma tenue : une jolie robe noire près du corps avec un décolleté avantageux. Je suis passée chez le coiffeur pour un brushing, elle m'a maquillée me prodiguant d'incroyables yeux de biche.

Noël. Ma fête préférée. L'ambiance cocooning, la famille, la chaleur des maisons décorées, les regards impatients des enfants devant les vitrines des grands magasins, déguster des douceurs, choisir avec soin les présents que j'offre avec mon cœur. Faire plaisir, être heureux. Mon plus beau moment de l'année que j'attends avec empressement.

Noël, cette année, enfin à deux, après des années de célibat. Un Noël d'amoureux. Mon chéri, Sylvain, l'homme que j'affectionne, assis en face de moi dans le canapé. Il vient de déboucher la bouteille de champagne Ruinart que j'ai achetée pour l'occasion.

Dix mois que nous nous fréquentons. Une histoire douce, lente, qui a mis quelques semaines à décoller. Certainement, beaucoup de pudeur dans notre relation. Nous avons pris notre temps, signe qu'elle est sérieuse, saine, basée sur quelque chose de…
Voilà, je flanche. Je n'arrive pas à trouver le terme.
Oui, un petit truc me gratte au fond de moi. Je ne parviens pas à définir ce que j'aime chez lui. Tranquille : le seul mot qui me vient à l'esprit. Mes amies me disent qu'il est un mec sympa. Un compliment dans la bouche de vos super copines ? J'ai un doute.

Pas de grain de folie. Ce soir, encore moins.
Je ne sais pas pourquoi, mais ce Noël, je l'ai idéalisé en espérant qu'il donnerait de l'élan à notre relation, que le moment serait magique, que des papillons bulleraient dans mon ventre. Une folle nuit d'amour, torride et débridée, et pas un plan étoile sur le dos dans le lit. J'ai même prévu une lingerie extravagante : un porte-jarretelle avec une dentelle fine, un bustier et un tanga, ornés de minuscules perles noires.
Je n'ose pas lui dire que j'aimerais que ce soit un tantinet plus sauvage. Une petite fessée, un plaquage contre un mur, une folie sur le plan de travail de ma cuisine, je ne serais pas contre.

La colère qui est née dans mon esprit grossit. Elle enfle. Je n'arrive pas à la contrôler. Quand j'ai ouvert ma porte, et que j'ai découvert le choix de sa tenue, elle a débuté. Moche. Oui, il a mis un pull de Noël. Et, je crois que ce n'est pas un brin d'humour. Aucun effort. Un chandail vert sapin, avec

Je refuse de fêter Noël !

un bonhomme de neige et une immense carotte en guise de nez, une inscription vulgaire, «I love Christmas». J'ai pris sur moi, comme à chaque fois. Je l'imaginais en beau gosse.

Je déglutis. Mes yeux se reconcentrent sur le cadeau. Il a dit quoi ? «Désolé, je n'avais plus de papier.» Mes iris piquent. De la tension. Elle a dû monter. J'ai chaud, une bouffée de chaleur inopinée. Mes doigts s'attaquent au bolduc vert fluo, en tremblant. Il est lourd, son paquet.

Un bijou ?
Mort.
De la lingerie ?
À moins qu'elle soit cloutée et qu'il ait joint les menottes, je n'y crois pas.
Je crains le pire et de ne plus me contrôler.
Papier journal.
Les informations de la veille. Il a emballé son cadeau au dernier moment. Je penche ma tête. Un article sur une maison de retraite et le club de pétanque de son bled. Je n'en peux plus. J'arrache, limite hystérique, pour découvrir la chose.

Ma salive ne passe plus ma glotte. Je suis sidérée. Une machine pour faire des pâtes. Oui, un laminoir, haut de gamme, avec une abaisse pour réaliser des lasagnes, des cannellonis, des pâtes fraîches farcies. 3,650 kg. Le séchoir inclus. C'est fou, mon cerveau imprime à vitesse grand V les caractéristiques techniques notées sur le côté de ma, oui, MA machine à pâtes, mon cadeau d'amoureux pour ce Noël magique.

Pas en inox, non. En acier chromé un truc que vous gardez à vie.
Lourd.
Très lourd. J'ai du mal à sortir l'objet du carton. Il pèse le poids d'un âne mort.

Par Zéa Marshall

Je le saisis, relève mon visage et entends dans une sorte de brouhaha : « Je ne savais pas quoi t'offrir, je suis ravi que cela te plaise. » Mince, il a cru que ma précipitation était un gage de joie. Pourtant, je n'ai rien dit. Non. Pas un son n'est sorti de ma bouche. Pas un sourire, pas une grimace d'appréciation. Sa réplique, avec son air stupide, a mis le feu aux poudres.

Ma colère s'est transformée en fureur. Une grosse cocotte-minute, lancée à toute vapeur. J'ai jeté comme un boulet de canon la machine à pâtes, le laminoir high-tech, triple fonction, raviolis, tagliatelles, fettucines, dans sa direction. Elle a frôlé son visage, ripé légèrement sur sa joue. Il est devenu tout blanc d'un coup. Puis elle a malencontreusement pris le chemin de ma fenêtre, double vitrage. Elle l'a traversé dans un bruit fort d'éclats de verre et atterri avec fracas dans ma rue.

Quelques secondes, elles ont paru une éternité. Nous nous sommes toisés. D'abord de la stupeur sur son visage, le mien bouillonnant de colère, puis un air con sur le sien.

Je l'ai haï.

Un signal a retenti. Sonore, agressif pour les tympans. Sinon, je crois que je lui aurais balancé l'intégralité de la vaisselle ; les chandeliers et le sapin y seraient passés.

Incontrôlable.

Une alarme de voiture. Un joli modèle, genre marque de luxe avec toutes les options. Je venais de défoncer le pavillon.

Commissariat. Quelques heures après. Le propriétaire, en ce soir de réveillon, n'a pas voulu en démordre et a porté plainte.

Inconsolable.

J'ai tellement pleuré que les policiers ont négocié avec le propriétaire de la classe A 45 AMG intraitable. Ils m'ont laissé sortir en me demandant de consulter un psychiatre rapidement et en me braillant : « Bah, bon Noël quand même. »

Je suis rentrée seule dans mon appartement décoré avec soin pour ce jour festif où la température avoisinait le zéro. J'ai plongé sur mon lit, sans me déshabiller, sans me démaquiller, sans ôter mes chaussures.

Je déteste Noël.

— 2 —

Un an après… 1ᵉʳ décembre.

Mon réveil bipe. Pourtant, mes paupières étaient ouvertes depuis un moment. L'angoisse de cette journée. Premier décembre. Un instant que je crains. Une boule d'inquiétude me scie le ventre. Mon tél. a déjà carillonné plusieurs fois. Mes deux copines et collègues. Des messages d'encouragement, j'en suis sûre.

Depuis mon coup d'éclat de l'an dernier et du gros chagrin qui a suivi, elles se soucient de moi. Normal, Noël est devenu mon pire cauchemar, ma phobie. Pourtant, je sais qu'il n'était pas l'homme de ma vie, que j'avais idéalisé notre relation et mis un objectif ambitieux sur ce Noël d'amoureux. Je suis une indécrottable romantique, un cœur d'artichaut. J'ai sûrement lu trop de contes avec des princes charmants imaginaires.

Je sors de chez moi, abattue à l'idée d'affronter ce mois de décembre. Il pleut des cordes. Tant mieux ! Il manquerait plus que le ciel se pare d'un bleu d'hiver, rehaussé de quelques brumes matinales, que le soleil brille doucement et qu'un vent froid piquant le bout du nez avec un désir fou de chocolat chaud soit présent. Maussade, comme moi. En mode moche, pull large, legging déformé, baskets d'un autre temps. Je n'ai pas envie.

J'arrive au bureau, enfin, un open space géant qui ressemble à une fourmilière, m'installe à mon poste, tasse de café brûlante entre les mains, enfile mon casque et décroche mes premiers appels. J'ai déjà une note de service de mon chef sur ma table avec les objectifs du mois. 100 % de ventes de nos produits phares, sourire, être lumineux comme un sapin de

Noël (il a un humour au ras des pâquerettes) et ne pas oublier la phrase magique à chaque sollicitation clients :

« Joyeux Noël, soyez heureux et n'oubliez pas de recommander votre entreprise préférée, Lilipay. »

Je n'ai qu'une tentation : leur dire que j'espère que leur réveillon va être pourri, qu'ils vont cramer la dinde et s'étouffer avec les huîtres.

Message de mes deux super amies et collègues installées à quelques marguerites de la mienne sur notre WhatsApp.

« *C'est quoi cet accoutrement !!!! Rdv au QG ce midi.* »

J'hésite. Pas envie de les voir et d'écouter leurs remontrances.

« *Tu as intérêt à venir.* »

De toute façon, elles ne vont pas me lâcher la grappe.

12 h 30. Trente appels. Cinq « Joyeux Noël » soufflés du bout des lèvres, contrainte depuis que mon boss est en double écoute. Je suis certaine que William, mon collègue de bureau que je ne supporte pas, m'a vendu. Je fulmine.

J'arrive au resto. Mes deux copines, Elsa et Marine, sont attablées. Leurs regards réprobateurs en disent long.

— C'est quoi cette tenue de mamie, Sarah ? Tu vas nous faire ton sketch pendant vingt-cinq jours ??

Je crois que oui.

— La mode hiver Noël 2020, je leur rétorque.

— Ça fait un an ! De l'eau a coulé sous les ponts. Te la jouer malheureuse, ce n'est pas top. Tu as évité un drame. Personne n'a été blessé. Juste le pavillon d'une voiture.

Elles éclatent de rire. 3 000 euros, le coût de la machine à pâtes transformée en objet volant non identifié. Un ovni de luxe qui a mangé une grosse partie de mes économies. Le propriétaire de la Mercedes n'a rien trouvé de mieux que de faire un post sur Facebook, photos à l'appui en taguant mon profil. 10 000 likes. 3 000 demandes d'amis en moins de 2 jours. Mon Messenger a explosé. Et pour qui ? Un tocard sans nom.

— Même ton super fan a levé les yeux ciel quand tu es entré.
— Arrête de l'appeler ainsi. Nous avons seulement papoté.
— Et déjeuné ensemble, me coupe Elsa. Il te regarde avec des yeux de merlan frit.
— N'importe quoi. Amical, rien de plus. Je ne suis pas son genre. Il n'est pas le mien.
— Tu aurais pu le saluer. Il souriait en devinant que tu arrivais.
— Je n'ai pas envie. Nous ne sommes pas potes. Je ne lui dois rien.
— Comme tu veux ; ce n'est pas cool et ça ne te ressemble pas.

Je souffle. Elles ont raison. Il n'y peut rien, le pauvre garçon. Je me retourne, cherche son regard, petit geste de la main. Ma BÉA est faite. Romuald est son prénom. Nous déjeunions à une table l'un de l'autre. Souvent, je lis sur ma pause déjeuner et ne faisais pas attention à lui. Un jour, il a entamé la conversation. Nous avons fini par parler de nos lectures et manger ensemble de temps en temps. Il est agréable. Rien de plus. Ce n'est pas le sexy boy dont je rêve. Physiquement, il est… Comment dire ? Passe-partout ? Je n'ai pas de notion précise et ne me suis pas interrogée sur lui.

Mes copines m'assènent de bons conseils et de reproches. Elles ont raison. Pourtant, je ne parviens pas à me faire à l'idée que ce Noël sera lambda. Réveillon avec mes

Je refuse de fêter Noël !

parents en tête-à-tête, à trente ans passés, je sens un coup de lose. Elsa enfonce le clou en m'indiquant que certains n'ont pas cette chance et sont seuls chez eux.

— Ouh là, là. Beau Gosse arrive. Les filles, redressez-vous, poitrine en avant, bouche en cœur. Il approche, il approche. Mon Dieu, ce mec est une bombe atomique.

Marine m'exaspère quand elle fait son numéro de bimbo. Elle met ses ordres à exécution et se gonfle en papillonnant des yeux. Mais qu'elle arrête. Le beau gosse en question est un agent immobilier qui a son bureau deux étages sous le nôtre. Un très bel homme, classe, en plus. Un regard incroyable, et puis il dégage un charme, un charisme de fou. Je n'imagine même pas qu'un adonis pareil puisse s'intéresser à ma petite personne. Clairement, s'il claquait des doigts, je le supplierais de me faire l'amour, en mode sauvage. Je rougis en pensant à cet apollon.

Marine l'interpelle pour lui dire bonjour. J'ai honte, jamais je n'oserais. Elle ? Rien ne l'effraie en matière de mecs. Il sourit. De petites fossettes se forment à la commissure de ses lèvres. À croquer. Un sex appeal de dingue.

« Oublie tout de suite, tu ne joues pas dans la même cour », me martèle ma raison.

Il passe en nous saluant, égare sa main dans ses cheveux en inclinant légèrement son visage. La mâchoire de Marine manque de se détacher. Toutes les trois, nous avons un réflexe similaire : le suivre des yeux. Il se stoppe, fait demi-tour, revient vers nous et se penche :

— Ton écharpe est tombée, Sarah.

Il la pose sur le dossier de mon fauteuil. Je n'arrive pas à déconnecter mes pupilles des siennes. Il connaît mon prénom ?

— Je te préfère en robe, souffle-t-il.

Je reste coi et bafouille un merci inaudible, en passant au cramoisi. Mon Dieu, pourquoi me suis-je habillée en pou ? Un clin d'œil et il file rejoindre sa table où ses collègues patientent.

— Cachotière, sifflent mes deux copines.
— Mais non, je ne le connais pas, enfin, presque pas…
— Arrête, tu t'enfonces !

Retour à mon bureau en début d'après-midi. La pile de courriers réclamations m'attend avec un mot de mon chef : « Tu es inégalable pour ce travail, et nulle pour souhaiter Joyeux Noël avec cœur à nos clients. » Quarante plis s'entassent à côté de mon clavier. Il vient de me filer le mois entier à traiter. Je souffle d'exaspération. Mon boss a une tendance à se venger dès que je ne vais pas dans sa direction, c'est-à-dire tout le temps. Si je n'avais pas un des meilleurs taux de décrochés, il se serait débarrassé de moi.

J'attrape mon tas et commence à le classer par ordre d'arrivée. Certains datent de plus d'un mois, bonjour son sens client.

Une petite enveloppe attire mon attention. Blanche. Elle n'a rien à faire avec mes courriers. Je la pose de côté pour la redonner à l'accueil et continue mon labeur. Pourtant, mes yeux n'arrêtent pas de revenir vers elle. Distraite. Aucune inscription. Sa couleur n'est pas ordinaire. Blanc nacré, légèrement scintillant. Je la tâte. Un minuscule objet est dissimulé à l'intérieur.

Je pince mes lèvres. Petite moue perplexe. Elle ne m'est pas destinée. L'ouvrir serait inconvenant… Après tout, rien n'est noté. Elle a atterri sur mon bureau… Un petit regard à gauche, à droite. Personne ne me mate. Je la décachète avec précaution. Une petite étoile dorée. Un objet à accrocher dans un sapin de Noël. Une minuscule inscription apparaît : « Regarder les étoiles… » Mystérieux. Elle est plutôt jolie. En temps normal, cette décoration aurait atterri dans mon panier « préparatifs de Noël ».

En temps normal, oui. Pas cette année. Je refuse de fêter Noël. Je la fais virevolter entre mes doigts, un brin nostalgique, inspire, la remet dans son enveloppe avant que des pensées « je pourrais faire un petit effort » n'envahissent ma tête.

Je rentre chez moi, rincée de ma journée. J'ouvre mon sac à main pour prendre mon tél. et découvre l'enveloppe nacrée. Je l'ai glissée à l'intérieur sans vraiment savoir pourquoi. Une mimique dubitative, je la sors, la regarde longuement en la tournant dans tous les sens. L'inscription me perturbe. Les étoiles, j'aime les observer pendant des heures. Souvent, je m'installe sur mon balcon, lumières éteintes, et je fixe la voûte céleste.

J'ouvre le tiroir de ma commode pour la dissimuler. Ma main reste en suspension. J'hésite. Je finis par l'accrocher au cadre de mon miroir. Elle sera ma seule décoration de Noël. Un petit effort. Je sais au fond de moi que mon attitude est ridicule.

— 3 —

5 décembre

Vendredi soir.

J'enfile mes créoles devant ma glace, le dernier détail pour parfaire ma tenue avant de sortir avec Elsa et Marine. Un petit coup d'œil aux cinq étoiles accrochées au cadre de mon miroir.
Cinq.
Une par jour depuis lundi, avec un texte qui forme une phrase.

Quand j'ai remarqué la deuxième sur mon bureau le lendemain, cette découverte m'a perturbée. Un sacré hasard, quand même.
« *Regarder les étoiles… quand elles scintillent… les yeux s'agrandissent… les iris pétillent… et les cœurs frétillent.* »
Voilà, le texte. Archi romantique pour mon petit cœur tout serré. Je n'avais pas prêté attention au fait qu'elles étaient numérotées. Discrètement, une fugace gravure sur une des branches. On dirait une sorte de calendrier de l'avent.

Le lendemain, je piaffais d'impatience en arrivant au bureau. Rien. J'ai acquiescé mentalement, déçue, mais finalement rassurée que ce petit jeu s'arrête. Je l'ai découverte en revenant de ma pause déjeuner, l'enveloppe blanc nacré, légèrement scintillante.
Je venais de croiser Beau Gosse sortant de notre étage. Il m'a souri, penché la tête en me saluant. J'ai rougi, très bête de le trouver à ce niveau. Et puis, il a prononcé un « Sarah, je t'aime beaucoup en robe » en riant et en continuant son chemin. Mon après-midi a été complètement perturbé.

Je refuse de fêter Noël !

Ce n'est plus un hasard, alors je m'interroge. J'ai pensé à mes amies. Elles seraient capables pour contrecarrer mes non-envies de festivités. Mais j'ai un doute. Un gros. Un collègue de bureau ? Lequel ? Je suis en mode œillère sur mon plateau et je parle peu avec les collaborateurs masculins. La plupart sont maqués.

Et puis, j'ai recroisé Beau Gosse cette semaine, à l'arrêt de bus. Je m'étais abritée pour remettre mes cheveux en ordre, mon sac et foulard avaient glissé après un sprint sous des torrents de pluie. Il est arrivé, essoufflé, mais m'a tout de suite gratifiée de son sourire ravageur qui me fait fondre.
— Quel temps ! Bonjour, Sarah, tu vas bien ?
Et pour une fois, je n'ai pas bafouillé.
— Oui, Benjamin. J'espère que toi aussi.
Ses fossettes se sont dessinées sur son visage. Je n'ai pas quitté ses iris verts. Il a glissé mon foulard entre ses doigts.
— J'aime beaucoup ses petites étoiles, Sarah. Belle journée.
J'avais choisi ce carré noir, agrémenté de petites étoiles argentées pour donner une touche rock à ma tenue. Alors, toute la journée, mes neurones se sont mis à tourbillonner. Il serait l'inconnu qui me dépose des étoiles ?

J'ai déjeuné avec Romuald. Je répondais à côté de la plaque. Mon seul espoir : que Benjamin franchisse la porte du QG pour l'apercevoir. Romuald a dû me répéter plusieurs fois la même question. J'ai fini par me lever et l'ai laissé en plan un peu brutalement. Lundi, je m'excuserai.

Mes amies sont informées de mes trouvailles bureautiques. Elles piaffent d'impatience que je leur raconte ce soir, au bar afterwork où nous avons prévu de nous retrouver. La probabilité que Benjamin soit présent est forte. Alors j'ai prêté une grande attention à mes choix vestimentaires.

Je m'interroge. Demain, je ne vais pas à mon bureau. Est-ce que le calendrier va continuer ?

20 h. Nous sommes assises autour d'un mange-debout en plein milieu de ce lieu à la mode pour ne manquer personne, dixit Marine. Je répète une nouvelle fois l'histoire de mes découvertes, les entrevues fugaces avec Benjamin. Elles en sont certaines. Il est le messager.
— J'ai un doute, les filles. Pourquoi maintenant ? Pourquoi prendrait-il cette peine ?
— Tu lui plais, il te kiffe. Arrête de chercher midi à quatorze heures. Tu es trop rationnelle.

Rationnelle, pfft. C'est vrai. Je trouve que cela ressemble trop à un conte et loin de la réalité.
En tout cas, cela perturbe mon esprit et mes nuits. Je fais tournoyer le mélangeur dans mon mojito, pensive, en écoutant Marine nous raconter son dernier coup de cœur. Nous éclatons de rire quand elle nous explique le stratagème qu'elle a déployé pour le faire venir ce soir.
La porte s'ouvre, un vent glacial s'engouffre. Je ne résiste pas à lever mes yeux pour contrôler les allées et venues. J'aimerais beaucoup le voir, dans un autre contexte. Comment l'aborder ? Je n'en ai aucune idée. Ce n'est pas mon style. Timide ? Certainement. Un gros manque de confiance ? Oui.
Benjamin franchit la porte du bar, avec un ami et deux filles canons et souriantes. Je plonge mes yeux vers le sol. Réflexe complètement idiot. Peut-être qu'une de ces femmes est sa chérie, alors je me sens mal à l'aise.
— Arrête toute de suite. Il a le droit d'être avec des amies. Aucune ne lui tient la main. Tu relèves la tête et tu le salues, m'ordonne Elsa.

Je refuse de fêter Noël !

Elle a raison ; me la jouer timorée, je ne bougerai aucune ligne. J'inspire, expire. Et quand il passe à ma hauteur, je me lance :

— Bonsoir, Benjamin, jolie veste.

Il se retourne direct, sourit. Ses yeux sont pétillants.

— Sarah, quelle bonne surprise ! On boit un verre tout à l'heure ?

— Avec plaisir.

Il file rejoindre ses amis vers le fond de la salle. Mes mains tremblent. Mes jambes flageolent. Je l'ai fait… Sans bafouiller. Sans passer au cramoisi.

— Bah voilà ! Ce n'est pas si compliqué, me souffle Elsa.

Nous avons discuté une heure, tous les deux accolés au comptoir. Nous nous sommes découverts des points communs, bien que nous ayons beaucoup abordé son travail. Il est ambitieux et souhaite faire carrière. Je l'ai écouté longuement et surtout dévoré des yeux. Il me plaît. Son sourire me fait chavirer. J'étais tout chose le reste de la soirée, des petites étoiles dans mon regard, surtout qu'il a proposé que nous déjeunions ensemble la semaine prochaine. Mon cœur a loupé un battement quand j'ai accepté. Il s'est emballé quand nous avons échangé nos numéros.

— 4 —

6 décembre. Neuf heures précises.

Mon réveil bipe. Je fais un bond pour sortir de mon lit. Je fonce dans mes escaliers pour descendre mes quatre étages, sans attendre l'ascenseur, en pyjama molletonné, chaussons pandas, cheveux hirsutes. Le facteur est passé. Je suis persuadée que l'inconnu a déposé quelque chose dans ma boîte aux lettres, s'il veut tenir son calendrier. J'enfonce la clé, déverrouille la serrure en deux temps, trois mouvements. Je m'empare du tas et le consulte rapidement. Factures, publicités, invitations VIP, re factures... pas d'enveloppe blanc nacré scintillante. Un dernier coup d'œil dans ma boîte. Non, elle est bien vide. Mince. Mon espoir se ruine d'un coup. À part ma boîte aux lettres, je ne vois pas comment mes petites surprises peuvent continuer ce week-end. Déçue. Une fois de plus, j'ai enjolivé et idéalisé le truc. La reine des idiotes, avec un cœur tout mou.

J'ouvre mes factures, découvre un nouveau montant faramineux de mon opérateur de téléphone pour trois films loués, suis alpaguée par la concierge qui me reluque de la tête aux pieds, elle ne doit pas aimer les pandas, et je remonte en traînant des pieds, dépitée, gravis chaque marche de mes quatre étages avec difficulté, comme si le poids du monde était tombé sur mes épaules. Je sais, il y a plus grave.

Elle est posée contre ma porte. L'enveloppe blanc nacré qui scintille. Je reste bête, regarde dans tous les sens. Je n'ai croisé personne. Mon ventre se serre même en se demandant si tout est normal et si je ne vais pas apercevoir des lutins et toute la bande. Je frotte mes yeux. Je n'ai pas rêvé. L'enveloppe est bien réelle.

Je refuse de fêter Noël !

Je la prends du bout des doigts, la décachète et découvre une photo… En noir et blanc, comme j'aime. Des flocons l'ornent, une décoration simple, sous forme de boule transparente, une branche de sapin floutée. Une image magique comme je les adore.

Au verso, le chiffre six et un petit cœur dessiné. Le mien se met à cogner fort. Il s'emballe. Une chamade. Mes joues rosissent. Je pince mes lèvres, un peu débile. J'en raffole. Je fonds devant ces attentions.

Je l'ai accrochée tout de suite à côté des étoiles et l'ai longtemps admirée. C'est tout ce que j'aime : la neige, une décoration stylée, un cliché de qualité. Elle me touche.

Je prends mon tél. et hésite à écrire un message à Benjamin pour le remercier. Je suis persuadée qu'elle est de lui. Qui d'autre ? Et puis, hier soir, nous avons parlé des festivités de fin d'année et je lui ai confié que je chérissais particulièrement ce moment. Il a souri et avoué que la magie de Noël lui tenait à cœur.

Je suis comme une idiote. Je fais ou pas ?
Un pile ou face.
Pile, je m'abstiens. Face, je lui écris.
Je lance ma pièce. Face.
Merci… Sarah
Et appuie sur la touche envoi.

Dix minutes plus tard :
Bonjour, Sarah, euh, de rien. J'ai passé aussi un chouette moment. Vivement mardi.
Benjamin

Je me sens légèrement idiote et maladroite. Je pose mon tél. sur la table. Ne pas me triturer l'esprit est une sage décision.

Par Zéa Marshall

Dimanche, je suis aux aguets, dès six heures du matin, à écouter derrière ma porte. Ridicule ? Oui, j'assume. Je veux connaître l'identité du messager. Au moindre bruit, j'arrête de respirer, prête à ouvrir ma porte d'un coup.

Neuf heures. Mon corps est ankylosé. Je suis frigorifiée. Je déclenche ma serrure pour la énième fois. Il n'y a rien. Je souffle d'incompréhension. Faut que je cesse, cette histoire me prend trop la tête.

Je file vers ma salle de bains en traînant des pieds pour me préparer. Je déjeune avec mes parents, ce midi. Une heure de route m'attend. Je ne voulais pas fêter Noël et je me retrouve à espérer une épopée magique.

N'empêche que je découvre mon enveloppe blanc nacré, scintillante, coincée entre mon essuie-glace et mon pare-brise. Un immense sourire vient embellir mon visage. Une nouvelle photo. Un flocon étincelant doré, avec une queue de comète faite de poussière d'étoiles. Le chiffre 7 au verso et une petite phrase : « Les rêves se réalisent… » Loin des clichés. J'adore. Je pince mes lèvres, me faufile dans l'habitacle de ma voiture et démarre, heureuse.

Ma semaine débute comme un tourbillon. Je n'ai qu'une hâte : être à mardi midi pour déjeuner avec Benjamin. Nous avons échangé quelques messages dimanche soir, il m'a demandé si j'avais passé un bon week-end, j'ai expliqué que j'étais chez mes parents, et lui m'a longuement raconté sa partie de polo, le déjeuner familial, les dossiers qu'il avait à traiter ce soir.

En plus d'être une bombe atomique, c'est un businessman. Dans mon esprit, je me suis imaginé l'accompagnant à ce repas dominical, à l'encourager et m'émouvoir de sa réussite. Un homme qui en jette.

Je refuse de fêter Noël !

Une enveloppe m'attendait dès l'embauche sur mon bureau. Il est passé très tôt. Je savais qu'il démarrait aux aurores, une journée de déplacements pour un projet immobilier d'envergure. Pas de photo. Non, un nouvel objet. Un petit sapin en bois. Simple, mais efficace. Le chiffre 8 gravé avec soin à l'arrière.

Je sors du QG en mode furie, sandwich à la main. Ma pause déjeuner est courte et je veux absolument me trouver une jolie robe pour demain midi. Je fonce vers ma boutique fétiche à quelques encablures de mon bureau. En avançant, je manque de percuter Romuald.

— Eh, Sarah, tu es bien pressée ? On ne déjeune pas ensemble ?

Je l'ai oublié. Complètement. Une amnésie, obnubilée par mon rencart de demain.

— Désolée, Romuald. Un contretemps, je suis retenue, ce midi.

Je mens. Moche. Il prend une moue déçue.

— On se rattrape demain ? me propose-t-il.

— Pas possible demain non plus. Euh, cette semaine ? Je suis désolée, je dois vraiment filer.

— OK, à plus tard, alors.

Je tourne les talons…

— Eh, Sarah, tu as fait tomber cette enveloppe.

Je me retourne illico pour presque la lui arracher des mains.

— Merci. Elle est réellement importante pour moi.

— Ah bon ? Et pourquoi ? m'interroge-t-il en soulevant son arcade.

C'est fou, mais cela lui donne du charme, cette petite expression. N'importe quoi, je suis trop en mode love.

— Un messager.

— Un messager ? Explique-moi.

— Promis, je te raconte cette semaine. Faut vraiment que je file.
— Du suspens, j'adore.
— Oui. Romuald, excuse-moi pour ce midi.
— T'inquiète... Sarah ?
— Oui ?
— Tu es rayonnante.
Je souris, un clin d'œil, m'apprête à détaler et lui lance à la volée :
— Jeudi midi, si tu veux ?
— Avec plaisir, Sarah.

— 5 —

Dix minutes. Il est 13 h 10 et je poireaute un sirotant un jus d'abricot. Mon état ? Archi stressée. Je triture le mélangeur dans tous les sens avant de le casser en deux. Il est vraiment en retard. J'inspire et expire pour ne pas m'énerver. Mon téléphone est posé sur la table, je lutte pour que mes doigts ne l'allument pas toutes les trois secondes dans l'attente d'un message. Je ne comprends pas. Ce matin, il m'a laissé un SMS m'indiquant qu'il était ravi que nous déjeunions ensemble. À quinze, je l'appelle.

— Bonjour, Sarah.

Je sursaute en entendant mon prénom prononcé par la voix suave de Benjamin. Mon visage retrouve son sourire immédiatement, en l'examinant. Il a un petit air de je ne sais quoi qui me fait craquer. Du charme.

— Je n'ai qu'une demi-heure. Je te propose que nous prenions les plats du jour.

Je n'ai pas le temps de dire ouf qu'il hèle le serveur. Il enchaîne très vite sur sa matinée de dingue, un rendez-vous important avec un promoteur immobilier pour un programme d'ampleur. Je bois ses paroles. Il me fascine. Je me sens petite avec mes appels clients dans mon open space. Il termine son monologue en commandant deux cafés, règle l'addition et prend ma veste pour sortir du restaurant.

Est-ce le face-à-face que j'imaginais ?
Non.
Vraiment, non. J'avais pris soin de faire attention aux détails, mis ma nouvelle robe qui me donne une classe folle, dixit Elsa et Marine. Manucure rouge, léger rouge à lèvres orangé, mes yeux surlignés d'une déclinaison de nude pour faire ressortir leur bleu. Je me sens un peu bête quand il me

quitte sur le trottoir en me faisant une bise et en m'indiquant qu'il était ravi de cet échange.

Je rejoins mon bureau, perturbée. J'ai encore idéalisé le moment que je devais vivre. Je me sens idiote et essaie de me raisonner. Un déjeuner est un instant court, le voir en tête-à-tête est déjà très bien. Il m'a beaucoup expliqué son travail, il avait à cœur de me partager cette belle matinée pour lui.
N'empêche qu'au fond de moi…
Non. J'arrête, pas d'impatience. Je vais le laisser venir.

Je pose la bandoulière de mon sac sur mon fauteuil, un peu décontenancée, attrape mon tél., messages de mes super copines. Elles attendent le compte-rendu… Et je remarque un petit coin blanc nacré, légèrement scintillant qui dépasse tout juste de la pile de dossiers que mon boss a dû déposer pendant ma pause.
Je ne comprends pas. Il était avec moi, il n'a pas eu le temps entre sa bise appuyée et mon retour sur le plateau. Certes, j'ai pris les escaliers… Et tout s'éclaire. Il a fait une allusion pendant le déjeuner sur les préparatifs de Noël et le choix du sapin. Son retard… Il est passé avant.
Je pince mes lèvres de satisfaction, un air enjoué se greffe sur mon visage. Je décachète l'enveloppe, l'ouvre avec délectation et un nouveau sapin en bois, numéroté, apparaît.
Je sais d'où viennent ces petits objets. Une boutique spécialisée en décoration à quelques rues de mon immeuble. Je passais souvent devant leur vitrine, l'an dernier, pour m'extasier de tous ces jolis articles, et je craquais facilement pour en acquérir. Pas cette année ; j'ai évité le magasin.
Ce soir, je pourrais me promener juste comme cela… histoire de regarder de loin…

Je refuse de fêter Noël !

Mon smartphone s'éclaire, une notification, Benjamin. Je me rue dessus.
Désolé pour ce midi. J'étais en mode speed.
J'ai manqué à tous mes devoirs.
Et omis de te dire… que tu étais vraiment jolie.
Un dîner vendredi pour me faire pardonner.
Benjamin

Mes yeux s'écarquillent. Je rougis. Mon cœur débute une lambada d'enfer. Je glousse sur mon siège en me trémoussant de plaisir. Je m'emballe complètement.
Avec joie, Benjamin.

Sa réponse ne se fait pas attendre.
Parfait. Je me charge de réserver.
Je connais un lieu sympa.
Ce sont des clients.
J'ai trouvé leurs locaux quand ils ont lancé leur affaire.
Une vente avec un gros pourcentage. À 5 chiffres.
Bises

Ma lambada se calme légèrement. Mon esprit bouillonne trop vite. Le dîner pour se faire pardonner, je l'imagine archi romantique. Alors les pourcentages, les chiffres… j'ai du mal à les intégrer à ma vision du « repas en amoureux ».

— 6 —

Quelques pas et je serai devant la vitrine de la boutique aux petits sapins en bois. La rue est agrémentée avec soin de guirlandes, d'arbres de Noël touffus, de lumières scintillantes. Un marchand de vin chaud hèle les passants en jouant de l'orgue de barbarie. Je me poste devant l'étalage et admire le travail de décoration des employés. Millimétrés, d'infimes détails comme j'aime, rien de kitsch, de très beaux objets. Dans un coin de la vitrine, une rangée de petits sapins en bois, les mêmes que je reçois du messager. Je souris, naïvement.

— Tu progresses, Sarah.

— Romuald, tu m'as fait peur, dis-je en sursautant.

— Je t'ai sortie de ta rêverie ? Tu aurais changé d'avis pour préparer enfin Noël ?

Je prends ma moue dubitative. Il connaît parfaitement l'histoire. Il m'a abordée en me disant qu'il avait vu un post sur Facebook et qu'il comprenait mieux pourquoi j'étais si triste depuis quelque temps. Mon premier réflexe ? L'envoyer balader. Cette histoire de publication m'a empêchée de dormir. J'ai clôturé très vite mon pauvre profil parce que cela prenait des proportions incroyables. Au lieu de cela, j'ai pleuré. Il s'est excusé de sa maladresse et, en souriant, m'a confirmé que j'avais bien fait. Alors, nous avons fini par rire tous les deux et depuis déjeuné ensemble, échangé sur nos lectures, nos emplois. Je ne connais pas grand-chose de plus. J'avouerai que je ne l'ai pas trop interrogé, parce que je n'aime pas raconter ma life. Noël, il est au fait. Et c'est suffisant.

— Tu me trouves ridicule ? je lui demande.

— Un peu quand même. Tu adores Noël. C'est toi que tu punis et pas l'autre idiot qui t'a fait souffrir.

Et s'il savait… L'autre tocard, il a, a priori, dégoté le grand amour. Il s'affiche sur les réseaux sociaux en mode fiançailles et il s'est arrangé pour que je le sache. Je le déteste.

Je refuse de fêter Noël !

J'acquiesce en haussant les épaules et en expirant. Romuald a raison. Je me prive de mon moment préféré. Je n'ai même pas débuté les cadeaux pour mes proches.

— Viens, je t'y emmène, me souffle-t-il en me tendant la main.

Je pince mes lèvres, hésitante. Et puis mince. J'attrape ses doigts. Un contact agréable. Sa paume est douce et chaude. Il secoue son visage en souriant, saisit la poignée de la porte de la jolie boutique et nous engouffre à l'intérieur.

Vendredi 12 décembre, fin de journée. Je prépare mon rendez-vous avec mon beau gosse sexy à mort. Musique à fond, j'écoute le dernier Ofenbach, *Head Shoulders Knees and Toes*, en chantant à tue-tête. Oui, « maintenant, je t'ai trouvé », et j'aimerais lui dire qu'il coule dans mes veines.

J'ai hâte.

Depuis mardi, il a enchaîné les textos. Nous nous sommes parlé au téléphone tous les soirs. Il me raconte sa journée, son nombre de ventes incroyables. Il est doué dans son domaine. Son réseau grossit. Son ambition est d'être une référence en matière de promotion immobilière. J'acquiesce beaucoup, parce que, clairement, cela me dépasse un peu. Sylvain était employé dans une banque et nous n'avions pas ces conversations mercantiles, si je peux dire.

Je m'approche de mon miroir. Il est devenu le point central de mon appartement. Cinq étoiles, cinq sapins, deux jolies photographies. Le messager a décidé de faire ma décoration. J'adore.

En soulevant un petit sapin, je pense à Romuald et à notre escapade dans la boutique d'accessoires. J'ai passé un instant agréable. Pour être honnête, j'ai kiffé comme une malade. Il m'a fait rire. Il m'a laissé déambuler sans commentaires, et puis, par moments, m'a montré des fantaisies.

— Tu aimes ? m'a-t-il doucement questionné en me tendant une boule à neige.

Je la lui ai prise des mains, l'ai renversée. La magie a opéré. Les petits flocons sont venus s'éparpiller sur un village miniature, très réaliste. Un travail d'orfèvre.

— Oui, je trouve cela joli.

Il a ensuite enfilé un pull moche et un serre-tête avec des bois de rennes en moumoute. Je l'ai supplié d'ôter ces horreurs immédiatement. Il a ri comme un fou, a joué le candide et m'a assuré qu'il l'apposerait sur sa liste de Noël. Je n'y ai pas échappé et me suis retrouvée affublée du serre-tête. Il a dégainé son smartphone pour me prendre en photo, sans que j'aie le temps de refuser. Après une série de selfies avec tous les accessoires possibles et imaginables, nous sommes sortis hilares de la boutique. Je l'ai beaucoup remercié. Il y avait un petit quelque chose de différent dans ses yeux. Inexplicable. Un pétillement ? Peut-être…

Pourtant, je suis ennuyée. J'ai déjeuné avec lui, jeudi midi. Il m'a rapidement montré la succession de clichés que nous avons pris, m'a demandé si je les souhaitais, et nous avons échangé nos numéros. Ensuite, il m'a interrogé sur le messager. Je lui ai raconté le truc incroyable qui m'arrivait. Il était suspendu à mes lèvres. Et, bien sûr, la question est tombée. Est-ce que je connaissais l'identité de ce messager ?

— Oui, Romuald. Je pense le savoir, bien que je n'aie pas la confirmation.

Son visage, quelques instants, s'est illuminé.

— Alors, qui est-ce ?

— Je préfère ne rien dire pour le moment. Nous nous fréquentons depuis peu et cela serait prématuré de ma part.

— Tu vois quelqu'un ? m'a-t-il lancé de but en blanc.

Je refuse de fêter Noël !

— Oui, c'est très récent.

— Chouette. Je suis content pour toi. Oh là là, je n'ai pas vu l'heure.

Il s'est levé d'un bond, a attrapé sa veste et m'a gratifié d'un « à bientôt ». Je suis restée un peu bête. Gênée, je dirais. Et ce soir, en pensant à ce moment, je m'interroge. Ai-je été maladroite ?

— 7 —

Le carillon de mon digicode retentit. J'appuie sur la gâche et, quelques minutes plus tard, Benjamin franchit le pas de ma porte. Je suis ravie qu'il soit venu me chercher et de lui montrer mon petit chez-moi que j'ai décoré avec soin.

— Tu es radieuse, Sarah, me souffle-t-il en déposant une bise sur ma joue. Ne perdons pas de temps, j'ai réservé pour vingt heures. Je déteste être en retard.

— Très bien, j'enfile ma veste.

La visite de mon appartement ? La découverte de mon univers ? Pas au programme. Décidément, nous avons quelques ajustements à prévoir. Peut-être pourrais-je le lui souffler ?

Un endroit chic, le restaurant qu'il a réservé. Indéniable. Je me sens petite. Lui ? Il est dans son élément. Il serre des mains depuis que nous avons franchi les portes, a longuement discuté avec le patron de l'établissement, et je suis restée un peu en mode potiche, souriante.

— Allons-nous asseoir, finit-il par dire. Je connais beaucoup de monde et cela fait partie de ma vie de gérer mon relationnel à tout moment. J'espère que tu le comprends.

Et comme une cruche, j'acquiesce. Pourtant, une boule de stress s'est formée dans mon ventre. Un dîner, c'est un moment à deux, et cela me perturbe, ce contexte. Je prends sur moi. Il me plaît. Je dois faire des concessions.

La soirée est douce. Il m'interroge, enfin, sur mes passions. Alors, je lui décris mes lectures, la musique, la décoration… et son téléphone sonne.

— Je suis désolé une urgence.

J'aurais préféré qu'il appuie sur la touche rouge. Nous quittons l'établissement et il glisse sa main sur ma taille pour rejoindre le parking. Ce contact me plaît. Il est galant et vraiment beau. J'ai remarqué que les femmes se retournaient

Je refuse de fêter Noël !

sur son passage. Son univers me parait loin du mien. Je vais trop vite. Pour le moment, il ne s'est rien produit.

Nous arrivons avec son joli coupé devant mon immeuble. Il bondit de son siège pour ouvrir ma portière. Je descends, et dans mon esprit, les questions se bousculent. Est-ce que je l'invite pour un dernier verre ? Je me sens empotée.

— J'ai passé une belle soirée, Sarah. Tu me plais beaucoup.

Il ponctue sa phrase en s'approchant. Ses lèvres à quelques centimètres des miennes, mes yeux perdus dans ses iris verts. Doucement, elles viennent s'appuyer contre les miennes. Ses mains se posent délicatement sur mes hanches. Un baiser tendre.

— J'ai hâte de te revoir, me souffle-t-il en attrapant mes doigts pour un baise-main.

Allongée sur mon lit, je repense à ce bisou, à Benjamin. Il est l'homme dont je rêvais. Un très beau gosse, intelligent, une brillante situation… Que demander de plus ? Alors, je ne comprends pas bien pourquoi, au fond de moi, il y a un petit truc qui me gratte.

Samedi 13 décembre

J'attends dans mon hall que Benjamin me récupère. À la base, je devais sortir avec Elsa et Marine qui piaffaient que je leur raconte mon premier baiser avec Beau Gosse. Elles étaient hystériques et heureuses pour moi. Benjamin m'a appelé en catimini pour me demander de l'accompagner à une soirée VIP, importante pour son business. Je triture mes doigts en l'attendant. La petite boule de je ne sais quoi au fond de mon ventre a grossi. Peut-être parce qu'il a insisté sur le choix de ma tenue. « Essaie d'être vraiment classe, ma

chérie » : ce sont ses mots. Peut-être que je m'inquiète de ne pas être à la hauteur. Je ne suis pas dans mon assiette.
Et surtout, le messager, aujourd'hui, il n'est pas passé.

Coupe de champagne à la main, nous voguons de groupe en groupe. Il est dans son élément, enchaîne les civilités, en me présentant comme son amie. Je ne prononce pas beaucoup de mots, salue en souriant. Leurs conversations me dépassent. Si Benjamin ne m'avait pas embrassée longuement quand il est venu me chercher et félicitée pour ma tenue, je crois que j'aurais pris la poudre d'escampette.

— Excuse-moi cinq minutes, je dois absolument aborder ce chef d'entreprise.

Un baiser fugace… il me laisse en plan, verre à la main, au milieu de ce salon bondé. Potiche est le premier terme qui me vient à l'esprit. Mes doigts tremblotent. Je sens comme un léger énervement monter graduellement dans mon corps. Je lutte ; la dernière fois, j'ai perdu tout contrôle.

Il revient dix minutes plus tard, m'alpague pour me présenter à un groupe de soi-disant amis.

Responsable d'un centre de relation clientèle, voilà comment il m'a présentée. Je suis restée coi et n'ai plus prononcé un mot de cette interminable soirée.

— Que se passe-t-il ? m'a-t-il enfin demandé sur le trajet du retour.

— Je ne suis pas responsable de quoi que ce soit. Une simple employée.

— Sarah, je ne voulais pas être indélicat. Dans mon monde, les apparences sont importantes. Cela ne change rien entre nous. Mais pour ces prescripteurs, cela les rassure de savoir que ma petite amie a un job avec des responsabilités.

— Tu as honte de moi ?

Je refuse de fêter Noël !

— Sarah, absolument pas. Il s'agit uniquement de business, de codes. Et puis, avec mon réseau, ta carrière va prendre de l'envergure.

— Ah.

Un baiser léger. Je ne lui ai pas laissé le temps d'ouvrir la portière et me suis engouffrée dans mon hall, sans me retourner. Déçue ? Je suis perdue. Cet homme a l'embarras du choix, alors je ne comprends pas ce qu'il me trouve, puisqu'il n'ose pas dire ma profession. Je me couche, égarée.

— 8 —

Dimanche 16 décembre, fin d'après-midi. Je déambule dans les rues en direction d'un parc à proximité de chez moi, où un marché de Noël a lieu. Mon cœur est triste, un peu lourd. Pourtant, j'ai reçu plusieurs SMS de Benjamin me proposant de discuter tranquillement. Il a aussi beaucoup insisté sur le fait que je lui plaisais beaucoup. Alors pourquoi je me prends la tête ? Elsa est passée rapidement. Elle était ennuyée. Elle m'a conseillé d'être patiente.
La patience…
L'histoire du messager me perturbe aussi. Rien hier, nada aujourd'hui. Depuis le baiser avec Benjamin, depuis que je suis officiellement sa chérie comme il me le répète dans ses textos, le calendrier s'est arrêté. Et cela me rend triste.

Mes mains gantées sont cachées dans mes poches, bonnet de laine, emmitouflée dans un manteau en mohair bleu, un grand châle blanc par-dessus, mes épaules légèrement affaissées, mon bout de nez piqué par l'air froid, je déambule de chalet en chalet, en prenant plaisir à découvrir les réalisations des créateurs qui exposent. Peut-être bon signe que la magie de Noël s'insinue de nouveau en moi.
Un marchand de pain d'épices, des petits bonhommes. Je craque, cherche mon porte-monnaie dans le fourbi qui me serre de sac…
— Bonjour, Sarah.
Romuald. Mes yeux se plantent dans les siens quelques instants. Il n'a pas son air habituel. Je penche mon visage, un sourire se dessine sur mes lèvres. Mon cœur a bondi. Je suis heureuse de le voir.
— Tu te promènes ? je lui réponds.

Je refuse de fêter Noël !

— Marché de Noël, je ne le manquerais sous aucun prétexte.

Une femme s'approche et lui prend le bras en l'appelant par son prénom. Je me fige. Il a dû le remarquer.

— Ma sœur, Alice, me lance-t-il en secouant son visage et en souriant.

Mince, quelle idiote, je ne vais pas lui faire le coup de la fille jalouse.

Il enchaîne :

— Alice, je te présente Sarah, avec qui je déjeune de temps en temps. Elle travaille dans l'immeuble en face du mien, au centre de relations clientèle de Lilipay.

Et pas responsable, directrice ou je ne sais quoi. La vérité, ce que je suis, c'est tout.

— Sarah, insiste-t-elle en prononçant mon prénom comme si on lui présentait une rock star. J'ai énormément entendu parler de vous. Romuald a votre prénom greffé dans sa bouche. Pas une journée sans qu'il me parle de vous.

Je me tétanise, lui aussi. Elle explose de rire.

— J'adore le taquiner. Il m'a parlé de vous et de votre lancer de machine à pâtes.

J'aimerais m'enfoncer sous terre. Je supplie Romuald des yeux. Il hausse les épaules en signe de dépit et explose de rire à son tour.

— Ma sœur est très nature et son humour est particulier.

Elle lui tape le biceps en signe de contestation. Il se protège, en criant qu'il va se faire mal traiter. Je ris de cette situation cocasse. Leur complicité est belle à voir. Je suis fille unique, alors un peu envieuse.

— Tu te joins à nous ? Nous allons déguster un chocolat chaud.

Attablés, nous discutons à bâton rompu. Les deux enfants de sa sœur courent dans tous les sens. Elle essaie désespérément de les ramener vers nous. Facile, simple, fluide d'être avec eux : je me sens moi. La nuit est tombée et le lieu s'est éclairé de mille feux.

— Tu as vu la grande roue ? Tu m'accompagnerais ? me propose Romuald.

Je reluque le monstre d'acier. Haut, très haut. J'ai le vertige, je vais trembler.

— Tu viens ? me susurre-t-il.

Et docilement, j'attrape sa main et le suis vers l'entrée de l'attraction.

La vue ? Incroyable. La montée ? Tout en douceur. Romuald a eu des mots rassurants, je suis collée contre lui, un peu peureuse quand même, mais fière d'y être grimpée. La cabine se stoppe d'un coup au point culminant.

— Pourquoi cela s'arrête ? je me précite de prononcer.

— Du calme, ma belle…

Je le dévisage. Qu'est-ce qu'il vient de dire ?

— Pardon, c'est sorti tout seul, murmure-t-il.

Je reste scotchée à ses prunelles marron. Elles pétillent. Lentement, mes yeux dérivent sur ses lèvres. Elles sont attirantes, fermes… La suite ? Je n'ai pas le temps de me poser de questions. Il ôte ses gants, attrape mon visage avec ses mains et sa bouche part à l'assaut de la mienne. Je gémis. Un baiser palpitant. Sa langue se noue avec la mienne, de petites étincelles éclatent dans ma tête. Ses mains s'égarent sur ma nuque, il retire mon bonnet et ses doigts se perdent dans ma crinière châtain. Il se recule quelques secondes, son souffle est rauque. Il empoigne mes hanches et vient m'asseoir sur ses cuisses à califourchon, tel un petit paquet de linge tout léger. Mince, il a de la force, en plus. Ses lèvres prennent possession des miennes.

La descente ? Aucune idée. Je réponds, affamée, à ce baiser. Une de ses mains conquérantes est partie à l'assaut de la

Je refuse de fêter Noël !

peau de mon dos. L'autre joue avec ma nuque. Les miennes sont posées sur ses pectoraux. Je suis transportée...

Les vibrations de la cabine, le forain qui nous hèle que le tour est fini et que cela serait aimable de laisser la place aux autres. Une trentaine de paires d'yeux ahuris nous dévisageant, je bondis des cuisses de Romuald, dépose mes doigts sur ma bouche, en signe d'effroi. Mon Dieu, qu'est-ce que je viens de faire ? Je me précipite vers la sortie sans un regard pour lui et pars en courant rejoindre mon appartement.

— 9 —

Lundi matin. Je traîne des pieds pour rallier l'étage de Lilipay. Ma nuit ? Pas terrible, pour être honnête. J'ai tourné dans tous les sens et mon esprit s'est noué de questions. Benjamin m'a contactée quand je suis rentrée, essoufflée. J'avais honte. Il s'est excusé à maintes reprises pour la soirée de samedi, à répéter qu'il se sentait bien avec moi, et a fini par m'inviter le vingt-cinq dans sa famille. Une relation sérieuse. Alors pourquoi je me prends la tête ? J'ai le goût des lèvres de Romuald sur les miennes. Je ne parviens pas à les effacer. Pourtant, ma décision est ferme. Je ne cours pas après deux hommes. Je vais éviter Romuald et lui donner une fin de non-recevoir si… quoi, d'ailleurs ? Il m'embrasse à nouveau ? Je ne sais pas si je lui résisterai.

L'assistante de l'accueil m'alpague à mon arrivée sur le plateau. Elle me remet une pochette, où il est inscrit confidentiel et personnel. Étonnant. Je l'ouvre précipitamment. Trois enveloppes blanc nacré scintillantes. Deux très belles photos numérotées pour le week-end et un flocon en verre, fragile. Le chiffre est noté sur l'enveloppe avec un petit cœur à côté. Benjamin ; il a compris que ces attentions me touchaient. Mes doutes s'envolent.

À midi, je le retrouve devant le QG. Il est vêtu d'un costume trois pièces qui lui donne une classe folle. Quand il m'embrasse, j'insinue mes lèvres plus fortement, ma langue se fait aventureuse. Je le surprends, je le sens.

— Sarah, prononce-t-il avec un petit air coquin. Pas de précipitation.

Pourtant, j'aimerais qu'il se précipite un peu, le garçon.

Nous entrons, il a enserré ma taille. Mes yeux se posent immédiatement sur Romuald, attablé seul. Pendant quelques secondes, nos regards se mêlent. Pendant quelques secondes, mon corps se fige. Pendant quelques secondes, le temps est suspendu. Ses yeux sont sombres et, rapidement, se focalisent sur son livre. Mon être se serre.

Je n'ai pas écouté un mot du nouveau monologue de Benjamin. Non, il a blablaté, j'ai hoché la tête poliment. Nous sommes sortis du restaurant, un baiser soft. Je suis retournée comme un zombie vers mon open space décrocher mes appels en mode automate, le visage mélancolique de Romuald gravé dans mon esprit.

Je l'ai croisé à plusieurs reprises, cette semaine. Il m'a évité. Je m'en veux. Je déteste cette situation. J'aimerais que nous puissions discuter comme avant. Nos échanges sur nos lectures sur la vie me manquent.

Vendredi midi, n'en pouvant plus, je me décide. Il est assis à la même table. Je le contemple longuement avant d'oser. Il a une jolie chemise. Elle lui va bien. Il a dû passer chez le coiffeur, également. Ses cheveux plus courts lui dégagent le visage. J'aime bien. Puis il a fait pousser sa barbe, style mal rasé de trois jours. Cela lui donne un sacré charme. Stop. Ces pensées sont interdites. Je me poste devant sa table. Il relève furtivement les yeux et retourne à sa lecture. Pas gagnée, l'affaire. Je me lance.

— Tu vas faire la tête combien de temps ?

Il ferme son livre, souffle d'exaspération, attrape sa veste, se lève pour quitter le restaurant.

— C'est ridicule, je lui balance à la volée, décontenancée.

— Non, ça ne l'est pas, rétorque-t-il, agacé.

— Romuald, j'aurais dû t'arrêter…

— Stop, me coupe-t-il. Sois heureuse, c'est tout ce que je te souhaite.

Il file précipitamment du QG. Je reste droite comme un I, dans l'incompréhension. Je lui ai dit que je voyais quelqu'un.

Par Zéa Marshall

Nous n'avons jamais passé le cap de la camaraderie, alors je ne m'explique pas son attitude.

Je retourne, désabusée, rejoindre mon plateau. Une enveloppe blanc nacré et scintillante m'attend. Un flocon en verre, le cinquième de la semaine. Elle devrait me déclencher un sourire. Non, plus d'effet. Je la pousse loin de mon champ visuel. Je n'ai pas le cœur à m'émoustiller.

Depuis un quart d'heure, je me fais aboyer dessus par un client mécontent. Il a commandé ses cadeaux pour TOUTE sa famille dans la matinée, sans prendre l'option livraison rapide. Il s'étonne que les colis arrivent le 27. Cet après-midi, je ne suis pas d'humeur, surtout après qu'il m'a traitée de feignasse… Qu'est-ce qu'il en sait ? Je pourrais appuyer sur la touche rouge ou lui dire que je passe dans un tunnel. Mon chef m'a dans le collimateur. Il attend sagement en me regardant pour voir comment je vais m'en sortir avec cet hurluberlu énervé.

Je tripote mon clavier, mate une ou deux pages Google pendant que l'autre abruti continue de s'époumoner. Je n'en peux plus de l'entendre vociférer et lui indique calmement que les rennes et le traîneau, c'est la nuit du vingt-quatre, il peut croiser les doigts. Un silence prolongé. L'effet de surprise. Il n'aime pas et repart pour un tour. Je souffle. L'enveloppe blanche est dans mon champ de vision. Un détail me saute aux yeux. Les numéros, cette semaine, sont notés sur l'enveloppe avec un petit cœur rouge à côté. Le petit cœur, il est fendu, aujourd'hui. Subtil, un infime trait. N'empêche qu'il me trotte dans la tête. Je réfléchis. Le flocon d'hier, je l'ai laissé au bureau. Cela montre mon niveau de motivation. Je m'interroge ; ai-je conservé l'enveloppe ?

J'ouvre mes tiroirs précipitamment. Mince, disparu. Un éclair : le tri sélectif. Je fonce, mon casque sans fil vissé sur mes cheveux. J'attaque le réceptacle jaune, en mode déterminée, et balance tout ce que je trouve. À la moitié du bac, ma petite enveloppe à moi, blanc nacré, scintillante, est légèrement froissée, mais présente. Je soupire de plaisir en me redressant. Je la frotte méticuleusement pour lui redonner son aspect d'origine. Je relève la tête. La grande majorité du plateau me scrute, ahurie, y compris Elsa et Marine qui secouent leur visage d'incompréhension. Dans mes oreilles sonne un bip désagréable, l'autre idiot a raccroché.

Je me fige. Obnubilée, j'ai omis le monde qui m'entoure. Je sors un sonore : « Merci, Monsieur, de votre appel, ravie de vous avoir rendu service, joyeux Noël, n'oubliez pas de recommander Lilipay. » Quelques secondes de flottement, mon chef, ses yeux rivés sur ma petite personne... et mes collègues reprennent le travail. Je ramasse bien vite les papiers que j'ai éparpillés et retourne à mon poste. Moins un.

Messages de mes copines.

À quoi joues-tu ?

Je recherchais un truc, rien de grave.

Je reçois un SMS dans la foulée de Benjamin qui m'indique qu'il me récupère à 19 h. Nous allons dîner avec trois couples d'amis et collègues de travail, de super relations pour son business, son plan de carrière, et j'en passe. Je n'ai pas envie. Non. Aucunement. Je prétexte un état grippal, une petite forme, sûrement contagieuse.

Pas de souci, ma chérie. Je comprends.

Tu te souviens que ce week-end, je suis en séminaire.

Je te retrouve chez tes parents le 25.

Love, Benji

Son message me laisse de marbre. C'est fou, bien que je sois contente de le présenter à mon père et ma mère et d'être présentée aux siens. Je suis bien ravie d'échapper au dîner, aux chiffres, à la croissance et au taux de développement. Ma seule préoccupation ? Comparer mes deux enveloppes. Peut-être une erreur de coloriage, mais un léger trait fend le cœur.

— 10 —

Samedi 21 décembre

Je joue des coudes pour franchir les rayons et attraper mes derniers cadeaux. Maligne, j'ai tellement tardé cette année que je me retrouve dans le gros de la foule des indécis. J'arrive enfin à la caisse, satisfaite. Il me manque un présent pour mes cousines et l'affaire sera bouclée.

Mes parents, cette année, ont invité mes oncles, mes tantes, peut-être pour éviter un tête-à-tête avec leur fille trentenaire, célibataire, ou parce que je leur ai soufflé que je leur présenterai quelqu'un. Benjamin a pris des nouvelles tôt pour s'inquiéter de mon état. J'ai apprécié, je le ne cache pas. Surtout que dans ma boîte aux lettres, j'avais un petit cliché comme je les aime. Une étendue de neige, quelques sapins au loin, ambiance pôle Nord. Un petit cœur à l'arrière, et un léger trait qui le fend. Le détail qui me tracasse. Bizarre.

J'attrape mon tél. dans la file d'attente. Message de Marine.
On se voit ce soir ?
Je confirme, le repose dans mon sac et remarque une paire d'yeux qui me dévisage. Alice, la sœur de Romuald.
Je ne peux pas dire qu'elle a un air enjoué, loin de la femme que j'ai découverte dimanche dernier. Elle m'attend devant ma caisse. J'ai le sentiment que je vais passer un sale quart d'heure.
— Bonjour, Sarah. Satisfaite, j'imagine ?
— Bonjour, Alice. De quoi parles-tu ?
— De quoi je parle ? Mais quel culot ! La moitié de la fête foraine t'a vue grimper sur les cuisses de mon frère, en mode exhibitionniste, et tu me demandes pourquoi je m'interroge ? Tu l'as jeté comme un malpropre.

Je refuse de fêter Noël !

— Non… J'ai paniqué. Je suis en couple avec un autre homme. Il le savait.
— Et tu l'as laissé t'embrasser, c'est pitoyable.

Elle tourne les talons sans me laisser le temps d'une explication plausible. Je sais que j'ai vraiment agi maladroitement avec lui. Un remords. J'agrippe mon smartphone en sortant du magasin et lui envoie un SMS.

Je suis désolée. Sarah

Je n'ai eu aucune réponse.

24 décembre. Dix-sept heures.

Je ferme mon ordinateur, éteins mon écran. L'ambiance est joyeuse sur le plateau. Mes collègues se souhaitent un bon réveillon, même mon chef est d'humeur festive. Je souris et me prête avec cœur aux festivités. Certes, je n'ai pas reçu l'enveloppe du messager aujourd'hui, certes, cela m'a serré un peu le ventre, mais je rejoins ma famille, alors je vais arrêter de me faire des nœuds au cerveau. Demain, cette histoire de calendrier de l'avent sera derrière moi.

Je marche tranquillement pour rentrer chez moi. Mon tél. bipe. Romuald.

Bon réveillon. Romuald

Je reste tout chose. Un long moment à regarder mon écran. Lui répondre ? Je ne l'ai même pas interrogé sur ses projets. Je me sens égoïste. Je range bien vite mon smartphone, pour éviter que des pensées négatives s'ancrent dans ma tête. Boîte aux lettres, réflexe de sortie du travail. Un petit colis. Il est blanc, nacré, légèrement scintillant. Mes pupilles se dilatent sous l'effet de la surprise. Je laisse tomber à terre les autres courriers et déchiquète le papier avec empressement.

La boule à neige, et une photo de la grande roue.

Oh non ! Quelle idiote, mais quelle idiote ! Je me suis complètement trompée. Les étoiles, les sapins, les photos choisies avec soin, les flocons en verre, la phrase poétique sur la voûte céleste, lui savait. Tout devient limpide.

Je dégaine mon tél. en sortant dans ma rue. Un premier message.

Où es-tu ???

Pas de réponse.

Arrête, Romuald, donne-moi ton adresse !!!!! Je t'en supplie.

Immeuble B, 11 allée des Mimosas.

Je cours, ma petite boule dans les mains, rejoindre son allée à côté du magasin de décoration. Cet homme vit dans mon quartier et je ne l'ai jamais interrogé. Cet homme m'a écouté pendant des mois, il m'a fait rire, il s'est intéressé à ce que j'aimais, à celle que j'étais... et je n'ai rien vu. Dans l'attente d'un prince, le mien me souriait chaque midi. Mes larmes coulent. Je n'arrive pas à les arrêter.

Le porche de son immeuble est ouvert, un coup d'œil aux boîtes pour situer son étage. Je tambourine sur sa porte, complètement essoufflée. Je crie son prénom. Il finit par ouvrir. Je le dévisage. Il est triste, ses yeux sombres. Il a enfilé une très jolie chemise avec un jean. Je lui trouve un charme fou, un sex appeal de dingue. Je ne sais pas par où commencer. Je lui montre la boule à neige, la carte, mes larmes habillent mes joues, sans discontinuer.

Je bredouille, des prémices de phrases incohérentes où les mots « pardon », « merci », « attention » et « reine des idiotes » se mélangent. Et puis mince, je me jette dans ses bras. Il me rattrape au vol. Je pars sauvagement à la conquête de sa bouche en explosant de mes mains les boutons de sa chemise.

— Épilogue —

Mes paupières s'entrouvrent délicatement. Je flotte sur un nuage de douceur. Je récupère mon tél. sur la table de chevet. Il a beaucoup carillonné, cette nuit. J'ai eu le temps d'envoyer un petit SMS à mes parents, leur indiquant de ne pas s'inquiéter, et à Benjamin, pour qu'il ne se déplace pas chez eux. Inutile.

Une tête endormie est cachée au creux de mon épaule. Une main conquérante posée sur mon ventre. Je rougis des souvenirs de ma nuit. Il m'a fait l'amour jusqu'à ce que je sois repue.

Des moments de douceur incroyable, lovée dans ses bras, et d'autres charnels beaucoup plus coquins. Je rêvais d'un truc de malade, j'en papillonne. Mon être se contracte en dévorant des yeux l'homme sexy, endormi à côté de moi. Romuald.

Ses doigts attrapent mon smartphone et le jettent au sol. Il s'appuie sur ses avant-bras. Au réveil, il est à croquer.

— Tu joueras avec plus tard. Joyeux Noël, ma belle.

Sa bouche s'écrase sur la mienne, son corps se colle contre le mien, son désir nous fusionne. Je gémis de plaisir.

J'adore Noël.

La gauche porte bonheur

Par Jessica Motron

J'ai toujours détesté Noël. Du moins, j'en ai le sentiment. Chaque année, je traverse le mois de décembre en apnée, attendant impatiemment janvier pour pouvoir reprendre mon souffle et laisser ces réjouissances derrière moi.

Matinée pourrie ! Après une douche froide due à une panne de ballon d'eau chaude, un mug cassé par mon chat (le vrai maître des lieux) et de la confiture de fraise venue se prélasser sur mon chemisier préféré, je me heurtai gentiment la tête contre le mur du salon, me demandant quand la chance allait enfin tourner. « Jemma la Guigne », c'est comme ça qu'on m'appelait. Et ce surnom illustrait à la perfection cette journée qui débutait à peine. J'étais moi-même persuadée de faire preuve d'une maladresse sans égale, ce que mes amis qualifiaient plutôt de « poisse-innée-monumentale ». Je retournai donc dans ma chambre me changer, enfilai un pull écru qui se mariait convenablement avec mon jean délavé et mes imposantes moon boots. J'attrapai ensuite mon beau manteau noir 100 % laine, acheté la semaine précédente en solde, et déchirai la manche gauche en essayant de le passer. Dans un élan d'exaspération, je secouai les bras pour m'en défaire dans de petits mouvements secs en sautillant sur place, poussant des cris de souris. Mes nerfs étaient sur le point de lâcher ! Patoune me toisa depuis le radiateur sur lequel il était affalé et poussa un long miaulement rauque, qu'on aurait pu traduire par : « *Pauv' tarée.* » J'ignorai ce matou paresseux, empoignai d'un air résigné ma vieille doudoune (quitte à ressembler au Bibendum chamallow), persuadée que cette journée serait de toute manière placée sous le signe de la malchance. Lorsque je sortis de mon immeuble, une giboulée neigeuse se découpait sur l'obscurité de la nuit. Il ne neigeait pas souvent dans les Yvelines, et ces confettis glacés me réchauffèrent le cœur, me refroidirent le bout du nez et m'accompagnèrent durant toute ma marche jusqu'au centre commercial. Une fois arrivée, je rabattis ma capuche et m'essuyai minutieusement les pieds sur le paillasson alors que je passais les portes automatiques. De petits flocons dégringolèrent sur mes épaules, puis sur le sol, laissant derrière moi une traînée poudreuse éphémère doucettement éclairée par la lumière de l'aube qui commençait à poindre.

À l'intérieur, les boutiques s'éveillaient peu à peu, leurs rideaux de métal se relevant doucement à la lueur des vitrines qui s'illuminaient. Je les imaginais bâiller à gorge déployée et s'étirer longuement avant de devoir engloutir leur petit-déjeuner de clients surexcités. Le hall était sur son trente et un, élégamment décoré avec ses boules scintillantes et guirlandes colorées qui dégoulinaient du plafond, me donnant une légère sensation de vertige. De la boulangerie s'évadait une odeur de cannelle et de pain d'épices qui embaumait l'atmosphère d'une fragrance noëlesque. Lorsque cette senteur vint me chatouiller les narines, je ravalai un haut-le-cœur. Le calme régnait encore, mais je savais que bientôt, des mélodies déjà trop entendues s'échapperaient des haut-parleurs, ces fameuses chansons qui clamaient haut et fort l'arrivée des fêtes de fin d'année. Une ambiance à faire rêver petits et grands qui me laissait totalement de marbre. J'arpentai les vastes couloirs d'un pas lent et gambergeai à propos de cette journée tant redoutée qui se profilait à l'horizon. Le 24 décembre était la plus difficile de l'année pour les commerçants. Celle où toute la ville réalisait que Noël était là et que, oui, il fallait trouver des présents pour ses proches. Je travaillais au *Comptoir du Savon*, une boutique de cosmétiques, et je savais d'ores et déjà que nous serions assaillies par tous les spécialistes des cadeaux de dernière minute. Après avoir contourné le gigantesque sapin endimanché qui trônait au centre de ce dédale, je pris l'escalator en me cramponnant fermement à la rampe pour ne pas perdre l'équilibre. Arrivée au premier étage, je fis un demi-tour et déambulai en laissant aller ma main nonchalamment sur la balustrade. À l'occasion des fêtes, celle-ci avait été recouverte d'une étoffe cotonneuse donnant une illusion de neige duveteuse dont je trouvais le contact agréable. Je tournai la tête et aperçus mon reflet dans le miroir d'une vitrine. Des cernes résiduels ressortaient sur ma peau brune, et mes yeux ambrés peinaient à rester ouverts. Je songeais déjà au double expresso que j'avalerais une fois arrivée dans la boutique.

La main courant toujours sur le textile ornemental du garde-corps, je rêvassais en admirant les façades des magasins de vêtements, la seule chose que mon cerveau à demi réveillé me permettait de faire. Soudain, ma main arriva sur une surface inédite. Une texture veloutée affleura sous la pulpe de mes doigts. C'était doux et moelleux, pourtant ferme à la fois, très agréable au toucher. Je tâtai deux fois la chose en question pour essayer de deviner de quoi il s'agissait, juste avant de me retourner et de tomber nez à nez avec un grand Père-Noël, sur les fesses duquel ma main était gracieusement posée. J'écarquillai les yeux alors que je me décomposais sur place, morte de honte à l'idée d'avoir papouillé le postérieur d'un vieil homme. L'effet réveil matin fut beaucoup plus efficace que toute la caféine du monde. Il pivota vers moi et afficha une expression satisfaite malgré sa surprise. À mon grand étonnement, ce n'était pas un grand-père, mais un homme d'environ trente-cinq ans, le visage camouflé sous une épaisse barbe blanche de laquelle ressortaient deux yeux fougueux rivés sur moi. Je restai bouche bée, hypnotisée par ces prunelles azurées cerclées d'un pourtour grisâtre. Je vis en elles le bleu du ciel tenter une percée à travers la grisaille. D'ordinaire, les barbus au bonnet rouge me rebutaient radicalement : ils me faisaient autant d'effet qu'une boîte de raviolis périmés. Toutefois, celui-ci avait quelque chose d'attrayant. Mon cœur s'emballa et ma bouche devint pâteuse, sans que je puisse dire si c'était dû à l'embarras ou à l'attirance soudaine que je ressentais. L'instant s'éternisa, aucun de nous deux ne semblait résolu à détourner le regard. Ce n'est que lorsqu'il se racla la gorge que je réalisai que ma main était toujours ventousée à son arrière-train. Confuse, je la retirai d'un coup sec, comme on lâcherait une casserole bouillante, et reculai d'un pas.

— Oh... Oh, mince, bafouillai-je. Je... je suis navrée. Excusez-moi, je tenais la rambarde, et...

Il rigolait discrètement, visiblement amusé par mon incommodité et par la cocasserie de la situation. Il examina son postérieur, vérifia que tout était en place, l'épousseta et réajusta son ceinturon.

— C'est bon, vous n'avez rien abîmé.

Son arrogance me déplut. Oui, il avait un super cul, et alors ? Ce n'était pas la peine de fanfaronner alors que je n'avais qu'une envie : m'enfuir la tête cachée sous un drap.

— Je dois aller travailler. Excusez-moi encore pour... commençai-je

— Pour cette accolade amicale, dirons-nous ? répliqua-t-il, moqueur.

— Si vous voulez, soupirai-je. On peut appeler ça comme ça.

— En tout cas, ça fait plus d'un mois que je travaille ici et jamais une journée n'avait si bien commencé.

C'en était trop, je n'avais pas à écouter ces remarques désobligeantes. Je m'étais déjà excusée, je n'avais donc plus rien à faire ici.

— Ahah, très drôle. Excusez-moi, mais il faut que j'aille travailler.
— Je ne voulais pas vous vexer.
— Oui, eh bien, c'est un peu raté.
— Dans ce cas-là, c'est à moi de m'excuser. Je ne voudrais pas qu'on en vienne aux mains. Même si dans votre cas, c'est déjà fait.

Quel rustaud ! Je ne pris même pas la peine de rétorquer ; les réparties cinglantes n'étaient vraiment pas ma spécialité. Je fis volte-face et partis me cacher sur mon lieu de travail, maudissant sa proximité avec le traîneau du père Noël.

Je courus vers la boutique, sans me retourner. J'ouvris la porte, haletante, sous l'œil étonné de Roxane, ma collègue, qui me dévisageait derrière ses grandes lunettes rondes. Comme à son habitude, elle avait attaché ses cheveux châtain à la va-vite et de petites mèches rebelles s'envolaient dans tous les sens.

— Tu en fais une tête ! Qu'est-ce qu'il t'arrive ? me demanda-t-elle.
— J'ai tripoté les fesses du père Noël !
— Quoi ! Comment ? Pourquoi ?
— Attends ! Il faut au moins un café pour accompagner mes mésaventures matinales.

Nous nous rendîmes dans l'arrière-boutique comme deux adolescentes en quête de ragots. Roxane mit en route la Dolce Gusto pendant que je me changeais. J'enfilai le legging rouge en velours et la chemise blanche à jabot que nous forçait à porter la manager en cette période de fin d'année, puis réajustai ma queue de cheval qui laissait retomber mes longues boucles noires sur mes épaules. Pour m'assurer que je ne ressemblais pas à un vieux rat mouillé qui venait de traverser un blizzard, je jetai un dernier coup d'œil dans le miroir. J'y vis le reflet de mon amie qui se dirigeait vers moi, une tasse fumante dans chaque main.

— Raconte-moi tout, Jemma la Guigne.

— Arrête de m'appeler comme ça, soupirai-je. Bon, en même temps, tu n'as pas vraiment tort pour aujourd'hui.

Je commençai à lui raconter mes premiers pépins dans mon appartement, rien qui ne sortait de l'ordinaire dans la vie de la reine de la poisse, en finissant par l'altercation gênante de ma main avec le beau fessier de l'inconnu.

— Tu as mis une main aux fesses du père Noël ! s'exclama Roxane. Même moi, j'aurais pas osé.

— Je ne l'ai pas fait exprès, m'indignai-je.

— C'était laquelle ?

— Laquelle quoi ?

— Quelle fesse ? Si c'est la gauche, ça porte bonheur !

— Euh, j'en sais rien… Tu as de ces questions, parfois ! C'était peut-être la gauche, je ne sais plus…

Mon esprit se déconnecta quelques instants et s'immergea dans le souvenir de ce divin postérieur.

— Il n'y a vraiment que toi pour faire un truc pareil, se consterna Roxane. Et comment a réagi le pauvre vieillard à ces attouchements déplacés ?

— Eh bien, figure-toi que ce n'était pas un vieillard du tout. On aurait dit un jeune, quand même plus vieux que moi, dédaigneux au possible. Il est insupportable : sa réaction, son assurance ! Il se prend pour qui ? Ça peut arriver à tout le monde.

— Ça, ça n'arrive définitivement pas à tout le monde, plaisanta-t-elle en se retenant de glousser. Mais je vois où tu veux en venir.

— Non, mais en plus, il se sert de son regard à faire se pâmer une nonne pour s'en tirer à bon compte. Ces yeux bleus… C'est vrai qu'ils ont quelque chose de… Bref, ça ne justifie pas de se comporter comme le dernier des cons.

— J'ai l'impression qu'il t'a tapé dans l'œil, celui-là.

La gauche porte bonheur

— T'as pas écouté ce que je viens de te dire ? C'est un con ! Et puis je n'ai vu que ses yeux, le reste était caché par la fausse barbe et la perruque. On ne peut pas flasher que sur des yeux…

Sans m'en apercevoir, j'étais en train de sourire bêtement en repensant à ses iris.

— Bon, il m'a peut-être tapé dans l'œil, avouai-je. Tu sais ce que ça me fait, les yeux bleus. C'est marrant, je suis passée devant tous les jours et je ne l'avais même pas remarqué.

— En même temps, le fantasme du père Noël est passé de mode, on ne les mate pas vraiment, à moins d'être fétichiste de la barbiche et du ventre rondouillard. Et puis, toi qui fais un rejet des fêtes, c'est pas étonnant que tu n'aies rien vu.

— Tu dois avoir raison. En tout cas, ce ne sont pas les meilleures circonstances pour remarquer quelqu'un. J'ai eu ma dose de honte pour la journée.

— Attends, elle ne fait que commencer. Et puis, qui sait, ça donnera peut-être quelque chose. On ne sait jamais quand on va rencontrer l'amour.

Elle prononça ce dernier mot langoureusement. Ses yeux plissés, emplis de fierté, disparurent presque derrière ses binocles.

— Oui, je sais, je la connais par cœur l'histoire de ta rencontre avec ton chéri. Mais on ne peut pas tous trouver le grand amour sur *World of Warcraft*, espèce de geek.

Roxane me fit un clin d'œil et alla finir de se préparer. J'avalai la fin de mon café cul sec, nettoyai ma tasse et me rendis dans les rayons pour prendre mon poste quand elle me rappela gentiment :

— Tu oublies ton couvre-chef.

Bougonne, je fis demi-tour en laissant pendre ma langue et allai agrémenter mon crâne d'un magnifique serre-tête orné de bois de renne à clochettes dorées. Nous étions trois

Par Jessica Motron

vendeuses dans la boutique et nous avions tiré à la courte paille pour répartir les chapeaux et accessoires de Noël achetés pour l'occasion. Je n'avais pas besoin de ce jeu de hasard pour savoir avec certitude que je serais celle qui se retrouverait avec une tête de cervidé. Je n'aurais jamais cru penser ça un jour, mais j'enviais Roxane et son bonnet de lutin.

Avant de prendre de plein fouet la vague acheteuse, je vérifiai que tout était en place dans la boutique, y compris le petit recoin dans lequel notre cheffe m'autorisait à vendre les savons que je confectionnais moi-même. Elle m'avait installé une table sur laquelle je les exposais. C'était ma fierté.

La matinée passa à une vitesse folle. Comme attendu, le magasin fut constamment plein à craquer de clients emmitouflés en quête du cadeau parfait. Vers 10 heures, notre autre collègue Adeline nous rejoignit, pimpante. Elle avait accordé son maquillage et son vernis à ongles avec son bonnet de père Noël et avait coiffé ses cheveux blonds en une grande tresse qui descendait le long de sa taille. Elle fut suivie de notre manager, Sylvie, qui portait son éternel tailleur gris clair. Les ventes n'en finissaient pas, on aurait pu vite se laisser dépasser, mais nous avions une organisation à toute épreuve : Adeline était derrière le comptoir et s'occupait de la caisse, Roxane confectionnait les papiers cadeaux, la cheffe s'attaquait à la remise en rayon (elle était bien obligée de mettre la main à la pâte, ces fois-là) et je m'attelais à dispenser les conseils aux acheteurs potentiels dans les allées saturées de marchandises. L'activité constante me ravissait. Cela m'obligeait à ne pas trop penser à l'incident du matin. Entre deux recommandations de savons bio ou de shampoing à la goyave, je tentai discrètement un coup d'œil vers le stand photo où ce père Noël prenait la pose dans son grand traîneau aux côtés de toute la populace déchaînée par la présence de ce Lapon fraîchement débarqué. Il était accompagné de la mère Noël, une grande brune en robe extra courte avec des bottes rouges à talons, beaucoup trop sexy à mon goût pour l'occasion, et d'un petit lutin prépubère qui semblait défoncé à la poudre de canne à sucre. Je tâchais de me concentrer sur mon travail et de ne pas le reluquer, mais le souvenir de ses yeux m'obsédait. Allez, ce n'était que l'affaire de quelques heures. Une fois la journée terminée, le stand photo allait être démonté et ce papa Noël retournerait se geler les miches en Laponie et je n'aurais plus besoin de le recroiser. Mais quelles miches…

Aux alentours de midi, la boutique se vida progressivement, ce qui nous permit d'aller nous sustenter à tour de rôle dans l'arrière-boutique. Sylvie alla déjeuner après nous et revint une demi-heure plus tard. Un large sourire égayait son visage.

— J'ai une surprise pour vous, les filles ! s'exclama-t-elle.

— Super chouette ! s'écria Adeline en mâchant son chewing-gum.

Adeline était le genre de filles qui tapait sur le système, un bonbon acidulé sous Valium. Toujours apprêtée, toujours souriante, toujours de bonne humeur. Visiblement, elle n'avait pas à vivre avec ma poisse légendaire.

— Je vous ai réservé un créneau pour aller faire une photo avec le père Noël ! continua notre cheffe.

— Pardon ? beuglai-je. C'est une blague ?

La dernière chose dont j'avais besoin, c'était de retourner là-bas. Roxane me donna un léger coup de coude et me chuchota :

— C'est vraiment ta journée, Jemma la Guigne…

— On est toutes obligées de le faire ? demandai-je à Sylvie.

— Oui, j'ai eu trop de mal à vous avoir une place pour que vous ne soyez pas toutes sur la photo. Je me suis dit qu'on pourrait l'accrocher dans le vestiaire, en souvenir des fêtes.

« *C'est pas vrai* », pensai-je. Non seulement j'allais devoir me retrouver face à lui, mais en plus, j'allais devoir me changer devant son air hautain tous les jours de l'année.

— Quand est-ce qu'on y va ? demanda Adeline en trépignant.

— D'ici dix minutes, je garderai la boutique. En attendant, Adeline, je voudrais que vous refassiez le plein de monnaie dans la caisse, Roxane, il faut réapprovisionner le rayon des sels de bain, et vous, Jemma, je voudrais que vous arrangiez un peu celui des savons, les clients ont mis un sacré foutoir.

J'exécutai les consignes, la boule au ventre. Comment allais-je pouvoir me présenter devant lui après ce que j'avais fait ? Roxane attendit que Sylvie se soit éloignée pour venir me rassurer.

— Allez, c'est qu'une histoire de minutes. On s'installe, le lutin fait « clic, clac, c'est dans la boîte » et on est reparties.

— Je ne suis pas sûre de survivre à une nouvelle séance d'humiliation… soupirai-je.

— Dans ce cas-là, laisse peut-être les bois de renne dans la boutique…

— Allez, les filles, c'est l'heure, cria Sylvie depuis la caisse.

Adeline partit la première, guillerette, suivie de Roxane. Je les talonnai en traînant des pieds bruyamment. J'avais autant envie d'y aller que de prendre un bain moussant avec des piranhas. Une fois devant le stand photo, nous fûmes accueillies par une Miss Sexy Noël un peu trop enjouée à mon goût (elle avait dû partager son Valium avec Adeline).

— Mesdames, bienvenue ! Je vous laisse voir entre vous comment vous voulez vous installer sur le traîneau, et après, c'est parti pour la photo !

Le père Noël, qui se tenait à un mètre de nous, était en train de réajuster sa barbe et son bonnet et ne semblait pas encore nous avoir vues. Je cherchai tant bien que mal à me cacher derrière mes collègues. Chose difficile quand on fait un mètre soixante-quinze. Lorsqu'il se retrouva face à nous, il prononça un joyeux « bonjour » par réflexe, puis remarqua ma présence.

— Et rebonjour à vous, dit-il à mon intention avec un sourire que je devinai moqueur sous la moustache.

En une fraction de seconde, j'eus de nouveau envie de m'enfouir sous terre. Et le pire, c'était que lui s'en amusait. Le sang grimpa jusqu'à mes joues et mes oreilles et je remerciai le ciel pour ma peau foncée. Cela m'évitait ainsi de ressembler à une tomate constipée. La voix d'Adeline me fit sortir de mon état catatonique.

— Vous voulez vous mettre où, les filles ? Moi, j'aimerais bien être devant.

— Moi je m'en fiche, ajouta Roxane.

Petit papa Noël s'empressa d'ajouter à mon attention :

— Mademoiselle, je pense que vous avez une préférence pour le derrière, non ?

Roxane pouffa de rire alors que je me liquéfiais sur place. Mon corps prit la consistance d'un lombric sous morphine. Adeline, qui ne captait rien de ce qui était en train de se passer, se dirigea vers le traîneau et prit les choses en main :

— On fait comme ça alors, je vais devant avec Roxane, et Jemma, tu vas derrière avec Monsieur. Je ne voudrais pas vous vexer, père Noël, mais vous êtes tellement grand que si on vous met devant, on ne nous verra plus.

Roxane dut me bousculer pour me forcer à grimper dans la charrette de l'enfer. Je faisais tout pour ne pas croiser les yeux bleus de mon voisin, si bien que je faillis rater la marche et me rattrapai de justesse sur le rebord. Je m'installai le plus loin possible de lui (à deux doigts de fusionner avec l'accoudoir), restai figée, droite comme un I, concentrée sur l'objectif, malgré la chaleur de son regard qui irradiait ma joue. Je n'avais clairement pas l'intention de lui donner une nouvelle occasion de se moquer en me tournant vers lui. Le lutin défoncé bidouilla les réglages de son appareil photo et fit une moue insatisfaite.

— S'il vous plaît, me dit-il, pouvez-vous vous resserrer un peu ? Je ne vous ai pas dans le cadre.

Qu'avais-je fait pour que le sort s'acharne ainsi sur moi ? Je regardai du coin de l'œil cet homme en rouge. Celui-ci me considéra et m'invita d'un signe de tête à venir m'asseoir près de lui. Je me rapprochai à tâtons et essayai tant bien que mal de limiter les contacts visuels. Une fois près de lui, je remarquai son parfum, une senteur épicée et boisée qui me fit tourner la tête. Je fus aussitôt tentée d'enfouir mon visage dans son cou. Il passa son bras gauche par-dessus mon épaule, l'enveloppant de sa main, et profita de ce changement de position pour sentir mes cheveux. Ce contact me déclencha un frisson qui descendit jusqu'au bas de ma colonne vertébrale. D'un coup, j'oubliai qu'il était ce crétin méprisant qui m'avait fait sortir de mes gonds. J'eus une envie irrépressible de blottir ma tête contre sa main, caresser de ma joue ses longs doigts fins. Guidée par mes pulsions, je commençai à baisser la tête lorsque le scintillement d'une bague sur son annulaire me stoppa brutalement. Je pris une douche froide. J'avalai ma salive de travers et m'étouffai comme un vieux gâteux avec une bronchite chronique. Il était marié ! J'étais en train de fantasmer sur un homme marié. Et qui avait des goûts de chiotte, de surcroît. Non, parce qu'une alliance dorée sertie de rubis et de diamants, c'était kitsch au possible. Je me sentais nauséeuse, sale. Moi qui étais si bien deux secondes avant, j'avais de nouveau soif d'évasion. Je voulais m'enfuir loin, me cacher dans un trou et ne jamais en sortir. Un flash éblouissant me donna le signal que j'attendais et je me relevai à la hâte pour retourner dans la boutique.

— Excusez-moi, mais est-ce que vous… commença-t-il.

— Je dois retourner travailler, criai-je, déjà à mi-chemin entre cet enfer et mon refuge.

Je ne savais pas ce qu'il avait l'intention de me dire, mais je préférais ne pas l'entendre. Je n'avais pas envie qu'il soit gentil. Ses railleries étaient finalement beaucoup plus faciles à gérer. Roxane me rejoignit.

— Qu'est-ce qui t'a pris de t'échapper comme ça ?
— Il est marié !
— Hein ? Comment tu le sais ? Il te l'a dit ?
— Non, il porte une alliance.
— Sans déconner ! C'est dommage, vous aviez l'air si mignons, tous les deux dans le traîneau.
— J'ai vraiment eu l'impression qu'il se passait quelque chose pendant la photo, on était bien. Jusqu'à ce que je voie sa bague... Je me suis vraiment fait des films.
— Pour une fois que tu rencontres quelqu'un autrement que sur *Tinder* ou *Meetic*, c'est pas de bol. En même temps, si c'est une journée « Jemma la Guigne », c'est juste la suite logique des choses.
— Je me sens tellement bête ! Évidemment qu'il est marié, comment ça aurait pu être autrement ?
— Malheureusement, c'est la vie. Tu sais ce qu'on dit sur les hommes passés trente ans. C'est comme les toilettes publiques : soit ça pue, soit c'est pris. Et puis, si ça se trouve, tu ne perds rien. Il n'a peut-être que ses yeux pour lui.
— Hein ?
— Je veux dire qu'il est peut-être moche sous la barbe, il a peut-être un menton de Bogdanov ou des boutons d'acné partout. Ou c'est peut-être un psychopathe ! Freddy Krueger devait avoir un regard de braise, lui aussi.
— T'es complètement barge !

Mais elle marquait un point. Je ne connaissais rien de lui, ça ne valait pas le coup de se mettre la rate au court-bouillon pour si peu.

Par Jessica Motron

L'après-midi, je demandai à Adeline de changer de poste avec moi pour ne pas être tentée de zieuter à travers la vitrine. Plus je voulais m'ôter ce père Noël de l'esprit, plus il s'y inscrivait à l'encre indélébile. Comment pouvait-on être obsédée par un inconnu dont on ne connaissait pas le visage, imbu de sa personne et potentiellement infidèle ? Cette fin de mois s'annonçait encore plus déprimante que celle des autres années. Roxane partit à 17 h. Elle recevait sa famille pour le réveillon et s'était arrangée avec Sylvie pour partir plus tôt. Ce fut ensuite le tour d'Adeline à 18 h 30. Alors que, depuis la caisse, je la regardais sautiller jusqu'à la sortie, le père Noël entra dans le magasin. Je ne sais par quel réflexe stupide, je me retrouvai accroupie, cachée derrière la caisse. Je l'entendis depuis ma cachette demander de sa voix grave à Sylvie des conseils sur des coffrets cadeaux. Elle lui recommanda une de nos meilleures ventes qui eut l'air de l'intéresser et l'invita à se rendre en caisse. Sans me laisser le temps de trouver une explication logique à ma position accroupie, je les trouvai tous les deux devant le comptoir.

— Jemma ? appela Sylvie.

— Oui, je suis là, je… cherchais… mon stylo, inventai-je.

— Voilà, Monsieur, je vous laisse entre de bonnes mains.

— Ça, j'en suis persuadé, dit-il en me faisant un clin d'œil.

Je levai les yeux au ciel pour montrer mon agacement. J'examinai l'article posé devant moi : un petit plateau avec un assortiment de savons en forme de cupcakes.

— Va pour les petits gâteaux, soufflai-je.

— C'est pour une petite gourmande.

À tous les coups, un cadeau de dernière minute pour sa super femme.

— J'avais vu autre chose qui me plaisait, mais ça coûtait la peau des fesses, ajouta-t-il en insistant sur ces trois derniers mots.

La gauche porte bonheur

— Vous savez, au bout d'un moment, vous aurez épuisé toutes les phrases du monde sur le sujet des fesses, des mains ou des mains sur les fesses.

— J'en ai d'autres sous le coude.

Le coude, ça changeait, au moins. Il régla et me demanda un paquet cadeau, que je fis en silence. Je voyais bien qu'il tentait d'entamer une conversation, mais je lui fis comprendre que ce n'était pas la peine d'essayer. Je me débattis avec le bolduc rose qui refusait de se plier à ma volonté.

— Est-ce que vous voulez que, cette fois-ci, ce soit moi qui vous donne « un coup de main » ?

Mais il les avait préparées à l'avance ou quoi ! Je ne relevai pas. Je parvins à faire un emballage potable, lui remis le paquet et lui souhaitai une bonne soirée sur un ton de « *allez-vous-en* ». Il n'avait visiblement pas l'intention d'en rester là.

— Sinon, vous avez des plans pour la soirée ? Vous faites quoi, un grand repas de famille ?

— Mêlez-vous de vos fesses, pestai-je.

Oh non ! C'est quand je l'entendis rire aux éclats que je pris conscience de ce qui était sorti de ma bouche. Pourquoi avais-je dit ça ? Je ne voulais pourtant pas rentrer dans son jeu. Il commença le début d'une phrase, mais avant de pouvoir la terminer, sa collègue en rouge l'appela pour une photo avec une colonie de vacances. Ouf, sauvée ! Seule fois de la journée où le sort avait joué en ma faveur.

Sylvie partit à 19 h, au moment de la fermeture du centre. Je m'étais portée volontaire pour fermer la boutique et faire le ménage, n'ayant aucun projet pour le réveillon. Ma mère me manquait terriblement. Or, il nous était difficile de nous voir. À cause de sa phobie de l'avion, elle ne venait jamais me voir en Île-de-France. Et mon incapacité à poser des congés pendant le mois le plus rentable de l'année m'empêchait d'aller la voir à Ajaccio pour les fêtes. Ce serait

Par Jessica Motron

encore un Noël souhaité via Skype. Le nettoyage du sol me prit une éternité : la bouillasse neigeuse rapportée par les clients s'était insinuée dans chaque recoin du magasin. Je refermai le store métallique de la boutique depuis l'intérieur et sortis par-derrière avec les poubelles de la journée. Une fois dehors, une vapeur légère s'évapora hors de ma bouche à chacune de mes expirations. Le froid était au rendez-vous. Je voulus couvrir ma tête, commençant déjà à perdre toute sensibilité au niveau de mes oreilles dégagées. D'une seule main, je tâtai mon dos à la recherche de ma capuche, l'autre tenait encore les sacs de déchets. Mon mouvement fut sans doute trop brusque, car au même moment, déséquilibrée, je glissai et tombai à la renverse sur une plaque de verglas. Je me retrouvai par terre sur le dos, le coccyx douloureux, la tête amortie par les ordures. « *Jemma la Guigne a encore frappé* », pensai-je. Je n'eus pas le cœur de me relever. À quoi bon ? Personne ne m'attendait, excepté mon tyran de chat. Il ne me tiendrait peut-être pas rigueur de dîner un peu plus tard que d'habitude. Et puis, j'étais curieusement bien installée sur ce coussin de poubelles. À la place, j'observai le ciel, essayant de discerner les étoiles voilées par la pollution lumineuse du parking. Mes cuisses commencèrent à s'engourdir à cause du froid, mais ça m'était égal. À l'instant où je crus débusquer la Grande Ourse, une tête obstrua le spectacle et vint se placer juste au-dessus de moi.

— Est-ce que tout va bien ? demanda une voix curieusement familière.

— Oui, tout va bien ! Je suis Blanche-Neige et je fais un tennis, ça ne se voit pas ? sortis-je maladroitement.

Même énervée je n'étais vraiment pas douée pour envoyer des piques… Roxane aurait trouvé beaucoup mieux, beaucoup plus percutant.

— Vous avez plutôt l'air d'attendre quelque chose, mais je ne saurais dire quoi. Le prince charmant, peut-être ?

— Croyez-moi, si quelqu'un vient me chercher, ce ne sera pas le prince charmant. Un des sept nains, peut-être. Ou alors un vulgaire gnome boutonneux...

L'inconnu me tendit sa main pour m'aider à me relever. À présent que j'avais un public, rester avachie sur le sol était complètement absurde. Je saisis la paluche gantée de cuir qui pendait au-dessus de moi, l'agrippai de toutes mes forces pour me redresser et étouffai un gémissement à cause de mon postérieur endolori.

— Vous avez mal quelque part ? demanda l'homme.

Je frottai mon jean pour retirer les résidus de neige et me penchai pour ramasser mon sac à dos.

— Oui, j'ai mal aux fesses. Vu ma chance légendaire, je vais probablement devoir m'asseoir sur une bouée pendant des mois.

— Ça doit être le karma. Œil pour œil, fesse pour... vous voyez ?

— Je vous demande pard... commençai-je avant de redresser subitement la tête pour apercevoir, sous la lumière du réverbère, les prunelles sur lesquelles j'avais fantasmé toute la journée.

Je fus incapable de terminer ma phrase, sonnée sous le coup de la révélation de son visage. Il avait les traits fins et une barbe naissante sur sa mâchoire carrée. Ses cheveux noirs retombaient légèrement sur ses sourcils et encadraient ses iris à la perfection. Il portait autour du cou une écharpe anthracite qui faisait ressortir le contour de ses yeux. Un manteau noir recouvrait sa carrure de nageur. Il était encore plus beau que ce que j'avais pu imaginer. Et je venais de lui parler de nains et de gnomes, la tête sur un oreiller d'ordures. Quand cette journée allait-elle s'arrêter ? Je ne savais pas quoi faire ni répondre. Une partie de moi me disait : « *Dis n'importe quoi, ça ne peut pas être pire.* » Mais une autre criait : « *Essaie donc, tiens, tu verras que si.* »

Par Jessica Motron

— Bon, allez, c'est la dernière fois que j'en parle. J'ai comme l'impression que ça vous met mal à l'aise, reprit-il.
— Non, vous croyez ?
— Repartons sur de bonnes bases : je suis Adam, et j'ai tendance à faire de l'humour lorsque je suis nerveux.
— Jemma, crachai-je en me demandant bien ce qui pouvait le rendre nerveux.
— Laissez-moi vous raccompagner à votre voiture.
— Pas la peine, je suis à pied. J'habite en centre-ville.
— C'est justement ma destination à moi aussi, faisons la route ensemble.

J'hésitai grandement. Je n'étais pas du genre à faire les magasins quand je n'avais plus d'argent ou à regarder les vitrines des boulangeries quand j'étais au régime. L'idée de flâner avec lui sachant que ça ne donnerait rien ne me réjouissait guère. D'un autre côté, si nous allions au même endroit et que nous marchions l'un derrière l'autre, ce serait encore plus bizarre, en mode *stalker* nocturne. Et j'avais assez donné dans le bizarre pour la journée.

— C'est d'accord, mais interdiction de parler de fesse, l'avertis-je.

Il acquiesça d'un signe de tête accompagné d'un large sourire qui me fit défaillir. La route allait être longue.

Alors que nous marchions doucement vers le centre, nous discutâmes de nos vies respectives. Il avait 32 ans, originaire d'Alsace, était écrivain et travaillait en tant que père Noël pour arrondir les fins de mois. Son plus grand rêve était d'écrire un *best-seller* et d'être reconnu en tant qu'auteur. Il adorait jouer avec la langue française : c'était la raison pour laquelle il m'avait asticotée toute la journée avec ses jeux de mots. Il n'était pas du coin et habitait temporairement chez sa sœur, qui n'était autre que la mère Noël sexy du stand. Je n'osai pas lui demander pour sa femme. Je redoutais la réponse et avais moyennement envie de passer pour une folle avec un radar à alliances. Je racontai peu de choses sur moi. Je n'aimais pas étaler les détails de ma vie à n'importe qui. Je me contentai de lui dire que je venais de Corse, que toute ma famille était restée là-bas et que j'avais réussi à trouver un petit appartement avec vue sur le parc grâce à une amie de ma mère. Il me posa évidemment la question de mon plus grand rêve. Je peinai à trouver une réponse. J'aspirais à tellement de choses, plus futiles les unes que les autres. Déjà, je voulais pouvoir faire la loi chez moi, et non vivre en esclavage sous la dictature de mon chat, que j'aurais peut-être dû appeler Chtaline, rétrospectivement. J'aspirais aussi à être reconnue comme le sosie officiel de Zoé Saldana. Si les bonnes conditions étaient réunies (lumière tamisée, endroit enfumé et un ou deux verres de vodka dans le pif), je lui ressemblais comme deux gouttes d'eau. Ensuite, j'étais résolue à me trouver un mec drôle, intelligent, respectueux, fortuné et, si possible, non engagé à vie dans une relation avec une autre. Je souhaitais également poursuivre ma carrière et ouvrir ma propre boutique de savons artisanaux. Je décidai de lui parler de mes projets professionnels. C'était le sujet de conversation le plus sûr et celui qui entraînerait le moins de questions gênantes. Nous arrivâmes sur la grand place, décorée pour l'occasion. Les branches des arbres avaient été attifées de guirlandes lumineuses clignotantes et de stalactites le long desquelles une goutte de lumière descendait. Les petites cabanes enneigées d'un marché de Noël temporaire avaient été placées en arc de cercle et donnaient l'illusion d'un petit village dans la montagne. Une grande patinoire ornait l'esplanade, dans laquelle des vacanciers glissaient gaiement au son de Mariah Carey qui hurlait dans les grandes enceintes son *All I want for Christmas is you*. Une odeur de vin chaud, de pâte à crêpes et de fromage fondu provenant d'un des petits chalets vint nous titiller les naseaux et réveilla mon estomac qui se mit à se manifester bruyamment. Adam se tourna vers moi, amusé.

— Auriez-vous un petit creux ?

Il était 20 h 30 et je n'avais rien avalé depuis midi. J'aurais pu avaler une dinde obèse à moi toute seule.

— J'ai légèrement faim, mentis-je.

— Vous avez des projets pour la soirée ?

— Pas vraiment. Je ne fête pas Noël, je n'aime pas ça.

Il fit de grands yeux, comme si je venais de lui dire que j'aimais trucider des chatons à la tronçonneuse, pour le plaisir.

— Mais comment peut-on ne pas aimer Noël ?

— C'est une histoire longue et inintéressante.

— J'ai tout mon temps ! Mais par contre, je meurs de faim. Ça vous dit une crêpe ?

Les plans de la soirée étaient en train de changer. On était juste en train de rentrer ensemble, et voilà qu'à présent, nous allions partager un dîner ?

— Je vous remercie, mais je ferais mieux d'aller manger chez moi. En plus, il y a Pat qui m'attend.

— Votre petit ami ?

— Non, mon chat. Il est probablement en train de planter ses griffes dans une poupée vaudou à mon effigie en lorgnant sa gamelle vide.

— Bien ! Enfin, non. Je veux dire… je suis sûr qu'il vous excusera.

Sans crier gare, il me prit par la main et me traîna vers la cabane/crêperie de fortune. Il nous prit deux crêpes complètes supplément fromage, deux autres au Nutella pour le dessert, et nous dégota un petit banc non loin de la patinoire, placé entre deux arbres scintillants. Nous nous installâmes dessus et mangeâmes tranquillement pendant que les patineurs évoluaient joyeusement sur la glace. Il m'interrogea sur mon animosité envers les fêtes de fin d'année, curieux d'en connaître les raisons. Ce n'était pas très original. Je lui expliquai que j'avais grandi dans une famille unie, avec mes parents et mes deux frères. Du jour au lendemain, sans signes annonciateurs, mon père quitta ma mère et son foyer par la même occasion. C'était un premier décembre, je décorais le sapin, et ma mère m'annonça que mon père était parti et qu'il ne reviendrait jamais. Depuis ce jour, je détestais Noël. À la simple vue de décorations ou à la simple mention de repas en famille, je ne faisais que penser à mon foyer brisé, à l'abandon et au chagrin. J'avais beau avoir 29 ans, dès que le mois de décembre arrivait, je redevenais cette adolescente de 16 ans qui ne comprenait pas pourquoi elle n'avait pas été pour son père une assez bonne raison de rester.

Je ne savais pas pourquoi je lui déballais ma vie aussi naturellement. Ce n'était pas mon genre. Même Roxane ignorait les raisons pour lesquelles j'exécrais ce moment de l'année. C'était facile de parler à Adam, son statut «d'homme déjà pris» et donc son indisponibilité enlevaient toute pression. Il ne se passerait rien, alors autant rester soi-même et ne pas se prendre la tête. Lui me raconta son enfance en Alsace. Les fêtes de Noël chez lui rimaient avec réunions familiales, foyer chaleureux, baeckeoffe et kouglof. Au fur et à mesure de ces récits, ses yeux pétillaient d'innocence, comme ceux d'un enfant sur le point de découvrir les monceaux de cadeaux sous le sapin. Il était différent quand il ne se cachait pas derrière son humour salace ; touchant, même. Sans m'en rendre compte, je me mis à passer un bon moment. Notre discussion fut interrompue par le téléphone d'Adam qui se mit à siffler le thème de *Star Wars*. Ça aurait plu à Roxane. Il s'éloigna poliment pour répondre. Pas assez, car je perçus quand même des bribes de sa conversation malgré le son de la sono.

— Oui, ma chérie... Non, je ne rentre pas tout de suite... Attends-moi au lit... Papa Noël t'apportera ta grosse surprise... Tu me manques aussi... Bisous.

«*Si c'était pour ça, il aurait pu aller plus loin*», pensai-je, énervée de l'avoir entendu susurrer mots doux et sous-entendus lubriques à sa femme. Il revint vers moi, radieux, avec son sourire ravageur qui m'amadoua instantanément. Décidément, il m'était impossible de rester en colère plus de deux minutes.

— Ça vous dit une petite séance de glissade tous les deux ?

Devant mes yeux ronds et mon air dubitatif, il développa :

— Je parle de patin à glace.

— Je crois que vous avez été largement témoin de ma maladresse. Je ne pense vraiment pas que ce soit une bonne idée.

— Vous en avez déjà fait ?

— Non.

— Allez, venez, je vais vous apprendre. Vous allez voir, c'est grisant. Et je vous rattraperai si vous tombez.

Une nouvelle fois, sans me demander mon avis, il me conduisit devant la patinoire. Il fallait passer sous une tente pour la location des chaussures et accéder à l'entrée de la piste. Il n'y avait pas grand monde. Pendant que nous faisions la queue, il lança :

— J'ai un aveu à vous faire.

— Vous êtes un *serial killer* et vous avez prévu de m'égorger dans une ruelle un peu plus tard ?

— Comment vous le savez ?

Consciente qu'il plaisantait (et que c'était moi qui avais commencé), tout un tas d'images riches en hémoglobine vinrent néanmoins hanter mon esprit. J'avais hâte qu'il enchaîne.

— Je ne vous connais pas d'aujourd'hui. Enfin, je veux dire, si, mais ça fait un bon moment que je vous avais remarquée et que j'avais envie de vous rencontrer.

— Comment ça ?

— Vous m'intriguiez. Vous arrivez tous les matins, belle, mais triste et mélancolique, comme si vous portiez le monde sur vos épaules. Mais dès que vous commencez à travailler, c'est comme si vous enfiliez un masque de joie et de bonne humeur et tout d'un coup vous devenez rayonnante.

— Les clients ne sont pas responsables de mes humeurs, c'est pour ça que je fais en sorte de toujours être souriante dans la boutique.

— C'est tout à votre honneur. Mais depuis le jour où je vous ai vue, j'ai eu envie de vous connaître et de vous faire sourire pour une autre raison que pour le travail. Je suis ravi que vous soyez venue à moi, ce matin. Maintenant que j'en sais un peu plus sur vous, je vous comprends un peu mieux, le mystère se lève petit à petit.

Je restai sans voix. Il m'avait remarquée. Cette pensée me réchauffa le cœur et un malaise m'envahit. Il m'avait donc vue tous les matins avec la tête dans le cul, en train de pester silencieusement contre la magie de Noël.

Nous n'attendîmes pas longtemps avant de pouvoir chausser nos patins. La barrière s'ouvrit et Adam s'engagea sur la glace avec aisance. Je restai à l'extérieur et l'observai progresser sur le tapis gelé, envieuse de son agilité. Il revint me chercher, me tendit sa main et m'aida à avancer. Je me sentais gauche, je n'avais plus aucun repère. C'était comme si la gravité me jouait un drôle de tour et que je cheminais sans aucun contrôle sur la direction que prenait mon corps. Adam restait près de moi. Il me tenait par le bras et m'apprenait à avancer, une foulée après l'autre. Lorsque je tentai un demi-tour, Adam me rattrapa juste avant que je ne retombe sur mes fesses.

— Attendez, on va faire autrement. Si vous retombez sur vos... Bref, il ne faut pas vous blesser une nouvelle fois.

Il vint se placer derrière moi, attrapa ma main droite et passa son bras gauche sur mon ventre. J'essayai de contrôler les frémissements que me procurait ce contact. Je me laissai porter et nous patinâmes ainsi à l'unisson, comme si nous ne faisions qu'un. Cette technique était aussi formatrice qu'elle était troublante. De nouveau, son parfum m'assaillit et j'oubliai tout, quel jour on était, où nous nous trouvions et ce bijou qui ornait son annulaire. Je n'avais plus envie de me battre contre la bienséance. Je voulais juste profiter pleinement de ce moment évanescent. Nous fîmes plusieurs tours de la sorte. J'eus l'impression que lui aussi appréciait ce moment. Sa respiration posée laissait penser qu'il était détendu. Toujours sans me lâcher, il se faufila sur le côté jusqu'à se retrouver en face de moi et m'aida à avancer du bout des doigts comme on le ferait avec un bébé joufflu qui découvre les joies de la marche. Je me débrouillais de mieux en mieux, la confiance me gagnait. Un peu trop, d'ailleurs, car au moment où il rompit le contact pour que je vole de mes propres ailes, je trébuchai en avant sous l'effet de la panique et me ratatinai sur Adam, l'entraînant avec moi dans ma chute.

— Excusez-moi, je suis vraiment désolée. Je vous avais dit que ce n'était pas une bonne idée.

— Je ne me plains pas. Et puis, jusqu'à présent, vous aviez l'air de passer du bon temps. C'était agréable de vous voir sourire. Et j'éprouve une grande satisfaction d'avoir atteint mon objectif.

Nous restâmes un moment l'un sur l'autre à nous contempler. Son souffle chaud aux effluves de Nutella caressa mes joues. Les boucles d'ébène qui ressortaient de ma capuche frôlaient les siennes.

— Vous allez vous retrouver avec les fesses congelées.

— Dans l'immédiat, ça m'est égal. Et au pire, vous savez comment les réchauffer, me chuchota-t-il, narquois.

— Je croyais qu'on ne devait plus parler de fesses.

— C'est vous qui avez commencé.

La tension était palpable. Sans les contrôler, nos visages se rapprochèrent doucement, enveloppés dans la brume créée par nos respirations respectives qui obstruait le reste de la patinoire, nous isolant dans un monde à nous. Il effleura ma joue du bout de ses gants. Je tressaillis sous ce contact. Je n'avais qu'un seul désir, celui de coller mes lèvres contre les siennes. Je ne pouvais pourtant pas me résoudre à me laisser aller quand je savais que c'était mal. Je m'arrachai malhabilement à son étreinte, avançai à quatre pattes jusqu'au rebord de la patinoire et pris appui dessus pour me redresser. Adam afficha une moue déçue, un curieux mélange d'incompréhension et de tristesse, comme si on venait de lui annoncer que le père Noël ne passerait pas cette année. Il me rejoignit.

— Quelque chose ne va pas ?

— Non non, c'est juste que vous avez payé pour une heure de patin, et j'ai encore des progrès à faire. Je vais rester près du bord pour ne pas tomber, comme ça, vous pouvez en profiter de votre côté. Après, je rentrerai. Je suis partie depuis ce matin, et Pat doit être en train de planifier mon assassinat.

— À votre aise, dit-il en s'éloignant.

Il avait visiblement compris que j'avais besoin d'air.

La sonnerie de la patinoire retentit. Notre session touchait donc à sa fin. Adam vint me chercher et m'accompagna jusqu'à la tente. J'allai m'asseoir sur le banc, me penchai pour délacer mes patins, mais fut stoppée par un geste de sa part. Il posa un genou à terre et défit le nœud de ma botte droite en me dévorant des yeux. J'étais comme ensorcelée, soumise à un magnétisme irrésistible, happée par le piège de ses orbites azurées dans lesquelles j'aimais tant me plonger. Alors qu'il enlevait les lacets des crochets métalliques, ses doigts chatouillèrent mon mollet, faisant naître une chair de poule qui s'étira tout le long de ma jambe et qui vint se nicher jusque dans le bas de ma nuque. J'étais une Cendrillon des temps modernes, sauf que ce n'était pas une différence de classe sociale qui freinait notre amourette, mais une divergence de statut marital. Son mutisme m'étonnait, lui si loquace depuis le début de la soirée. Il ne communiquait plus qu'avec ses iris et, curieusement, les mots m'atteignaient encore plus vigoureusement. Il me précéda vers la sortie, m'ouvrit la porte comme un vrai gentleman. Il me prit par la main. J'eus envie de me dégager, mais le laissai faire. Nous descendîmes la place qui commençait doucement à s'éteindre à l'approche de minuit. Arrivés à une intersection, il brisa le silence que je trouvais fort pesant pour me demander la direction de mon appartement. Sans mot dire, je pointai du doigt la petite rue qui longeait le parc.

J'étais pantoise. Cette situation me déplaisait. Je me détestais d'avoir fait « *ce qu'il fallait* ». C'était tout moi, ça, faire ce qu'il fallait au détriment de ce que je désirais. D'un autre côté, je ne voulais pas commencer une relation avec un homme marié. C'était contre mes principes. Ce que je voulais, c'était lui, juste lui. Mes larmes coulaient à flots, creusant sur mes joues gelées de petits sillons ardents. Je me ressaisis avant qu'il ne s'aperçût de mon état et passai discrètement la manche de ma doudoune sur mon visage pour effacer les stigmates de mon chagrin. Je m'étais assez ridiculisée pour la journée, je ne voulais pas en rajouter. Sans que je puisse calculer quoi que ce soit, nous nous retrouvâmes devant mon immeuble, l'un en face de l'autre, dans ce moment intimidant qui accompagne la fin de chaque rencard. Sauf que ce n'en était pas un. J'ouvris mon sac à dos à la recherche de mes clés. Celles-ci semblaient gagner haut la main une partie de cache-cache que je n'avais pas lancée. Plus je fouillais, plus je m'énervais, et plus cette situation inconfortable s'éternisait. Adam éclata d'un rire tendre, avant de s'emparer gentiment de mon sac, qu'il laissa tomber par terre en me fixant de son regard pénétrant.

— Ce n'est pas la peine de vous moquer, soufflai-je, à bout.

— Mais je ne me moque pas, répondit-il, ses yeux brûlant d'une flamme déterminée toujours plongés dans les miens.

Sans attendre, il fit un pas vers moi, attrapa délicatement mon visage de ses mains puissantes et m'embrassa avec fougue, me plaquant sur la porte du bâtiment. J'eus le souffle coupé, mes membres s'engourdirent et l'afflux de sang massif qui gagna mon cerveau me donna le tournis. Il se colla contre moi. La chaleur de son corps réchauffa le mien, glacé par l'humidité ambiante provenant du parc. Son odeur envoûtante me monta à la tête et me fit perdre toute volonté de combattre. À mon tour, je l'enlaçai, descendis doucement mes mains vers ses reins et resserrai cette étreinte que je ne voulais plus jamais rompre. Le temps fut comme suspendu, je ne pensais plus à rien sauf à cet homme qui me faisait tant d'effet. Lorsque nos lèvres se décollèrent, il resta contre moi et nous nous admirâmes sans bruit. Je restai un peu sur ma faim. Je voulais reprendre ce baiser et être subjuguée à nouveau. Il frôla mon nez avec le sien à plusieurs reprises. Il jouait à éviter la zone inférieure de mon visage, jusqu'à ce qu'enfin, sa bouche reprenne la direction de la mienne. Un bip venant de sa montre vint briser la magie qui opérait. Il consulta l'heure et me chuchota :

— Joyeux Noël.

L'allusion à cette fête réfréna immédiatement mes ardeurs et me fit redescendre de mon petit nuage, pour m'écraser mollement sur le sol. C'était Noël et j'étais heureuse. Mais à quel prix ? La culpabilité me rattrapa. Il était toujours marié. Je me dégageai de ses bras et allai chercher mon sac, laissé par terre à un mètre de nous.

— Il faut que je rentre. Bonne soirée, dis-je en reniflant.

Je ravalai discrètement la grosse boule de sanglots qui obstruait ma gorge.

— Qu'est-ce qu'il se passe ? J'ai fait quelque chose de mal ?

« *Non, tu crois ?* », songeai-je. Je m'apprêtais à rentrer chez moi sans me retourner, sans intention de le revoir un jour. Néanmoins, il s'était donné du mal pour me faire passer un bon moment, je lui devais au moins une explication. Même si Roxane dirait : « *Tu ne lui dois rien du tout, c'est un trou du cul !* »

— Non, enfin, oui… bredouillai-je. J'ai passé une excellente soirée, le meilleur réveillon depuis longtemps, mais ça s'arrêtera là, dis-je fermement. Je sais…

— Vous savez quoi ?

Il jouait à celui qui ne voyait pas où je voulais en venir et me regardait avec son air d'autruche amnésique. Que voulait-il ? Me forcer à clamer l'évidence à voix haute ?

— J'ai vu votre alliance, ce matin. Aussi génial que vous puissiez être, je ne veux pas être la fille qui pique son époux à une honnête dame.

Ses lèvres se pincèrent, puis s'étirèrent dans un rictus amusé. Ensuite, sans savoir d'où ça venait, il partit dans un fou rire incontrôlé. Je ne comprenais pas du tout sa réaction. Était-ce un rire nerveux parce qu'il s'était fait prendre ? Était-ce une diversion pour s'en tirer à bon compte ? Il se calma, retira ses gants et me montra sa main gauche. Son annulaire était nu et ne portait aucun bijou.

— Je ne comprends pas, dis-je.

— La bague fait partie du costume. Le père Noël est marié à la mère Noël, vous savez. Franchement, une alliance avec des strass ?

— J'avais effectivement tiqué sur le côté ringard de la chose, mais en même temps…

Ma voix s'éteignit pour laisser mon ciboulot assimiler ces informations. Il n'était donc pas marié ?

— Mais cette conversation téléphonique, tout à l'heure ? Ce n'était pas votre femme ?

— C'était ma nièce. Je réside chez ma sœur, vous vous rappelez ?

— Et le cadeau pour « la gourmande » ? demandai-je en mimant les guillemets.

— Encore pour ma nièce. Elle collectionne les cupcakes.

Toutes les pièces du puzzle se remettaient en place et une vague de soulagement me submergea.

— Mais alors, vous n'êtes pas marié ?
— Non, je ne le suis pas.

Je pleurai encore, mais cette fois-ci, il s'agissait de larmes de joie. Il les sécha du revers de sa main et me prit dans ses bras.

— Ça explique pas mal votre comportement bipolaire de ce soir. Et je suis charmé par votre intégrité.
— Taisez-vous et embrassez-moi, ordonnai-je.

Il effleura mes lèvres avec les siennes avant de reculer la tête dans une expression emplie de malice.

— J'ai le droit de vous peloter les fesses ?
— Non.
— Juste la gauche ?

Je n'aime toujours pas le mois de décembre, mais maintenant, j'aime Noël. Quant à ma poisse légendaire, disons que cette fois-ci, j'ai eu la main heureuse. La gauche portait effectivement bonheur.

Aimer, c'est ce qu'il y a de plus beau

Par Bella Doré

Aimer, c'est voler le temps
Aimer, c'est rester vivant
Et brûler au cœur d'un volcan
Aimer, c'est ce qu'il y a de plus grand

Aimer, c'est plus fort que tout
Donner le meilleur de nous
Aimer et sentir son cœur
Aimer, pour avoir moins peur

Aimer, c'est ce qu'il y a de plus beau.

Aimer, la troupe de *Roméo et Juliette*, 2001.

—1—

> — *Ce qui est tout tracé, ce n'est que le passé*
> *L'avenir, au contraire… Grand ouvert*
> *C'est pas prévu d'avance, y a pas de providence*[1]. —

Ici, à Kaysersberg, petit village alsacien près de Colmar, Noël, c'est l'évènement le plus important de l'année. Les rues de la ville se transforment en véritable village du père Noël. Les charmantes échoppes de bois se succèdent dans un décor digne d'un téléfilm.

Nous sommes le premier week-end de décembre, mon mois préféré. La ville a revêtu depuis plusieurs semaines déjà ses habits de lumière pour préparer les festivités. À chaque coin de rue, la magie flotte dans l'air, accompagnée des chants de la Nativité, de l'odeur du vin chaud et du chocolat.

Je m'appelle Noah, j'ai bientôt trente ans et toujours mon âme d'enfant à l'approche de cette fête. En même temps, ce n'est pas très difficile pour moi : je bosse au magasin de jouets que tiennent mes parents. Le seul et unique à des kilomètres à la ronde, « La caverne des lutins », autant dire que la magie de Noël, je baigne dedans depuis ma naissance.

Pour signifier l'ouverture de la saison des fêtes de fin d'année, j'ai revêtu mon costume rouge et vert. Je suis l'elfe du père Noël sur la traditionnelle photo. Dans quelques heures, les portes vont s'ouvrir et un flot d'enfants impatients et de parents nerveux va s'y engouffrer. Certains feront leurs achats pendant que d'autres se mettront dans la file pour être photographiés avec le père Noël et surtout lui donner leur liste de cadeau.

— Ouh ouh ! Tu rêvasses ?

Ingrid, l'une des employées, qui joue les elfes aussi, me sort de mes pensées.

---

[1] *Le Destin*, Bénabar, 2018.

Aimer, c'est ce qu'il y a de plus beau

— Un peu. Je pensais à tous ces enfants qui vont arriver d'un instant à l'autre.

— C'est un de mes moments préférés. Voir leurs yeux s'émerveiller, c'est toujours magique.

— C'est ça, la magie de Noël.

— Et sinon, quand est-ce qu'on se le boit, ce verre ?

Je détourne mon regard pour esquiver la réponse. Ingrid est une très gentille fille, et très jolie aussi, avec ses longs cheveux noirs et ses yeux noisette, elle fait tourner toutes les têtes. Je sais ce qu'elle attend de moi, elle aimerait bien me mettre le grappin dessus.

Je n'ai jamais réussi à ouvrir mon cœur à quelqu'un d'autre depuis Julia. Cela fait pourtant six ans maintenant et elle est encore si présente.

— Chéri !

Elle, c'est ma mère, il n'y a qu'elle qui m'appelle comme ça. Hélène Kessler. Elle et papa sont mariés depuis presque trente-cinq ans. Ils ont toujours vécu ici, et pour rien au monde ils ne quitteraient leur ville.

— Je suis là, maman !

J'ajuste le décor pour que le père Noël prenne place. C'est mon père qui joue ce rôle, à la perfection, depuis des années. Wilhelm Kessler troisième du nom, qui ne devrait d'ailleurs plus tarder à venir s'installer sur le grand fauteuil rouge. Je crée ce tableau éphémère tous les ans, et chaque année, j'essaie de faire en sorte qu'il soit différent. Pour celui-ci, j'ai recréé le salon du père Noël avec des murs de lattes en bois tel un chalet, un fauteuil en chêne massif et velours rouge. J'ai installé une cheminée en pierres avec un feu à l'intérieur et suspendu les chaussettes sur sa façade. Pour terminer, un immense sapin de quatre mètres de haut trône près du fauteuil.

— Ton père te cherche pour savoir si tout est prêt pour l'arrivée des marmots, me dit ma mère en déposant un baiser sur ma joue.

Par Bella Doré

J'ai beau fêter mes trente ans dans quelques mois, elle croit toujours que j'en ai cinq, mais c'est maman, et je l'aime comme ça.

— Oui, maman, tout est prêt. Les sachets de bonbons et de chocolats, ainsi que la musique de fond.

— Oh ! Oh ! Oh ! lance une grosse voix qui arrive vers nous. Alors, jeune homme, que voudrais-tu pour Noël ?

— Papa ! J'ai passé l'âge pour les cadeaux, voyons !

Le costume du père Noël lui sied à ravir avec son mètre quatre-vingt et ses cent vingt kilos, il en a le physique. Je soupçonne d'ailleurs ma mère de lui préparer de bons petits plats pour qu'il ne perde pas sa silhouette.

— Alors, fils, prêt ?

— Je suis d'attaque.

— Alors, allons-y, à toi l'honneur. Lance la musique et ouvre les portes.

Il ne faut que quelques minutes pour que le magasin se remplisse de cris d'enfants. Les premiers clients commencent à s'amasser devant le stand de photo, et c'est parti pour les éternelles questions de papa : « Est-ce que tu as été bien sage, cette année ? » ou « Qu'est-ce que tu aimerais que je t'apporte au pied du sapin ? ».

Après une petite pause pour le déjeuner, nous reprenons nos places pour l'après-midi. Quand, au détour d'un rayon, mes yeux se posent sur cette jeune femme. Avec son perfecto en cuir rouge et son bonnet de Noël qui laisse entrevoir sa chevelure rousse, elle se détache des autres clients. Elle est entraînée dans les rayons par une petite fille qui arbore le même bonnet qu'elle et un manteau en peluche blanche.

— Allez, viens, maman ! Je veux donner ma lettre au père Noël.

— Oui, on va y aller, ma puce, un instant.

Aimer, c'est ce qu'il y a de plus beau

Je ne sais pourquoi, mais je n'arrive pas à détacher mon regard d'elles, jusqu'à ce qu'elles changent d'allée et sortent de mon champ de vision. Je retourne m'installer auprès de mon père et, quelques minutes plus tard, la petite fille à la doudoune blanche fait son apparition. Je les observe s'installer dans la file pour la photo. À son tour, la petite vient s'asseoir sur les genoux de papa, sa mère reste en retrait pour la photographier avec son smartphone.

— Alors, jolie demoiselle, as-tu été bien sage avec tes parents cette année ?

— J'ai pas toujours été sage avec maman ; des fois, je la mets en colère parce que je fais des bêtises.

— Mais ce n'est pas grave, petit ange, tous les enfants font des bêtises. Est-ce que tu veux me dire ce que tu aimerais que je t'apporte comme cadeau cette année ?

— Je veux pas vous le dire, mais je l'ai écrit sur ma lettre.

Je la vois tendre une enveloppe toute rose à mon père, puis elle l'embrasse et descend de ses genoux avant de s'adresser à moi :

— Est-ce que je peux faire une photo avec toi, Monsieur le lutin ?

Sa mère se rapproche de nous :

— Laisse le monsieur, Luna, il y a d'autres enfants qui attendent leur tour.

— Ce n'est pas grave, Madame, cela ne me dérange absolument pas. Viens, jolie Luna.

J'installe la petite sur mes genoux le temps que sa maman fasse la photo, puis j'engage la conversation.

Je me sens gauche en m'adressant à elle ; elle m'intimide.

— Vous êtes nouvelles à Kaysersberg ?

— Oui ! Nous sommes arrivées il y a un mois. J'ai repris la Clinique Vétérinaire.

Par Bella Doré

— Ah, c'est vous, la nouvelle véto ! Quelle coïncidence, j'ai justement rendez-vous dans votre cabinet demain pour ma chienne. On sera amenés à se revoir, alors !

— Je vous dis à demain, donc. Tu viens, ma chérie ? Nous n'avons pas encore fini de faire le tour du magasin.

Je les regarde partir dans l'allée des peluches, avant de retourner prendre ma place auprès de mon père.

— Tu la connais ? me demande-t-il entre deux clichés.

— Jusqu'à maintenant, non, elle m'a dit qu'elle venait d'arriver il y a peu et avait repris la clinique pour animaux.

La journée terminée, le magasin a fermé ses portes. Comme à mon habitude, je fais un dernier tour dans les rayons et vide la boîte aux lettres du père Noël. Pendant que je divague, mes pensées vont à cette belle inconnue. Quelque chose chez elle m'a fasciné. J'allais ranger les lettres dans la caisse de cette année lorsque je tombe sur l'enveloppe rose de sa fille. Chose que je ne fais jamais : je l'ouvre. L'écriture est celle d'une enfant qui s'est appliquée, je ne peux m'empêcher de la lire… Ce petit mot est si mignon. Je remets la lettre dans l'enveloppe et la range avec les autres.

Puis je regagne mes pénates. J'habite un petit chalet en bois à la sortie de la ville qui donne sur un immense lac. J'ai à peine le temps de descendre de ma moto que ma grosse peluche vient me faire la fête ; il faut dire qu'avec ses soixante-douze kilos, Plume est une chienne hors normes. Nous passons ensemble la porte de la maison, direction la cuisine pour sa ration de croquettes, c'est un peu notre petit rituel depuis qu'elle est entrée dans ma vie. Ensuite, je me prépare un petit plateau-repas avant de me poser devant un film avec Plume, la tête posée sur mes genoux, attendant son morceau de saucisson. J'ai l'air d'un vieux garçon dans mon canapé avec mon gros chien à mes pieds…

— 2 —

— *Je suis tombé pour elle, je n'ai d'yeux que pour elle*
Ma maison, ma tour Eiffel, quand mes amours prennent l'eau
L'île aux oiseaux [2]. —

Après une bonne nuit de sommeil, me voilà d'attaque pour ce premier samedi de décembre. J'avale mon café noir et regarde ma montre qui affiche 8 h. Je passe la seconde pour aller prendre ma douche, enfiler un jean et un pull, avant de chausser ma paire de rangers. J'attrape mon cuir sur la patère et me dirige vers le garage pour sortir mon pick-up, Plume me suit de très près en tenant sa laisse dans sa gueule. J'ouvre ma portière, lui sort sa rampe et elle grimpe sur le siège passager. Mon rendez-vous est à 9 h, je suis dans les temps. Je me gare devant la petite clinique, une grande porte vitrée donne sur l'accueil, derrière lequel se trouvent la porte du bureau du médecin et celle de la salle de chirurgie. Je connais très bien cet endroit pour y venir régulièrement avec ma grosse dinde.

Nous entrons ; elle est là dos à moi, rangeant les étagères. Plume s'assied à mes pieds derrière le comptoir, quand elle se retourne et me salue :

— Bonjour, Monsieur ! Vous avez rendez-vous ?

— Euh, oui ! Monsieur Kessler pour Plume.

Elle ne m'a pas reconnu, mais à quoi je m'attendais !

— Veuillez m'excuser, j'ai un petit souci informatique et je n'ai pas accès à mon agenda.

— Aucun problème.

Elle fait le tour de son comptoir et je vois ses yeux azur s'émerveiller à la vue de ma chienne.

— Elle est magnifique, je ne savais pas qu'il y avait des Léonbergs dans la ville.

---

[2] *L'île aux oiseaux*, Pascal Obispo, 1994.

— Plume est la seule à des kilomètres.

— Plus maintenant ! J'ai moi-même un Léonberg de trois ans, je suis tombée amoureuse de cette race toute petite. Je vous laisse entrer dans mon bureau.

Je la précède et m'installe sur une chaise ; Plume se couche à mes pieds.

— Tu viens, ma belle ? Je ne vais pas te faire mal, ajoute-t-elle en se mettant à genoux. Vous pouvez la détacher, s'il vous plaît ?

Je m'exécute.

— Viens, beauté !

Plume se lève et s'avance vers elle de son pas lourd, avant de lui mettre un grand coup de langue sur le visage.

— Bon, eh bien, je crois que l'on va être copines, toutes les deux !

— Il semblerait qu'elle vous apprécie !

Je la regarde examiner ma chienne sous toutes les coutures sans qu'elle ne bronche. Puis elle lui fait son vaccin avant de la couvrir de caresses.

— Cette demoiselle est en parfaite santé !

Nous sortons de son bureau, je lui fais un chèque et, au moment de prendre congé, je me retourne.

J'ai les mains moites et le palpitant qui s'emballe, cela ne me ressemble pas. Reprends-toi, Noah ! Reprends-toi.

— Ça vous dirait... un de ces quatre... avec les chiens... une balade... dans les chemins enneigés ?

Déstresse, mec, tu mélanges tous tes mots, on dirait un robot qui parle !

Je prends une grande inspiration et ajoute :

— Je pourrais vous faire découvrir de jolis chemins de randonnée.

— Pourquoi pas ! Nous ne connaissons pas beaucoup de monde avec Luna, et nous adorons les balades au grand air.

Aimer, c'est ce qu'il y a de plus beau

— Super ! Je bosse toute la semaine au magasin de jouets avec les fêtes qui approchent, mais je suis en repos dimanche prochain. Si ça vous va, je passe vous prendre vers 10 h.
— Ah, mais vous êtes le lutin du père Noël ! Je suis désolée, je ne vous avais pas reconnu.
— Aucun souci, cela m'arrive à moi aussi de ne pas me reconnaître avec mon costume, conclus-je avec un grand sourire. À dimanche !
Sur ces mots, je quitte le cabinet. En remontant dans mon pick-up, je n'arrive pas à croire que j'aie osé inviter cette jeune femme, et surtout, je ne réalise pas qu'elle ait pu dire « oui »…

La semaine a été longue. Je termine mon café, mets le collier rose à Plume, prends sa laisse et enfile ma paire de chaussures de rando ainsi que ma grosse parka. Le thermomètre avoisine les zéro degré, mais il fait un soleil magnifique. Fidèle à son habitude, Plume s'installe sur le siège passager et nous prenons la route pour le cabinet médical. J'ai l'impression d'avoir attendu dimanche avec impatience. Quand j'arrive, elles sont là toutes les deux, devant la clinique, en compagnie de leur chien. J'arrête le moteur, fait descendre ma chienne pour faire les présentations.
— Bonjour, Mesdemoiselles !
— Bonjour, Monsieur, c'est vrai que tu es le lutin du père Noël ?
— Oui, je travaille avec le père Noël, je m'appelle Noah, et toi c'est Luna, c'est ça ?
— Oui ! Ma maman, c'est Céleste, et lui, c'est Milord, mon gros lion.
Céleste, quel merveilleux prénom.
— Et moi, je te présente ma Plume.

Par Bella Doré

Pendant que je fais la connaissance de Luna, nos deux molosses sont déjà en train de se renifler dans tous les sens.

— Je vous laisse monter devant pendant que je sors la rampe pour monter les chiens à l'arrière.

Une fois tout le monde installé, je prends la direction du lac derrière chez moi. Un silence pesant s'installe le temps du trajet. Aucun de nous n'ose entamer la conversation.

Sur place, nous lâchons les fauves qui s'en donnent à cœur joie, et la petite Luna est heureuse de leur courir après dans la neige. Nous marchons côte à côte sans un mot, admirant le paysage qui s'offre à nous. Les arbres ont revêtu leur manteau d'hiver et le lac est recouvert d'une couche de glace. Le soleil brille haut dans le ciel ; je me tourne vers Céleste qui sourit à la vue de sa fille se roulant dans la neige avec les chiens. Ses cheveux roux flottent dans l'air et son sourire est radieux. Je la connais à peine, et pourtant, elle m'attire comme un aimant.

Après une petite demi-heure de marche, j'engage la conversation :

— Alors, qu'est-ce qui vous amène dans ce village ?

— Le travail, principalement. J'ai toujours voulu avoir ma propre clinique, et l'occasion s'est présentée ici. L'ancien propriétaire a été mon prof à la fac et je venais souvent ici avec mes parents pour les fêtes de fin d'année.

— Je vous comprends, cette ville est un peu hors du temps, comme si la magie de Noël y régnait trois cent soixante-cinq jours par an.

— Maman, regarde, j'ai fait un ange dans la neige.

— C'est magnifique, ma puce.

— Moi aussi, j'adorais faire ça quand j'avais ton âge.

En disant cela, je m'allonge dans la neige en agitant mes bras et mes jambes, quand tout à coup, deux grosses langues

Aimer, c'est ce qu'il y a de plus beau

viennent me lécher le visage, et tous les trois, nous éclatons de rire.

— On rentre, maman ? J'ai un peu froid.

— C'est normal, ma puce, regarde comme tu es toute mouillée.

Nous retournons à la voiture, et une fois à l'intérieur, j'enclenche le chauffage pour que Luna se réchauffe. Je les raccompagne devant chez elles quand la petite m'interpelle :

— Est-ce que tu veux venir manger à la maison ?

Je suis un peu étonné par la question et mets un temps à répondre :

— Euh ! Je ne sais pas, enfin, pourquoi pas, bégayé-je en cherchant du regard celui de Céleste.

J'avoue que cette idée ne me déplairait pas.

— Vous êtes notre invité, ajoute-t-elle, si cela vous dit de manger les restes de spaghettis bolognaise de la veille.

— Cela me va très bien, et pour Plume ?

— Elle vient avec vous, les chiens pourront jouer dans le jardin à l'arrière de la Clinique ou bien se réchauffer au coin du feu.

Je me laisse guider. Nous montons à l'étage par un escalier situé dans le jardin de la Clinique, et la porte d'entrée s'ouvre sur un magnifique loft dans les tons de blanc et de gris bleu, très moderne. Je suis le mouvement et retire mes chaussures avant de rentrer dans la grande pièce qui se dresse devant moi. Luna se précipite dans le canapé de cuir gris qui trône au milieu du salon, Plume suit Milord et se couche devant la cheminée ; quant à Céleste, elle se dirige dans la cuisine.

Je me sens un peu mal à l'aise l'espace d'un instant, *mais qu'est-ce que je fais ici ?*

— Je peux vous aider ? lancé-je.

— Oui, avec plaisir ! Ma puce, tu montres à Noah où se trouve la vaisselle ?

— Oui, maman.

Elle s'avance vers moi, me prend par la main et me montre le tiroir à couverts. Nous mettons donc la table ensemble, puis mon hôte nous rejoint avec un grand saladier de pâtes. Elle sert chacune des assiettes avant de s'asseoir avec nous. Luna fait honneur au plat de sa mère, et moi aussi.

Cette balade dans la neige m'a ouvert l'appétit.

— Tu as quel âge, Noah ?

— Luna Anderson, ce n'est pas une question que l'on pose, voyons !

— Il n'y a pas de mal. Je viens d'avoir trente ans.

— Ma maman, elle a trente-deux ans.

Je la vois rougir et la sens gênée.

— Luna, tu es incorrigible, cela ne se dit pas ! ajoute-t-elle en lui faisant les gros yeux.

— Je suis désolée, maman.

Nous finissons le repas dans un silence de cathédrale, avant que Céleste se lève et s'adresse à moi :

— Il reste un peu de brownies d'hier. Voulez-vous une part ?

— Avec plaisir, merci.

— Je peux sortir de table et aller jouer dans ma chambre, maman ? J'ai plus faim.

— Oui ! File, chipie.

Luna se lève et quitte la table, je la regarde s'enfoncer dans le couloir face à nous.

— Je suis désolée pour ma fille ; parfois, elle ne réfléchit pas quand elle parle.

— C'est une petite fille adorable et curieuse. Et puis l'âge n'est pas un secret, enfin pas pour moi.

Pourquoi faut-il d'ailleurs que les femmes soient gênées par leur âge ?

Je me régale avec le dessert avant de prendre congé :

Aimer, c'est ce qu'il y a de plus beau

— J'ai passé un agréable moment en votre compagnie à toutes les deux, merci.

— Je te retourne le compliment… Enfin, je vous retourne le compliment.

— « Tu », c'est très bien. Après tout, nous sommes du même âge !

Une fois devant la porte d'entrée, j'appelle ma grosse poilue qui n'est pas vraiment décidée à bouger. Nous nous regardons l'espace d'un instant ; elle esquisse un sourire que je lui rends.

— En voilà deux qui se sont trouvés, s'exclame-t-elle en se tournant vers nos deux Léos collés l'un à l'autre devant la cheminée.

Lentement, Plume finit par se lever et me rejoint. Ensemble, nous redescendons l'escalier pour reprendre le pick-up. Sur le chemin du retour, je n'arrête pas de penser à elle, ces yeux azur sont emplis de mystères. Je me demande pourquoi une femme aussi belle et sympathique n'a personne dans sa vie. Je termine l'après-midi allongé sur le canapé avec Plume, à repenser à la super matinée qui vient de s'écouler.

Les jours passent et je n'ai pas revu Céleste, elle doit être débordée au cabinet. Un après-midi, alors que je fais un peu de rangement dans le rayon des poupées, accoutré en lutin, je l'aperçois. Nos regards se croisent et mon regard s'accroche au sien. Je m'avance vers elle :

— Bonjour ! Puis-je t'aider ?

— Je cherche un cadeau pour le Noël de Luna. Elle m'a parlé d'un ours en peluche qui fait plus vrai que nature et qui bouge tout seul.

— Il doit s'agir de *Cubby l'Ourson*, c'est le jouet de l'année, mais il est actuellement en rupture de stock. J'espère en recevoir avant Noël.

— Oh non ! Ce n'est pas possible ! C'est le seul jouet que Luna a mis sur sa liste au père Noël.

Devant son regard dépité, j'essaie de la rassurer.

— Je vais m'en occuper personnellement, et elle aura son ours au pied du sapin. Je t'en fais la promesse. Il nous reste encore un peu de temps avant Noël.

Je suis bien sûr de moi, sur ce coup-là.

— Merci beaucoup !

Elle s'éloigne avant de se retourner et d'ajouter :

— Luna m'en voudrait si je ne t'invitais pas à venir dîner à la maison un soir, toi et Plume, bien sûr, elle ne parle que de vous deux.

— J'accepte avec grand plaisir.

— Alors on dit demain soir 19 h ?

— C'est parfait. À demain, Céleste.

Alors qu'elle quitte le magasin, mon père s'approche de moi :

— C'est un très beau brin de fille, dis-moi, fiston !

— Magnifique, papa, et d'une grande gentillesse. Elle a une petite fille qui est adorable...

— 3 —

> *— Elle s'est avancée, rien n'avait été organisé,*
> *Autour de moi elle a mis ses bras croisés,*
> *Et ses yeux se sont fermés[3]. —*

Je frappe à la porte du loft en compagnie de ma chienne. Luna m'ouvre et affiche un immense sourire :

— Noah, je suis trop contente de te voir, maman m'avait dit qu'on avait un invité surprise et j'espérais que ce soit toi.

— Eh bien me voilà, répondis-je en lui tendant une boîte pleine de *Kinder Surprise*.

— Merci, ce sont mes chocolats préférés !

— Les miens aussi, lui murmuré-je à l'oreille. J'adore construire les petits jouets.

— Maman ! Maman ! Regarde ce que Noah m'a ramené !

Elle part vers sa mère, me laissant sur le pas de la porte, quand Céleste s'avance vers moi.

— Entre, je t'en prie.

Elle se baisse pour caresser Plume, et Milord apparaît au même moment comme un fou, la bousculant sur son passage. Je lui tends alors le bouquet de fleurs que je cachais derrière mon dos avant de lui donner l'autre main pour l'aider à se relever.

— Il est très beau, mais ce n'était pas nécessaire.

— Je sais, mais j'en avais envie.

J'entre et, une fois débarrassé de mes grosses chaussures et de mon énorme parka, je m'installe à table aux côtés de Luna.

— Maman a fait des hamburgers et des frites pour me faire plaisir, chuchote Luna.

— Je sens que je vais me régaler, dis-je à voix basse.

— Qu'est-ce que vous complotez, tous les deux ?

---

[3] *Le Baiser*, Alain Souchon, 1999.

— Rien, rien, maman.

En disant cela, Luna me lance un immense sourire, alors que sa mère qui s'est absentée en cuisine revient les mains chargées d'un grand plat et de deux bouteilles de *Leffe Rubis*. Je me lève pour l'aider à poser le tout et nous nous installons tous ensemble autour de ce bon repas.

— Allez-y, servez-vous !

Je ne me fais pas prier, il faut avouer que les énormes sandwichs garnis et encore fumants m'ont mis l'eau à la bouche. Je dévore le mien à pleine bouche sous le regard de Luna qui éclate de rire lorsque le ketchup termine sur mon jean.

— Voyons, Luna, on ne se moque pas !

— Elle a raison, ne la gronde pas, je mange comme un cochon.

Tous les trois, nous nous mettons à rire de bon cœur.

Je souris, mais intérieurement, j'ai honte de moi. Je dois quand même me l'avouer : cela fait longtemps que je n'ai pas passé un si bon moment. En plus d'être charmante, Céleste est une très bonne cuisinière.

— On peut prendre le dessert, s'il te plaît maman !

— Parce que le plat ne faisait pas les deux ? m'exclamé-je. Tu aurais dû me le dire, je n'aurais pas repris deux fois des frites !

Voyant que Céleste commence à réunir les assiettes, je me lève pour lui donner un coup de main et la suis jusqu'à la cuisine.

— Tu n'es pas obligé ! me sourit-elle.

— Je sais, mais j'y tiens.

Je la regarde séparer les restes en deux avant d'appeler nos molosses qui accourent tels deux ventres sur pattes. Ils ne se sont pas quittés de la soirée, tout est tellement moins compliqué pour les animaux que pour les humains. Pendant

Aimer, c'est ce qu'il y a de plus beau

que j'admire les deux fauves, Céleste a sorti un gâteau au chocolat du réfrigérateur. Il faut avouer qu'il a l'air délicieux.

— Je vais être honnête, ce n'est pas moi qui l'ai fait ! Mais Luna raffole du Royal au chocolat.

— Tu n'aurais pas pu choisir mieux !

— Ma puce, tu prends le dessert, et ensuite, au lit, il y a école, demain.

— Oui, maman !

Une fois sa part terminée, Luna nous quitte l'espace d'un instant. Elle prend la première porte du couloir et, quelques minutes plus tard, en ressort, vêtue d'un pyjama à l'effigie de *La Reine des neiges.*

— Tu viens me coucher ?

— J'arrive, ma chérie.

— Non ! Pas toi, maman ! Noah.

— Ah, d'accord ! Je peux quand même venir te faire un bisou ?

— Oui, oui !

Alors que nous nous levons pour la rejoindre, elle accourt dans sa chambre, et quand nous arrivons dans la pièce, il n'y a pas de trace d'elle, hormis une énorme boule sous la couette.

— Je peux ? dis-je en m'adressant à Céleste.

— Fais-toi plaisir !

Et elle me lance un petit clin d'œil. Je m'avance à pas feutrés vers le lit de la demoiselle, avant de tirer sur la couette et de la chatouiller dans le dos. Luna explose de rire et je me retourne vers la porte pour voir un magnifique sourire s'afficher sur le visage de sa mère.

— Tu me fais un petit câlin, Noah ?

— Bien sûr, princesse.

Alors, Luna vient se lover contre moi. L'espace d'un instant, je repense à Julia. Je ne peux m'empêcher d'avoir un pincement au cœur en me disant que j'aurais pu avoir une

petite fille de l'âge de Luna. Je me lève du lit après avoir déposé un baiser sur son front et laisse la place à sa mère. Je me dirige alors vers la cuisine pour commencer à faire la vaisselle. Quelques minutes plus tard, Céleste me rejoint :
— Un irish-coffee, est-ce que ça te tente ?
— Avec plaisir, mais je ne voudrais pas abuser, il est déjà 21 h 30.
— Cela ne me dérange pas d'avoir un peu de compagnie ; en général, mes soirées sont longues quand ma fille est couchée.
— Je connais ça… Je veux dire, les soirées longues en solitaire.

Une fois les tâches à la cuisine terminées et les boissons prêtes, Céleste m'invite à m'installer dans le canapé pour la dégustation.
— Je peux te poser une question ?
— Bien sûr !
— Luna n'a pas de papa ? Enfin, je me doute que si, mais je veux dire : il ne vit pas avec vous ?
Ses yeux s'assombrissent. J'ai posé la question qu'il ne fallait pas, apparemment. Quel nul !
— Le papa de Luna est mort alors que j'étais enceinte de sept mois, elle ne l'a jamais connu. Un accident pendant une intervention, il était pompier. Elle sait qui il est, elle connaît son histoire, mais seulement à travers les quelques photos que j'ai gardées pour elle.
— Je suis désolé.
Je me sens vraiment idiot, à ce moment précis, de remuer ainsi de douloureux souvenirs.
— Il ne faut pas, tu n'y es pour rien. J'ai consacré mon temps à ma fille et à mon métier ; de ce fait, elle n'a jamais eu de beau-père non plus.

Aimer, c'est ce qu'il y a de plus beau

— Je comprends, cela n'a pas dû être facile.
— Personne ne peut comprendre, mais les gens essaient.
— Si, malheureusement, je le peux. Il y a six ans, j'ai perdu ma fiancée dans un accident de voiture, elle était enceinte de cinq mois de notre petite fille. Alors je peux comprendre. C'est certainement pour cela que j'aime beaucoup passer du temps avec Luna. Si j'avais pu connaître ma petite fille, j'aurais aimé qu'elle lui ressemble.
— Je suis désolée pour toi, cela a dû être très dur également.
— Oui, très. Et depuis, je n'ai jamais réussi à construire de relation sérieuse.
— Comme ça, nous sommes deux. Trouver un homme qui acceptera d'élever l'enfant d'un autre, ce n'est pas facile ; je n'ai que trente-deux ans, bien sûr, mais je vois les regards aguicheurs qui se ferment quand Luna apparaît.
— Cela ne me fait pas peur ! Enfin, je veux dire que si je rencontrais une femme qui me plaît avec des enfants, cela ne me dérangerait pas.

J'ai prononcé ces mots sans réfléchir et je sens le sang me monter au visage ; qu'est-ce qui m'a pris ? Ce n'est pourtant pas mon genre de draguer ouvertement.

— Heureusement qu'il reste encore des hommes bien, mais ils sont une espèce en voie de disparition.

Nous discutons comme cela pendant des heures, lorsque nos deux amis à quatre pattes nous font comprendre qu'ils feraient bien une dernière petite sortie pour la nuit.

— Laisse, je m'en occupe, et puis il va falloir que j'y aille, il se fait tard.

Je me lève du canapé, attrape mon manteau, enfile mes chaussures, et me voilà dans le jardin à surveiller les deux ours. Je repense à notre discussion ; cela ne doit pas être

Par Bella Doré

facile d'élever seule sa fille. C'est une femme forte et courageuse, en plus d'être intelligente et belle. Elle m'attire, c'est indéniable, et en même temps, entamer une nouvelle relation me fait peur, mais il faut que j'avance, j'ai besoin d'aller de l'avant et je me dis qu'elle est peut-être celle que j'attendais.

Je remonte et Céleste m'attend sur le pas de la porte :

— J'ai passé une très belle soirée, dis-je.

— Moi aussi, et je t'en remercie ; j'évoque rarement cette partie de ma vie.

Son regard est ancré dans le mien, je ne veux pas que cette soirée se termine.

Que ressent-elle à cet instant précis ? Moi, je n'ai qu'une seule envie : poser mes lèvres sur les siennes.

— J'espère vous revoir bientôt, toi et Luna.

— Je l'espère aussi.

Nous sommes si près l'un de l'autre que je peux sentir son parfum, à la fois doux et fort.

— Tu devrais y…

Je ne la laisse pas terminer sa phrase et l'embrasse. Céleste me rend mon baiser.

— Il faut que je te laisse, balbutié-je en faisant un pas en arrière. Il est minuit passé. On se voit très vite.

Sérieusement, qu'est-ce qui ne va pas chez moi ? Je l'embrasse, elle ne me repousse pas, et moi, je mets fin à ce baiser !

Je me sens à la fois heureux et complètement perdu après ce baiser. Alors que je prends les escaliers, j'entends la porte de l'appartement claquer. Je ne comprends pas vraiment cette scène qui vient de se jouer entre elle et moi. Mais une chose est sûre : j'avais oublié à quel point un simple baiser peut être agréable, et je ne regrette pas d'avoir fait le premier pas.

— 4 —

— Tu trouveras, mes blessures et mes faiblesses
Celles que j'avoue qu'à demi-mot, tu trouveras
Mes faux pas, mes maladresses
et de l'amour plus qu'il n'en faut [4]. *—*

Le week-end touche à sa fin. Je me balade avec Plume dans la forêt autour du lac, elle est heureuse de courir dans la neige à travers les arbres. D'ailleurs, par moments, je n'aperçois même plus son pelage noir et feu. Quand tout à coup, je l'entends hurler dans le sous-bois. Ni une ni deux, je me mets à courir en direction des hurlements. Quand j'arrive, elle est couchée sur le côté, une tache de sang près de sa patte coincée dans un piège à loups. Je la libère, lui fais un bandage de fortune, avant de la rassurer. Je la laisse là un instant, le temps de courir à mon pick-up pour le rapprocher.

Je la soulève tant bien que mal et l'installe sur le siège avant. Je prends la direction de la clinique vétérinaire et arrive en klaxonnant comme un fou. Puis je sonne à la porte pendant de longues minutes avant que Céleste ne finisse par descendre, vêtue d'un pyjama et d'une robe de chambre. Elle m'ouvre la porte avec étonnement :

— Que se passe-t-il ?
— C'est Plume ! Elle s'est pris la patte dans un piège. J'ai fait un garrot comme j'ai pu !
— OK, je vais chercher un chariot.

Elle revient avec une table sur roulettes, nous faisons glisser son corps endolori dessus avant qu'elle ne la conduise en salle d'examen. Elle défait mon bandage et examine la plaie.

— Apparemment, la patte n'a pas l'air cassée, c'est déjà une bonne chose.

---

[4] *Tu trouveras*, Natacha St-Pier et Pascal Obispo, 2002.

Elle retire sa robe de chambre tachée de sang et enfile une blouse blanche.

— Ça va aller, ma belle, ne t'en fais pas, je vais t'administrer un calmant.

J'admire son calme, comparé à moi qui suis une pile électrique.

Plume pose sa tête dans ma main et émet un gémissement en signe d'acquiescement. Céleste lui pose une perfusion, puis prend la tondeuse de façon à libérer la plaie.

— Tu devrais attendre dans la salle d'attente, la plaie peut être impressionnante.

— Non ! Je ne la quitte pas ! dis-je d'un ton sec.

Quand je lève la tête, je vois à son regard qu'elle a été surprise par le son de ma voix.

— S'il te plaît, ajouté-je plus calmement.

— La blessure est profonde, je vais devoir recoudre le muscle, puis la peau, mais elle ne devrait pas avoir de séquelles. S'il te plaît, rends-moi service, Luna est seule à l'étage, tu veux bien aller la voir et la rassurer ?

— Oui, bien sûr !

Au fond, elle a raison, ma place n'est pas dans cette salle d'examen.

Je dépose un baiser sur la grosse truffe noire de ma chienne et quitte la pièce. Je sais qu'elle est entre de bonnes mains.

Je tape à la porte du loft, Luna l'ouvre et me saute dans les bras :

— Noah, je suis trop contente, mais Plume n'est pas avec toi ?

— Si, elle est en bas. Elle s'est blessée dans la forêt, ta maman est en train de la soigner. Ne t'inquiète pas.

— Oh, la pauvre ! Maman va la guérir, j'en suis sûre, c'est la meilleure.

— Je n'en doute pas.

Aimer, c'est ce qu'il y a de plus beau

Pour me changer les idées, Luna me propose un tas de jeux de société. Après avoir perdu à *Attrap'souris* et bien rigolé au *Dr Maboule*, je regarde ma montre qui affiche 19 h 30.

— Bon, il se fait tard ! Tu n'aurais pas un petit creux, par hasard ? dis-je en entendant les gargouillements de son ventre.

— Un petit peu. Quand maman est descendue, on faisait de la pâte à pancakes. Le dimanche soir, quand il fait froid, c'est pancakes et chocolat chaud.

— Va pour ça, alors ! Tu m'aides à trouver ce dont j'ai besoin ?

— Ouiiii !

Me voilà debout dans une cuisine qui n'est pas la mienne en train de faire sauter les petites crêpes et faire fondre du chocolat noir au bain-marie. Je leur prépare le vrai chocolat chaud de ma mère. Luna tient son rôle de commis à la perfection, me passant tour à tour casserole, bol, cuillère…

Au final, je passe un super bon moment avec elle, la cuisine, un peu moins quand je vois le bazar que nous avons mis un peu partout, mais nous rions aux éclats quand le lait se sauve de la casserole. C'est ce moment précis que Céleste choisit pour faire son apparition.

— Eh bien dites donc, ça chahute drôlement, par ici ? Au vu de vos têtes, je crois que je vais aller me doucher et me changer pendant que vous rangez !

— Bien, maman, répondons-nous en chœur avant de partir en fou rire.

Avant qu'elle ne s'engouffre dans la salle de bains, je l'interpelle :

— Céleste ! Comment va ma chienne ?

— Elle se réveille doucement, je l'ai laissée dans la salle d'examen avec une grande collerette, nous irons la voir après manger.

— Je crois que Milord l'a senti, il est tout fou devant la porte depuis que je suis arrivé.

Vingt minutes plus tard, le champ de bataille a disparu et nous avons même mis la table.

— J'ai dit à Noah de rester, maman, annonce Luna alors que celle-ci sort de la salle de bains vêtue d'un jean et d'un tee-shirt blanc qui ne cache pas ses jolies formes.

— Tu as eu raison, ma puce. Alors, goûtons toutes ces bonnes choses !

Céleste n'a pas besoin de nous le dire deux fois ; tels deux enfants, Luna et moi nous jetons sur l'assiette de pancakes. Le repas se fait dans la joie et la bonne humeur, jusqu'à ma question :

— Mais, au fait, vous n'avez pas encore fait votre sapin, à ce que je vois ?

Le regard de Céleste s'assombrit et Luna baisse la tête vers son assiette.

Visiblement, j'ai dit quelque chose qu'il ne fallait pas.

— J'ai dit une bêtise ?

— Maman n'a jamais voulu faire de sapin, elle accroche ma chaussette et le père Noël dépose tout au pied de la cheminée.

— Je suis désolé si j'ai jeté un froid.

— Ne t'inquiète pas, tu n'y es pour rien. Luna a raison. Nous n'avons jamais fait de sapin, car c'est à la veille de Noël que j'ai perdu Rafaël, et puis, jusqu'à maintenant, elle était petite.

— Je comprends et je suis désolé de remuer de mauvais souvenirs.

Je me sens si bête à ce moment précis.

— Et toi, Noah, y a un sapin à ta maison ? me demande Luna en souriant.

— Oui, bien sûr. Chez mes parents, nous avons une tradition que j'ai gardée. Derrière chez eux, il y a un petit bois, et c'est là que nous allons couper nos sapins. Si tu veux, et si ta maman est d'accord, tu pourras venir à la maison pour le voir.

Merci, Luna, pour ton intervention.

Céleste ne répond pas, mais je vois à son air fermé qu'elle est en pleine réflexion. Puis elle se lève de table et s'adresse à nous :

— J'ai une bien meilleure idée. Serais-tu d'accord pour nous emmener choisir notre propre sapin ?

— C'est vrai, maman ? Tu veux bien ?

Les yeux de Luna pétillent suite à la proposition de sa mère. Comment pourrais-je dire non ?

— Avec plaisir, bien sûr ! Au magasin, on a un stock de décos de Noël. On n'utilise jamais tout, je préparerai un carton demain.

— Je vais avoir un sapin ! Je vais avoir un sapin ! répète Luna à tue-tête en courant dans le loft.

— Je n'aurais jamais imaginé que cela lui ferait tant plaisir. Je me sens coupable de l'en avoir privée pendant toutes ces années.

— Il ne faut pas, je n'ai pas l'impression que Luna t'en veuille, tu avais besoin de temps, tout simplement.

Le repas terminé et la corvée de vaisselle faite, nous descendons tous les trois, en compagnie de Milord, voir comment se porte ma fifille. J'ai à peine le temps d'ouvrir la porte arrière que le chien se faufile entre mes pattes, direction la salle d'examen. Quand nous entrons à notre tour dans la pièce, il est couché auprès de Plume, sa tête posée sur son cou. La petite les rejoint.

— Ces deux-là vont devenir inséparables comme dans les films. Ils me font penser à Pongo et Perdita dans *Les 101 Dalmatiens*.

— Cela veut dire qu'il va falloir que nous continuions à nous voir, lui murmuré-je à l'oreille.

Elle se retourne et me sourit avant d'aller examiner sa patiente.

— Ses constantes sont bonnes, elle n'a pas l'air de trop souffrir. Je vais quand même lui refaire une injection de calmant pour la nuit et la garder en observation, ajoute-t-elle en branchant une caméra en direction de Plume.

À mon tour, je m'approche de ma chienne pour la rassurer ; elle pose sa tête au creux de ma main pour me faire comprendre qu'elle se sent bien et que je peux rentrer en paix.

Au moment de remonter à l'étage, Milord refuse catégoriquement de la quitter.

— Très bien, gros patapouf, tu peux rester avec elle cette nuit, je vous surveille. J'ai gardé le visiophone de Luna de façon à pouvoir surveiller et entendre mes petits protégés la nuit, dit-elle à mon encontre.

— C'est une idée plutôt astucieuse. Je vais vous laisser et je repasse demain dans la matinée avant d'ouvrir le magasin.

— Non ! Je veux que tu viennes me coucher, s'il te plaît.

Je jette un œil à Céleste, qui acquiesce d'un hochement de tête.

— D'accord, ma puce, file te brosser les dents et j'arrive.

— Je nous prépare un chocolat chaud pendant ce temps.

Luna s'avance vers sa mère, qui l'embrasse en la serrant fort dans ses bras.

— Bonne nuit, ma chérie.

— Bonne nuit, maman d'amour à moi.

Céleste se dirige vers la cuisine et je rejoins Luna, partie se changer pour la nuit. Alors qu'elle sort de la salle de bains, elle me prend par la main et m'emmène dans sa chambre. Elle s'installe dans son lit et sort un bouquin.

— Tu me racontes une histoire ?

— Bien sûr, mais une courte, alors, il se fait tard.

Elle me tend le livre au titre évocateur : *Je t'aimerai toujours quoi qu'il arrive*. Je commence ma lecture quand le bruit d'un craquement de bois me fait lever la tête. Céleste s'est adossée au chambranle de la porte et nous observe. Je la dévisage. Son visage pâle reflète la lumière tamisée du couloir et ses yeux brillent de mille feux. Je soupçonne les larmes de les faire briller ainsi. Certainement que la vue que nous lui offrons Luna et moi blottis l'un contre l'autre, comme un père avec sa fille, lui évoque les moments qu'elle n'a jamais connus. Avec le revers de sa manche, elle essuie un œil, puis l'autre, avant de nous interpeller :

— Allez, au lit, maintenant, il se fait tard, ma chérie, et demain, il y a école.

J'embrasse tendrement Luna sur le front, éteins la lumière et sors de la pièce.

— Merci beaucoup pour Luna, cela fait longtemps que je ne l'avais pas vue aussi souriante, elle t'apprécie beaucoup.

— Moi aussi, je l'aime beaucoup, enfin, je vous aime beaucoup, toutes les deux.

— 5 —

— Ce n'est jamais qu'une histoire, comme celle de milliers de gens
Mais voilà, c'est mon histoire, et bien sûr, c'est différent
On essaie, on croit pouvoir, oublier avec le temps
On n'oublie jamais rien, on vit avec[5]... —

Nous nous installons sur le canapé, la télévision est allumée devant une énième rediffusion du *Grinch*. Rien de bien étonnant, puisqu'il s'agit de la saison... Je saisis ma tasse et suis surpris de voir des chamallows flotter dedans, cela fait bien longtemps que je n'en ai pas mangé. Chacun porte sa boisson à ses lèvres pour prendre une gorgée de ce délicieux breuvage aux notes de cannelle. Quand elle pose sa tasse sur la table basse et se tourne vers moi, j'esquisse un sourire à la vue de la moustache de chocolat qu'elle a sous le nez. Doucement, j'approche ma main de son visage et, avec mon pouce, lui essuie le dessus de la lèvre ; je plonge mon regard dans le sien et nos lèvres s'effleurent dans un tendre baiser, qui devient plus passionné. Je passe un bras autour de son cou et l'étreins, je sens les battements de son cœur qui s'accélèrent contre ma poitrine, à moins que ce ne soient les miens. Nos baisers se font plus ardents et ma main se faufile sous son tee-shirt, caressant le bas de son dos. Sa peau est si douce. Tout à coup, elle se recule brusquement :

— Je ne peux pas ! Je suis désolée.
— Je comprends... Ce n'est pas grave. Il se fait tard, je vais rentrer.

Je vais m'éclipser, même si je préférerais rester.

— Non, reste ! Enfin, tu peux dormir sur le canapé, si tu veux, comme ça, à ton réveil, tu pourras descendre voir Plume.

---

[5] *On n'oublie jamais rien, on vit avec*, Hélène Ségara et Laura Pausini, 2003.

Aimer, c'est ce qu'il y a de plus beau

— Je ne veux pas déranger, surtout.
— Tu ne me déranges pas. Simplement, je ne me sens pas encore prête à laisser un homme entrer dans ma vie, je veux dire vraiment dans ma vie. Je me sens bien avec toi et Luna aussi. Ne m'en veux pas.
— Je comprends et j'attendrai le temps qu'il faudra, sache juste que tu me plais sincèrement et que, moi aussi, je me sens bien avec vous deux.

Nous échangeons un regard et elle me sourit tendrement en posant sa main sur ma joue ; comment ne pas succomber. Je suis tombé sous le charme de cette femme à la minute où je l'ai vue.

— Merci. Je vais te chercher un oreiller et une couette.

Alors qu'elle part vers le couloir, j'attrape la télécommande et fais défiler les chaînes quand je tombe sur un film dont je reconnais tout de suite les premières images. Un désert, un temple, un prêtre et cette réplique culte : « Aziz ! Lumière ! » Je m'installe donc confortablement, plongeant ainsi au cœur du *Cinquième Élément*. Je suis si happé par le film que je ne l'ai même pas entendue revenir.

— Hum ! Hum !
— Oh, excuse-moi, dis-je en prenant les affaires qu'elle me tend. J'étais complètement pris par le film.
— J'ai vu cela. En même temps, difficile ne pas succomber au charme de Bruce Willis, ajoute-t-elle, un sourire aux lèvres. Je peux regarder un peu avec toi ou tu préfères te coucher ?
— Non, reste, je t'en prie.

Elle prend place près de moi et je tente une approche en passant mon bras autour de son cou. Elle ne me repousse pas et pose sa tête contre mon torse. Je me sens bien avec elle, je redécouvre des sentiments enfouis depuis six ans. J'ai eu des aventures, bien sûr, mais jamais rien de sérieux. Nous arrivons au moment du concert de la diva et je sens le poids de sa tête s'alourdir sur mon épaule : elle s'est endormie. Je me glisse légèrement vers la gauche et pose sa tête sur mes genoux, avant d'attraper la couette pour la couvrir avec. Je cale l'oreiller derrière la mienne et finis par m'assoupir aussi.

Une petite voix me fait sursauter, alors que la lumière m'éblouit :
— Maman ! Maman ! Tu dors ?
J'ouvre un œil, puis l'autre, et tente de remettre mon cerveau en marche. Je suis dans le salon de Céleste, et c'est la voix de Luna qui me sort de mon sommeil.
— Coucou, Noah ! Pourquoi maman elle dort sur tes genoux ?
— Euh… Parce qu'hier soir, on a regardé la télé tard et nous nous sommes endormis devant le film.
J'essaie de me lever sans la réveiller, mais elle commence à bouger. Elle ouvre les yeux et se lève en sursaut.
— Qu'est-ce que ? Mais… Euh… Comment… Enfin… Bref ! Viens, ma chérie, on va faire ton petit-déjeuner.
Elle me jette un regard et je me lève à mon tour. Je me sens très gêné par la scène.
— Je vais vous laisser, je repasse chez moi me changer et je pars bosser au magasin. En plus, je suis déjà en retard. Tu feras une caresse à Plume de ma part, s'il te plaît ? Et on dit 16 h 30 devant le magasin.
— Oui ! Faisons comme ça, très bonne idée. Et je t'appelle dans la matinée pour te donner des nouvelles de Plume.
Je m'éclipse donc rapidement tel un adolescent surpris par les parents de sa petite amie. Je comprends la réaction de Céleste face à sa fille. Elle est perdue, autant que moi devant ces sentiments que je ne contrôle pas, mais que je ne connais que trop bien.

Aimer, c'est ce qu'il y a de plus beau

La journée est calme au travail. Céleste m'a appelé tout à l'heure et Plume va bien. Je suis un peu sur un petit nuage et mon père s'empresse d'ailleurs de me le faire remarquer :

— Alors, fils, tu n'es pas avec nous, aujourd'hui ? Serait-ce la jolie rousse de la dernière fois qui te fait tourner la tête ?

— Disons que c'est compliqué.

— Tu sais, mon fils, tu as le droit de refaire ta vie, je suis sûr que c'est ce qu'aurait voulu Julia.

— Je sais, papa, merci. Mais de son côté, ce n'est pas aussi simple, elle vit avec un fantôme et n'est pas encore prête. Je vais devoir faire preuve de patience.

À 16 h 30, j'entends la voix de Luna hurler mon nom à travers les rayons du magasin. Je les rejoins, les bras chargés d'un énorme carton de décoration, suivi par mes parents.

— Tu n'aurais pas dû, c'est beaucoup trop, s'exclame Céleste.

— Bonjour, je suis Wilhelm, et voici mon épouse, Hélène, nous sommes les parents de Noah. Nous vous les offrons avec grand plaisir. Noah nous a raconté dans les grandes lignes et expliqué que c'était votre premier sapin à vous deux.

— D'ailleurs, je peux t'emprunter Luna un instant ?

— Oui, bien sûr.

— Tu viens avec moi, ma puce, il manque une dernière chose.

Luna me tend la main et nous nous éloignons direction le rayon de décorations.

— Je voudrais que tu choisisses l'étoile pour mettre en haut du sapin, prends celle qui te plaît.

Après quelques minutes de réflexion à observer les cimiers, elle m'en montre un du doigt :

— C'est celui-ci que je veux. L'étoile avec l'ange. Un ange comme mon papa au ciel.

— C'est un très bon choix, petite demoiselle. Je suis sûr qu'il lui plairait.

De retour à l'accueil, Céleste est en grande conversation avec mes parents.

— Ils ne t'ennuient pas trop ?

— Non, au contraire, j'ai appris un tas de choses intéressantes sur toi !

— Pourquoi je ne suis pas rassuré tout à coup ?!

Une fois le carton chargé dans mon pick-up, nous prenons la direction du bois et, sur place, nous nous mettons en quête du parfait sapin. Après une demi-heure de recherche, il est trouvé.

— Bon, eh bien voilà notre perle rare, il ne reste plus qu'à le couper.

Après quelques coups de hache, il est chargé dans la benne, et nous prenons la direction du loft. Je n'ai pas encore eu le temps d'échanger avec Céleste sur ce matin, et pourtant, nous avons besoin d'en parler.

Nous nous affairons tous les trois à décorer le sapin, sous le regard intéressé de nos chiens. Avec un peu d'aide, Plume a réussi à monter les escaliers. Si quelqu'un entrait dans cette pièce à ce moment précis, il tomberait sur un tableau représentant la maison du bonheur. Céleste se tient debout devant le sapin pendant que je hisse Luna pour qu'elle pose l'étoile tout en haut. Le sapin terminé, je branche les guirlandes et, tout à coup, il prend vie, il brille de mille feux au centre du salon. Le regard émerveillé de la petite n'a pas de prix. Céleste se tourne vers moi et me sourit.

— Bon, Mesdemoiselles, si je vous emmenais profiter du Marché de Noël nocturne ce soir, nous pourrions manger un morceau sur place et profiter du feu d'artifice ?

— Dis oui, maman ! Dis oui !

Aimer, c'est ce qu'il y a de plus beau

— C'est d'accord, allons-y. Milord, veille bien sur Plume, c'est encore trop tôt pour aller se promener.
— Soyez sages, vous deux !
Pour seule réponse, Milord émet un aboiement mélangé à un grognement et se couche près de Plume.

Une fois sur le marché, nous nous baladons le long des étals, nous arrêtant pour admirer un souffleur de verre qui fabrique des petits sujets de Noël, ou encore pour déguster un bretzel tout chaud. Luna nous entraîne dans la grande roue installée sur la place de la ville. Nous prenons place tous les trois dans la nacelle, et alors que celle-ci commence à monter, Céleste glisse sa main dans la mienne. Je tourne la tête vers elle et nos regards se croisent, le sien est rempli de tendresse.
— Je passe une merveilleuse soirée. Cela ne m'était pas arrivé depuis si longtemps, je te remercie, Noah, et je crois que Luna aussi.
— Je te retourne le compliment.
Le tour de grande roue terminé, nous nous dirigeons vers le parc d'où va être tiré le feu d'artifice. Sa main n'a pas quitté la mienne. Luna marche devant nous, une barbe à papa à la main, quand elle se retourne et sourit.
— Ça y est, vous êtes amoureux tous les deux ?
Un ange passe. Pris sur le fait, Céleste me lâche la main, mais ni elle ni moi ne relevons la remarque.
Les premières lumières apparaissent dans le ciel au son de la musique *Petit Papa Noël*. Nous profitons de cet instant magique tous les trois, nous émerveillant devant la beauté du spectacle.

Sur la route du retour, Luna s'est endormie et je la porte jusqu'à sa chambre. Une fois son manteau et ses chaussures retirés, je la couche sous sa couette avant de retourner au salon.

Par Bella Doré

Céleste est debout, dans la cuisine. Malgré le gros pyjama en polaire qu'elle a revêtu, je la trouve toujours aussi belle.

— Il fait un peu frais ! Un dernier café ? me propose Céleste.

Je prends les deux mugs fumants qu'elle tient dans ses mains, les pose sur la table du salon, l'attrape par la taille et l'embrasse tendrement.

— J'ai attendu ce moment toute la soirée, dis-je en la regardant droit dans les yeux.

— Moi aussi, je dois l'avouer. Je me sens tellement bien avec toi et ça me fait peur.

— Il ne faut pas. Nous avons chacun un passé douloureux, mais comme me l'a dit mon père récemment : de là-haut, ils n'aimeraient pas nous voir tristes et seuls toute notre vie.

— Ton père est un homme sage, et il a raison.

— Je me sens bien avec toi et j'adore ta fille, et cela est réciproque. Avec toi, j'ai l'impression que la vie m'offre une seconde chance et je ne veux pas passer à côté.

— Si nous allions nous coucher ? Il se fait tard.

Elle me prend la main, et m'emmène jusqu'à sa chambre.

— Je n'ai pas envie de m'endormir seule, tu veux bien me tenir compagnie ?

Je m'assieds le dos contre la tête de lit et elle se blottit contre moi. En cet instant, je n'ai besoin de rien d'autre que ce moment de tendresse, sa tête posée contre mon torse, mon visage niché dans ses cheveux.

— Je tombe amoureux de toi en secret un peu plus chaque jour depuis notre première rencontre, je ne sais pas m'expliquer pourquoi. Nos passés douloureux nous rapprochent et nous éloignent à la fois. J'aimerais que l'on se donne une chance de réapprendre à aimer.

Elle soupire. Je baisse les yeux sur son visage, ses paupières sont closes. Alors, j'essaie de me dégager pour quitter

Aimer, c'est ce qu'il y a de plus beau

son lit, mais elle resserre son étreinte. Je l'étreins à mon tour et me laisse glisser doucement dans les bras de Morphée.
A-t-elle seulement entendu ma confession ?

Le réveil de mon portable sonne : il est 7 h du matin, je suis seul dans le lit. Je me demande bien où est passée Céleste. Je me lève et sors de la chambre. J'entends rire dans la cuisine.
— Regarde, maman, monsieur Marmotte est réveillé !
— Alors, bien dormi, Noah ?
— Comme un bébé.
Je m'assieds à table avec elles et avale la tasse de café que me tend Céleste.
— Alors, ça y est, vous êtes amoureux ?
— Je ne sais pas ! Tu en penses quoi, ma puce ?
En prononçant ces mots, elle me jette un clin d'œil qui en dit long.
— Qu'il va falloir que je commande un autre cadeau au père Noël, répond-elle à sa mère en levant les yeux au plafond.
— Comment cela ?
— J'avais demandé qu'il rapporte un amoureux pour maman, et maintenant, c'est fait.
Nous nous regardons d'un air surpris, enfin, pas tant que ça pour moi, et éclatons de rire. D'ailleurs, cela me fait penser que le grossiste doit m'appeler aujourd'hui pour la peluche de Luna.
— Bon, allez, je me sauve, il ne reste plus que quelques jours avant Noël et mes parents doivent avoir beaucoup de travail au magasin.

— 6 —

— *Tu es mon plus beau Noël, celui que je n'attendais pas…*
Tu es l'amour, la vie et le soleil, ce à quoi je ne croyais plus[6]. —

Les jours passent, Céleste et moi filons le parfait amour. Je ne vis pour ainsi dire plus chez moi. De toute façon, Plume a élu domicile pour sa convalescence auprès de son beau Milord. Je n'en suis pas encore au point d'avoir ramené mes affaires chez elles, mais disons que j'y mange tous les soirs et qu'au moment de partir, Céleste trouve toujours une bonne excuse pour que je reste, ce qui m'arrange bien, d'ailleurs.

Nous n'avons pas encore fait les présentations officielles, mais mes parents ont bien compris que je passais mes nuits chez elle, si bien que la dernière fois qu'elle est venue au magasin chercher le *Cubby l'ourson* que j'ai eu beaucoup de mal à trouver, ma mère s'est empressée de l'inviter à faire le réveillon de Noël avec nous. Céleste a accepté sans hésiter, pour la plus grande joie de Luna.

Nous sommes le 24 au matin. Comme tous les jours depuis deux semaines, c'est au côté de Céleste que je me réveille. Je l'admire un instant avant de me lever pour me rendre au magasin. C'est la veille de Noël et il y a toujours des clients de dernière minute.

Il est 18 h quand je ferme enfin le magasin. Je fais un détour par chez moi. Tradition oblige, je me change pour revêtir une tenue plus habillée. Un pantalon à pinces bleu marine, une chemise blanche et la veste de costume assortie feront l'affaire ; par contre, je garde mes *Nike* blanches aux pieds, les mocassins, ce n'est pas mon truc. Je prépare un petit sac pour la nuit et remonte dans mon pick-up, direction le loft.

---

[6] *Mon plus beau Noël*, Johnny Hallyday, 2005.

Aimer, c'est ce qu'il y a de plus beau

Je pousse la porte et entre dans l'appartement, Luna accourt vers moi et me saute dans les bras.

— Regarde ma robe de princesse comment elle est douce !

— Tu es une vraie princesse, ma puce, tu es belle comme un cœur.

C'est vrai qu'elle est toute mimi dans sa robe de Noël : le haut est argenté et le bas est fait en fausse fourrure blanche, elle a orné sa tête d'un diadème qui lui donne un air angélique. Puis Céleste apparaît, vêtue d'une robe de satin bordeaux près du corps, assortie d'une petite veste noire et d'une paire d'escarpins.

— On dirait que tu viens d'avoir une hallucination, me lance-t-elle.

— Bah, c'est presque ça ! Je me demandais où était passée la maîtresse de maison. Tu es divine dans cette robe, enfin, je ne veux pas dire que tu n'es pas jolie d'habitude, mais là, c'est : wouah ! Wouah ! Wouah !

— Je vais prendre ça pour un compliment, dit-elle en m'embrassant tendrement.

— Eh bien, si mes princesses sont prêtes, nous allons pouvoir y aller, je pense que ma mère nous attend depuis ce matin.

— On enfile nos manteaux et on te suit.

Pendant ce temps, j'attrape les laisses et installe nos deux ours dans le pick-up. Plume s'est bien remise de sa blessure, même si elle ne court pas comme avant. Céleste m'a prévenu qu'il faudrait du temps.

Nous voilà arrivés chez mes parents qui nous attendent sur le perron, malgré le vent ambiant et les flocons de neige. Nous nous empressons d'entrer dans la maison, où un feu de cheminée réchauffe l'atmosphère. Maman a dressé une magnifique table et mis les petits plats dans les grands. Luna s'avance devant le sapin :

Par Bella Doré

— T'as vu, maman, il est immense, j'en ai jamais vu un aussi grand.
— Vous avez une très belle maison, Madame Kessler.
— Merci, mais appelez-moi Hélène.
— Merci, Hélène, pour votre invitation et votre accueil.
— Si nous passions à table, s'exclame mon père. Le champagne va réchauffer.
Tout le monde prend place alors que papa remplit nos coupes.
— Qu'est-ce qu'ils sont beaux tous les deux, vos chiens, ils se sont bien trouvés, dit ma mère.
— Oui, c'est comme maman et Noah.
— Tu as raison, ma chérie, lui répond-elle, ta maman et mon fils forment un très beau couple.
— Bon, vous avez fini, toutes les deux ? les taquiné-je.
Elle a raison, ma mère, nous formons un très joli couple tous les deux.

Le repas se passe dans la joie et la bonne humeur. Maman nous a encore bien régalés de sa pintade farcie et de son foie gras maison. Elle a passé tout le repas à discuter avec Céleste, je crois qu'elle l'apprécie beaucoup. Quant à papa, il est sous le charme de la petite Luna, lui qui a toujours voulu une fille.
Le dessert terminé, nous passons au salon pour les traditionnels chants de Noël. Je m'installe au piano et fais résonner les premières notes de musique. De sa voix mélodieuse, maman entonne la chanson :
— Silent night, holy night, all is calm, all is bright, round yon Virgin, Mother and Child, Holy infant so tender and mild…
Quand tout à coup, on frappe à la porte. Je me lève et ouvre :

Aimer, c'est ce qu'il y a de plus beau

— Oh ! Oh ! Oh ! Y aurait-il une petite fille dans cette maison qui attend ses cadeaux de Noël ?
— Wouah ! Le père Noël est là pour moi !

Il s'installe dans le grand fauteuil de mon père, qui s'est absenté un instant, et Luna accourt pour s'asseoir sur ses genoux. Il sort de sa hotte un gros paquet et le lui tend.

— Voilà pour toi, demoiselle.

Luna s'empresse de l'ouvrir et hurle de joie à la vue de l'ours en peluche qui paraît plus vrai que nature et qui émet des grognements. Après avoir, fait sa distribution de cadeaux, le père Noël repart continuer sa tournée sous un tonnerre d'applaudissements. Luna le raccompagne avec moi ; alors qu'il s'éloigne, elle me fait signe de me baisser et me chuchote à l'oreille :

— Je sais que ce n'est pas le vrai et que c'est ton papa, mais merci, Noah, c'est mon plus beau Noël.

Nous nous serrons dans les bras l'un de l'autre, puis elle ajoute :

— Est-ce que tu voudrais bien être mon papa ?

Gêné par la question, je ne sais quoi répondre.

— Et si on demandait à ta maman ce qu'elle en pense ?

Nous refermons la porte et retournons auprès de ma mère et Céleste dans le salon. Luna se pose sur le tapis avec son ourson et, quelques minutes plus tard, mon père apparaît par la porte de la cuisine.

— Tu as raté le père Noël, lui dit Luna.
— Oh, non ! Pas encore, s'éclaffe papa alors que tout le monde part dans un fou rire général.

Puis la petite se lève et vient s'asseoir près de sa mère et moi :

— Maman ! Est-ce que tu serais d'accord pour que Noah devienne mon papa ?

Par Bella Doré

Céleste se tourne vers moi et me sourit, puis ses yeux se reposent sur sa fille :
— Tu n'aurais pas pu faire un meilleur choix, ma chérie. Je pense qu'il est temps pour moi de réapprendre à aimer et être aimée, car *aimer, c'est ce qu'il y a de plus beau.*

Je les serre toutes les deux dans mes bras comme une vraie famille, et c'est sur cet instant, que mon père immortalise avec son appareil photo, que s'achève notre premier réveillon de Noël. Je suis sûr qu'il y en aura encore beaucoup d'autres, et je repense à la petite lettre dans l'enveloppe rose :

Papa Noël, tu pe raporté un namoureux à maman si peu plè
et un nours qui bouje pour moi. Bisous. Luna

Qui sait : cette année, Luna a demandé un amoureux pour sa maman, et elle l'a eu ; peut-être que l'année prochaine, elle lui demandera un petit frère ou une petite sœur...

— *Tu es mon plus beau Noël,*
Celui que je n'attendais pas,
Ce merveilleux cadeau tombé du ciel,
Celui dont rêvent tous les papas... —

Un Noël plein de surprises

Par Mickaële Eloy

— 1 —

Hélène regarda sa montre une fois de plus. Depuis qu'elle avait quitté Paris, le train s'était déjà arrêté deux fois. « *Mesdames et messieurs, notre train est immobilisé en pleine voie à cause du gel. Nous vous remercions de votre patience et vous demandons de ne pas tenter d'ouvrir les portes.* »

Hélène avait horreur des fêtes. Horreur de tout ce qui se rapportait à l'hiver. Et surtout horreur de délaisser son travail. Elle avait comme l'impression de trahir la confiance de son exigeant de patron à l'idée de déserter la capitale quelques jours. Trois semaines qu'elle organisait son absence. Sébastien, son assistant, savait qu'elle ne serait que peu joignable durant le week-end de Noël. Le chalet de ses parents était situé dans un lieu reculé, en pleine montagne, et les portables captaient mal. Quant à avoir Internet, il ne fallait pas rêver... Il avait donc fallu reporter quelques réunions et Hélène avait dû se résoudre à laisser sa messagerie aux bons soins d'un message d'absence. Cela faisait des années que cela ne lui était pas arrivé.

Hélène était une charmante brunette. Un mètre soixante-et-un de grâce et de bienveillance. Des yeux noisette, un visage presque enfantin. Elle avait choisi pour voyager une tenue sobre, loin des tailleurs qu'elle arborait à Paris : un jean taille haute, un T-shirt à manches longues rose pâle et des bottines en daim. Un foulard framboise complétait sa tenue et lui donnait malgré tout un petit air sophistiqué. Hélène avait également opté pour un maquillage sobre. Juste un trait de liner gris pour rehausser l'éclat de ses yeux et une touche de gloss. Son allure était plutôt passe-partout. Mais la botte secrète d'Hélène résidait dans son caractère en acier trempé. Ses qualités de visionnaire lui avaient permis de gravir un à un les échelons de la société, à la vitesse d'un cent mètres. Et à vingt-sept ans, elle pouvait se vanter d'être à la tête du prestigieux département « Développement » chez Chapitre, une grande chaîne de libraires. C'était à elle que revenait la décision finale d'ouvrir ou non des franchises dans les villes de province, après que son équipe avait passé en revue les candidatures pour ne garder que les plus crédibles. Racheter de petits commerces bancals et les transformer en véritable machine à cash, voilà ce qui occupait son temps depuis bientôt trois ans.

Et justement, c'était de cela qu'il était question. Hélène avait accepté de rejoindre ses parents dans leur chalet de montagne, mais elle en profiterait pour étudier les possibilités de leur charmante petite ville. Peut-être que le prochain Chapitre s'y ouvrirait, sous l'œil souriant de son père, maire de Saint-Martin. Bien sûr, il faudrait procéder avec tact et discrétion, mais Hélène était certaine que l'idée allait fonctionner. Les bons résultats de Chapitre dans les autres villes dans lesquelles la chaîne s'était implantée joueraient en sa faveur. Bientôt, la boutique emploierait une quinzaine de personnes et deviendrait une référence en matière de culture. Les provinciaux pourraient y découvrir les dernières publications parisiennes, assister à des concerts retransmis en direct et faire dédicacer leurs livres par de grands auteurs qu'ils n'auraient jamais rencontrés sans l'intervention d'Hélène. La jeune femme se faisait parfois l'impression d'être en quelques sortes la sauveuse de ces petites villes déshéritées. Elle leur apportait une bouffée d'air frais. Le chômage reculait grâce à elle et les familles n'étaient plus condamnées à l'exil. La culture prenait le pas sur les matchs de foot miteux. Les enfants découvraient le plaisir de lire et les adultes redécouvraient les classiques qu'ils avaient lus sans aucun plaisir durant leur scolarité.

Un Noël plein de surprises

« *Notre train entrera en gare dans quelques instants. Nous vous remercions d'avoir voyagé avec notre compagnie. Avant de descendre, assurez-vous de n'avoir rien oublié à votre place.* » Hélène referma son ordinateur et le glissa dans sa pochette. Elle se redressa pour quitter sa place quand un objet lui tomba sur l'épaule. Une douleur vive la submergea. Le cœur au bord des lèvres, Hélène tituba avant de se laisser tomber dans un fauteuil.

— Excusez-moi, je ne vous avais pas vue, dit une voix comme sortie de nulle part.

Hélène sursauta et tourna la tête, tenant toujours son épaule en grimaçant. La voix semblait venir de derrière une grosse valise.

— Dites, ça va aller, ma petite dame ? Vous m'avez l'air toute blanche ! Faudrait pas faire un malaise, hein ?

Hélène prit une grande inspiration, la douleur était lancinante. Mais elle n'allait pas donner satisfaction à cette personne inopportune. Greffant un sourire glacial sur ses lèvres finement ourlées, elle s'apprêtait à répondre d'une remarque cinglante quand elle se souvint qu'elle n'était plus à Paris, que la province rendait les gens naturellement bourrus et que Noël était pour bientôt. Alors, résignée, elle détourna le regard, soupira bruyamment et ne répondit pas. L'autre haussa les épaules et quitta la rame.

Au moment de se saisir de son sac qui avait glissé de son épaule, Hélène sentit la douleur devenir plus aigüe. Son épaule la faisait souffrir comme rarement auparavant. Une larme coula sur sa joue et un gémissement franchit ses lèvres. Elle n'eut pas le temps de réagir que déjà quelqu'un se pressait derrière elle, relevant son pull pour bloquer son bras. Emmitouflé dans un manteau bordeaux, une écharpe masquant une partie de son visage et les cheveux retenus dans un large bonnet, Hélène ne vit de son sauveteur que deux yeux d'un bleu profond comme la nuit. De petites étoiles brillaient au firmament de ce regard qui la fit chavirer. Une mèche blonde dépassait nonchalamment, barrant d'un trait cette nuit étoilée, comme une étoile filante. Ce fut sur cette dernière image que de petits papillons s'invitèrent dans le regard d'Hélène et qu'elle se laissa glisser dans un nuage cotonneux. Elle reprit connaissance quelques minutes plus tard, entourée d'une équipe de charmants jeunes hommes aux petits soins pour elle. Les bruits étaient nombreux, les ordres claquaient dans l'air comme un coup de fouet. Le froid la saisit lorsqu'ils la posèrent sur un brancard.

— Ne vous inquiétez pas, Mademoiselle, nous nous occupons de vous. Un petit tour aux urgences pour un contrôle et vous ressortirez vite.

—2—

Colette s'était précipitée à l'hôpital quand elle avait appris que sa fille s'était blessée. Mère poule, elle était toujours inquiète quand il s'agissait de son unique enfant. Lorsqu'Hélène était petite, Colette passait beaucoup de temps à organiser son planning pour être toujours disponible pour sa fille. Elle ne ratait jamais un entraînement, venait chercher la petite fille tous les midis pour déjeuner et était également présente à la sortie de l'école. Toute sa vie de mère tournait autour de son enfant et elle n'aurait laissé personne d'autre prendre soin de sa fille. C'était également une des raisons pour lesquelles Hélène avait choisi de quitter la vallée dès la fin du lycée. Elle se sentait comme à l'étroit dans cette petite ville.

Hélène sourit faiblement lorsque sa mère passa la porte de sa chambre aux urgences. Le petit tour qu'elle y avait fait s'était éternisé et elle attendait encore la visite du médecin. La radio qu'elle venait de passer avait fait grimacer la manipulatrice. Hélène s'attendait à une mauvaise nouvelle.

— Ma pauvre chérie, ça va, tu ne souffres pas trop ? J'ai fait ton lit et tu pourras t'installer à la maison le temps qu'il faudra. J'ai même fait de la place dans la chambre d'amis pour que tu y mettes ton bureau le temps que tu ailles mieux.

Hélène grommela. Il n'était pas question qu'elle s'installe longtemps dans la maison. Rien n'avait été prévu, son planning ne s'y prêtait pas et elle se devait de tenir ses engagements.

— Ne t'inquiète pas, maman, ça va aller.
— Tu es sûre, ma chérie, vraiment ?
— Mais oui… Ne t'embête pas pour moi, je ne resterai pas longtemps. De toute façon, je devrai rentrer à Paris la semaine prochaine, j'ai une grosse réunion avec mon équipe pour définir la stratégie de développement à l'étranger… Chapitre va bientôt s'installer au Benelux et en Espagne, je

ne peux pas me permettre de reporter tout ça pour une malheureuse blessure.

La discussion fut interrompue par l'arrivée d'un charmant blondinet. Un mètre quatre-vingt-dix de muscles qui tendait sa blouse, un regard brun de braise, une voix sensuelle et un bonnet de père Noël posé négligemment sur sa tête qui rajoutait encore à son charme. Lorsqu'il posa les yeux sur elle, Hélène se sentit rougir comme une lycéenne. Soudain, il régna dans la chambre une tension presque palpable.

— Ce n'est pas trop grave, Mademoiselle, vous vous êtes juste cassé la clavicule. Des sangles pendant trois à quatre semaines, une radio de contrôle et vous pourrez de nouveau dévaler les pentes.

Il se tourna alors vers le petit bureau et prit le dossier rose qui l'y attendait. Il s'immobilisa soudain, puis se tourna vers la jeune femme.

— Hélène ? Hélène Carliste ? LA Hélène Carliste qui habite le hameau du Bout du monde ?

Hélène était tout aussi troublée que lui. Elle dévisageait le médecin d'un air étrange, entre surprise et appréhension. Elle ne comprenait pas d'où il pouvait tirer ces informations sur elle.

— Euh, oui…

— C'est moi, Gabriel, Gabriel Brossier ! Je ne t'avais pas reconnue ! Tu reviens au village pour les fêtes ?

Gabriel avait grandi à quelques encablures de la jeune femme. Ils avaient passé des vacances et des week-ends à faire les quatre cents coups. Plus âgé qu'elle, il était parti faire ses études à Lyon alors qu'elle était encore au lycée et ils s'étaient alors perdus de vue.

— Gabi ! Ça alors, je suis si heureuse de te revoir ! Oui, je descends à Saint-Martin pour Noël. Mais je ne resterai pas longtemps, glissa-t-elle en observant sa mère du coin de l'œil.

— Tu vas quand même avoir besoin de repos, tu sais. Une fracture de la clavicule mal consolidée peut rester douloureuse des années… Je rentre demain soir, je passerai te voir, si tu es d'accord. Je te fais un arrêt de travail ?

Vingt minutes et une promesse de se retrouver pour un goûter plus tard, Hélène quitta les urgences et Gabriel, une liasse de papiers dans les mains : arrêt de travail, copie des examens, ordonnance pour des antalgiques et de la rééducation… Elle devrait porter des anneaux de contention durant les trois prochaines semaines, pour laisser le temps aux os de se refaire une santé. Les recommandations du jeune médecin étaient claires : du repos, du repos et encore du repos. Tout ce dont la jeune femme avait horreur.

Le moindre geste de son quotidien allait devenir compliqué. Elle était incapable de se relever seule de son lit, s'habiller était devenu une torture et elle ne pouvait pas supporter le poids de son sac sur son épaule. Seule sa mère semblait se réjouir de garder son « petit bébé » chez elle pour quelques jours. La seule bonne nouvelle résidait dans l'installation récente de la fibre à Saint-Martin, ce qui permettrait à Hélène de continuer de travailler. La majorité des réunions pourrait être organisée en visioconférence. « Chiffrées, les visioconf », avait insisté son boss lorsqu'Hélène l'avait tenu informé de la situation.

Hélène s'empressa d'envoyer un message à Sébastien. Elle l'appellerait à son arrivée à la maison pour réorganiser les choses. Elle aurait besoin d'un certain nombre de ses affaires pour continuer à travailler depuis le chalet de ses parents. Cela demanderait une certaine logistique, mais la jeune femme savait que son assistant se démènerait une fois de plus pour la satisfaire. Elle avait la chance d'avoir mis la main sur une véritable perle. Toujours à son écoute, prêt à répondre à toutes ses demandes, elle savait qu'il était une aide précieuse dans son quotidien.

— Ton père sera heureux de te voir, ma chérie. Depuis que tu es partie, il est renfrogné et triste. Ta venue lui fera du bien.

— Je sais, maman. Et je suis désolée de ne pas être aussi présente que je le voudrais... Mais tu sais, mon travail est très prenant, je n'ai pas un seul moment à moi...

Hélène avait conscience que cette excuse ne tiendrait pas longtemps, mais elle n'était pas prête à s'enfermer de nouveau dans cette petite ville loin de tout...

— 3 —

Après une nuit difficile, Hélène souffrait encore. Elle était habituée à gérer sa fatigue, qui était monnaie courante avec son métier. Mais cumulée à la douleur lancinante qui la prenait à chaque mouvement, cela devenait insupportable. Elle était sortie trop tard des urgences pour s'arrêter à la pharmacie de Saint-Martin et n'avait pas voulu imposer à ses parents les presque vingt kilomètres jusqu'à la pharmacie de garde, de nuit et sous la neige. « Je t'assure, Maman, je n'ai pas si mal que ça, je prendrai du paracétamol. » Le retour à la maison et la soirée avaient été moroses. Colette était aux petits soins pour sa fille, mais Hélène avait l'impression d'étouffer, une fois de plus. Cela confirmait pourquoi elle ne rentrait pas plus souvent. Jean, de son côté, était resté en retrait. D'un naturel peu bavard, il n'avait pas fait exception. Un sourire discret quand sa fille était arrivée et c'en était déjà fini des épanchements d'émotions.

Seul l'appel à Sébastien avait réussi à remettre du baume au cœur à Hélène. Les rendez-vous prévus entre Noël et le jour de l'An étaient finalement peu nombreux et son assistant pourrait très bien assurer une présentation à sa place, si la douleur contraignait Hélène au repos. Il promit de lui envoyer le support par email dans la soirée et de lui faire apporter aussi vite que possible les contrats de reprise pour la petite librairie de Saint-Martin-des-Fossés. Tant qu'à rester bloquée, autant s'assurer que tout le dossier serait ficelé dans son intégralité avant de rentrer à la capitale. Et ce serait chose faite dès que la douleur serait un peu plus supportable, s'était promis Hélène.

— Si tu pouvais ajouter une imprimante, un deuxième écran et une bonne dose de patience dans le colis, tu serais un amour, Seb !

Par Mickaële Eloy

Il avait beaucoup ri à cette remarque et promis de faire le maximum.

Le soleil entrait dans la chambre par le rideau entrouvert. L'odeur du pain grillé acheva de la réveiller. La faim était de retour, ce qui était plutôt bon signe. Une tartine de pain et de la confiture aux épices de Noël, voilà qui pourrait la mettre de bonne humeur. Tant qu'à être rentrée à la maison, autant en profiter. La journée serait ensuite consacrée à la décoration de la maison. Sa mère avait descendu du grenier tous les cartons de décoration. S'y trouvaient pêle-mêle de charmantes figurines, des guirlandes de perles et de coton qu'Hélène avait réalisées avec patience lorsqu'elle était petite, d'autres lumineuses. On y trouvait aussi la couronne qui prendrait place sur la porte d'entrée. Jean avait remisé au garage les grandes décorations extérieures. Maintenant que leur fille était grande, il n'était plus question de décorer comme autrefois… Une page était tournée. Noël n'était plus à ses yeux qu'une fête comme les autres. Et ce n'était pas Hélène qui trouverait à y redire.

Assise dans le canapé, face au sapin, elle guidait sa mère vers les endroits vides. Ou plutôt moins chargés que les autres. Il n'était pas question de laisser le moindre trou. C'était à se demander pourquoi son père prenait la peine d'aller, tous les ans, choisir leur sapin directement dans la forêt. Le tronc et les branches d'un vieux sapin auraient été amplement suffisants, tant les aiguilles étaient cachées par la décoration surchargée. Même les odeurs de conifère étaient masquées par la cannelle et les écorces d'oranges séchées.

Alors que les deux femmes s'apprêtaient à choisir la figurine qui trônerait cette année au sommet de leur arbre et qu'Hélène se laissait doucement happer par l'ambiance de fête, on tapa joyeusement à la porte. Jean accueillit leur visiteur, l'ébauche d'un sourire sur le visage. Ce doit être quelqu'un qu'il apprécie réellement, se dit Hélène.

— Joyeux Noël, Monsieur Carliste !

— Ah, merci, Gabriel ! Colette m'a parlé de votre rencontre hier, merci d'avoir pris soin de mon petit poussin.

Hélène s'était levée d'un bond en entendant la voix suave de Gabriel. La douleur la fit grimacer, mais elle reprit vite ses esprits. Son premier réflexe fut de porter un regard critique sur sa tenue : un pantalon difforme et un T-shirt beaucoup trop grand pour elle, décoré d'une licorne à paillettes, qui plus est...

Jean s'effaça pour laisser Gabriel entrer. Des flocons de neige s'étaient déposés dans ses cheveux brun sombre, lui donnant un petit air mystérieux qui n'était pas pour déplaire à la jeune femme. Hélène lui sourit et s'approcha de lui timidement.

— Eh bien, Léna, serais-tu devenue timide ? Où est passée la capitaine de notre enfance, qui se précipitait sur moi dès que je passais le pas de la porte ?

Hélène rougit et vint se blottir dans les bras grands ouverts de Gabriel. Elle respira son parfum à pleins poumons. Il avait une odeur musquée, empreinte de cannelle, avec une petite touche un peu plus corsée. Un pur délice. Parfait pour les fêtes... Ses muscles se faisaient plus saillants que dans ses souvenirs. Il avait aussi certainement pris quelques centimètres depuis l'entrée à la fac...

— On va le prendre, ce chocolat ?

— Laisse-moi juste deux minutes, je monte me changer et je reviens.

Hélène monta l'escalier en vitesse. La douleur dans son épaule était encore forte, mais elle ne voulait pas donner l'impression d'être une pauvre petite chose devant Gabriel. Elle enfila en grimaçant un pull échancré et un jean fuseau, passa la brosse dans ses cheveux et prit le temps de se remaquiller légèrement avant de redescendre.

Gabriel était en grande discussion avec Jean. Il était question de traitement contre l'arthrite.

— Papa ! Gabriel n'est pas venu ici en consultation ! Laisse-le tranquille !

Gabriel éclata de rire. Un rire franc, joyeux, qui se répandit dans les veines d'Hélène comme un sirop doux.

— Monsieur Carliste, je vous enlève votre fille le temps d'un goûter, mais promis, je vous la ramène vite... et en parfait état, ajouta-t-il en faisant un clin d'œil à Hélène.

Les jeunes gens sortirent de la maison ensemble, sous le regard attendri de Jean et Colette.

— 4 —

Le froid s'était emparé du petit village. La neige tombait depuis quelques jours, à en croire les congères qui s'étaient formées le long des murs. L'air était chargé des odeurs de fêtes et les haut-parleurs déversaient à loisir des chansons de Noël. L'ambiance au village était toujours la même. Les habitants s'invectivaient avec bonheur, de grands sourires aux lèvres. Les rires joyeux des enfants résonnaient dans les rues. Le centre-ville était décoré de guirlandes de pommes de pin et de rubans rouges, de sucres d'orge et de cannelle. Saint-Martin avait délaissé les guirlandes lumineuses des années plus tôt pour renouer avec les traditions ancestrales. L'écologie n'était alors pas encore une des préoccupations à la mode. L'ambiance de fête se frayait un passage dans l'esprit d'Hélène, doucement. Les années qu'elle avait passées dans la capitale n'étaient plus qu'un lointain souvenir. Elle avait de nouveau quinze ans. À croire que la magie de Noël faisait son effet...

Au détour d'un virage, Hélène remarqua le café de Flora. Il était tel qu'elle l'avait laissé. La même devanture dorée, le même panneau de bois posé sur le trottoir qui annonçait les pâtisseries du jour. Les bocaux de biscuits secs s'alignaient dans la vitrine, offerts aux regards gourmands des passants, côtoyant de nombreuses boîtes de thés.

Gabriel entra devant elle et lui tint la porte. La boutique n'avait pas changé. Elle gardait le charme d'antan. L'odeur des biscuits qui sortaient du four se mariait parfaitement avec celle du chocolat chaud à la vanille. Flora semblait voler d'une table à l'autre. Seuls ses cheveux blancs marquaient le temps passé.

— Léna ? C'est bien toi ? Colette m'avait dit que tu viendrais peut-être pour les fêtes, mais j'ai eu du mal à y croire.

Par Mickaële Eloy

La vieille dame serra Hélène dans ses bras avec tendresse.
— Installez-vous, les amoureux, j'arrive tout de suite.
Les deux jeunes gens échangèrent un regard gêné. Avant qu'ils n'aient pu répondre, la propriétaire des lieux s'occupait déjà d'une autre table.
Haussant les épaules, Gabriel entraîna Hélène à travers la boutique. Ils s'installèrent à une petite table en vitrine, à l'endroit où ils avaient passé des après-midis de vacances à refaire le monde et à discuter de tout et de rien, lorsque, plus jeunes, ils prenaient leurs quartiers dans la petite boutique. Attablés devant une tasse fumante en hiver, une grenadine à l'eau en été, Gabriel et Hélène étaient inséparables. Quand Flora revint s'occuper d'eux, ils commandèrent, en souvenir du bon vieux temps, un chocolat chaud à la chantilly et des petits sablés à la noisette et aux amandes.

Quelques instants plus tard, le nez dans sa tasse, Hélène savourait les parfums qui s'y mêlaient.
— Merci de cette invitation, Gabriel, c'est toujours un réel bonheur de venir chez Flora. Je me rends compte combien ces petits moments m'ont manqué…
— Alors, Léna, qu'as-tu fait de ta vie depuis que tu as quitté le village ?
— Eh bien, par où commencer ? Je me suis installée à Paris il y a trois ans. J'ai craqué pour cette ville. La vie y est un tourbillon, mais j'adore ça. Tu me connais, j'ai toujours eu besoin d'occupation…
— Et ta vie sentimentale, alors ? Qui est l'heureux élu ?
Hélène sourit, gênée.
— Euh… il n'y a personne dans ma vie.
À cet instant, la clochette de l'entrée tinta. Le regard d'Hélène fut happé par le regard du nouvel arrivant. Un regard bleu nuit, des yeux qui brillent. Aucun doute, il s'agissait de son sauveur. Ce fut comme si plus rien n'existait autour d'eux. Le temps s'était arrêté l'espace d'un instant. Ils

restaient là, à se fixer, Hélène assise à la petite table en vitrine, le jeune homme, la main sur la poignée, ni tout à fait dans la boutique, ni tout à fait en dehors.

La voix forte de Flora les sortit de leurs songes.

— Steph ! La porte, s'il te plaît ! Je ne chauffe pas pour les petits oiseaux !

Le jeune homme sursauta et s'empressa de fermer la porte derrière lui. C'est alors que Gabriel se retourna.

— Steph, tu nous rejoins ?

Le jeune homme hésita un instant, puis, tirant une chaise, vint s'installer aux côtés de Gabriel, après une accolade.

— Hélène, tu te souviens de mon frère Stéphane ?

Hélène était interloquée. Ainsi donc, il s'agissait du garnement qui lui en avait fait voir de toutes les couleurs lorsqu'ils étaient petits ! Le plâtre dans le pot de colle, l'encre dans le pommeau de douche des vestiaires, les cheveux coupés aux ciseaux pendant un cours, tout cela faisait partie des exploits de celui qui n'était jadis qu'un sale morveux. Son regard perçant scrutait à présent le visage de la jeune femme qui se sentit rougir. Puis, d'un air renfrogné, il se tourna vers son frère.

— Tu ne sais pas la meilleure, il paraît que Chapitre va m'envoyer un liquidateur pour racheter la boutique. Qu'il arrive, tiens ! Je saurai lui montrer comment on reçoit les prétentieux dans son genre, chez nous !

Hélène se sentit mal à l'aise. Quand Stéphane se retourna vers elle et lui adressa la parole, elle sursauta, renversant dans le même mouvement sa tasse de chocolat sur son jean. Stéphane haussa un sourcil, moqueur.

— Toujours aussi maladroite, Brindille.

Hélène grimaça. Elle n'avait jamais supporté ce surnom que Stéphane lui avait donné quand ils étaient jeunes. Décidément, certaines choses ne changent jamais. Il était resté l'imbuvable gamin avec qui elle avait dû partager sa table au primaire. Elle se retint cependant de lui tirer la langue comme elle l'aurait fait des années plus tôt et se leva brusquement.

— Désolée, Gabriel, mais il vaut mieux que je rentre. De toute façon, je vois bien que je vous gêne dans vos discussions entre frères… Mais j'ai été ravie de passer un petit moment rien qu'avec toi.

Gabriel se leva à son tour, tandis que Stéphane restait assis, piochant avec gourmandise dans l'assiette de petits sablés qu'elle laissait derrière elle. Le médecin déposa avec douceur ses lèvres sur la joue de son amie, presque au coin des lèvres d'Hélène, et lui sourit avant de lui tenir la porte.

— À très vite, Léna. Je t'appelle dans la soirée, si tu veux bien.

Lorsqu'elle se coucha, ce soir-là, Hélène était encore sous le coup de sa rencontre avec Gabriel et Steph. Les souvenirs d'enfance remontaient à la surface, après des années à prendre la poussière, oubliés dans un coin de son esprit. Les journées au grand air, les balades nocturnes pour observer les animaux dans la forêt, les soirées autour du feu… Tout cela était teinté à présent d'un léger parfum de nostalgie. Mais ce qui perturbait plus encore Hélène, c'était le regard de Stéphane. Un regard bleu qui l'avait pénétrée jusqu'au plus profond de son âme, qui l'avait comme mise à nu. Elle avait senti entre eux une forme de connexion, quelque chose de fort. En fermant les yeux, elle ressentait encore sur elle la chaleur de sa présence, son aura hors du commun. Quelque chose en elle scintillait comme les guirlandes accrochées sur la façade du chalet. Mais il s'agissait de Stéphane. Comment pouvait-elle ressentir de l'attirance pour lui, après tout ce qu'il lui avait fait ? Et que dirait-il lorsqu'il apprendrait pourquoi elle était venue ? Décidément, ce Noël ne serait pas comme les autres. Les questions tournaient dans sa tête comme une nuée de moineaux lorsque Morphée vint s'emparer d'elle…

— 5 —

— Alors, ma chérie, comment s'est passée ta soirée avec Gabriel ? C'est vraiment devenu un charmant jeune homme, tu ne trouves pas ?

Décidément, Colette ne perdait pas le nord. Elle qui avait insisté des années durant pour que sa fille ne fréquente personne à grand renfort de « tu as le temps » et de « tu verras ça plus tard », la voilà qui la poussait à présent dans les bras du premier venu. Enfin, si tant est que Gabriel fût réellement le premier venu. Ils se connaissaient depuis si longtemps.

Gabriel et Stéphane étaient les fils de Gustave et Alice, les meilleurs amis de ses parents. Secrètement, les deux mamans avaient longtemps espéré qu'un jour la jeune fille finirait par choisir un des deux frères. Elles s'imaginaient déjà organiser le mariage à deux, même si aucune des deux n'aurait osé l'avouer.

— Mmm, murmura Hélène, le nez dans sa tasse de chocolat.

La nuit avait été plus mauvaise encore que la précédente et la douleur à son épaule n'en était pas la seule cause. La douceur de Gabriel et le regard brûlant de Stéphane avaient accompagné ses rêves. Que diable lui avaient donc fait les frères Brossier ?

— Hélène, chérie, tu es avec moi ?

— Oh, pardon, maman, tu disais ?

— Que je vais avoir besoin de ton aide pour préparer les petits-fours pour ce soir…

— Ah, oui, bien sûr !

Tartiner les petits pains grillés de riste d'aubergine ou retirer la coquille des œufs de caille, voilà qui était tout à fait dans ses cordes. Cela ne lui demanderait pas non plus un gros effort de concentration, ce dont elle aurait été incapable, tant son esprit flottait dans des souvenirs du salon de thé de Flora...

La journée passa à toute vitesse. La cuisine était emplie de nombreux plateaux. Mère et fille n'avaient pas à rougir de leur activité ! Les odeurs d'épices se mélangeaient à celles du caramel et du chocolat. La table avait été dressée dans la véranda et décorée avec soin. En fin d'après-midi, lorsque le soleil commençait à décroître derrière les montagnes, Colette envoya sa fille se préparer pour la soirée tandis qu'elle achevait le plan de table. C'était une tradition chez les Carliste de recevoir leurs amis le 23 décembre. Chacun se mettait sur son trente-et-un et venait avec un plat ou une boisson. Ils fêtaient ainsi Noël avec un peu d'avance, entre amis. Ce dîner donnait le coup d'envoi des festivités.

Hélène opta cette fois-ci pour une robe longue, rouge sombre, qui mettait parfaitement en valeur son teint pâle et dont le col montait suffisamment haut pour cacher sa contention. Elle releva ses cheveux en un chignon faussement négligé juste au-dessus de sa nuque et se maquilla légèrement, la douleur la faisant grimacer à chaque mouvement.

Elle entendit des éclats de voix et le rire joyeux de Gustave Brossier dans le hall alors qu'elle finissait de mettre un trait de liner. Elle descendit alors, un sourire aux lèvres.

— Hélène, ma chérie, tu es toujours aussi belle, remarqua Alice. N'est-ce pas, Stéphane ? ajouta-t-elle, se reculant pour laisser son cadet entrer à son tour.

Hélène se figea sur place. Ainsi donc, Gustave et Alice étaient venus accompagnés. Sa gêne fut vite dissipée par le sourire franc et les yeux doux de Gabriel. *Heureusement que j'ai gardé mes anneaux, sinon ce cher docteur m'aurait fait les gros yeux !* songea-t-elle, riant intérieurement avant de se reprendre. Déjà, Gabriel était au bas de l'escalier et lui tendait les mains. Elle y glissa les siennes avec plaisir, frissonnant du

Un Noël plein de surprises

contact contre sa peau douce. Avec un sourire, il la fit tourner avant de la rattraper dans ses bras et de lui glisser à l'oreille :

— C'est vrai que tu es magnifique. À faire chavirer même le cœur le plus insensible...

Si seulement cela était vrai... Mais à en juger par le comportement rustre que lui réserva Stéphane lorsqu'elle s'approcha de lui, elle en doutait. Il voulait jouer les mufles ? Grand bien lui fasse, elle ne lui laisserait pas le plaisir d'entrer dans son jeu.

Hélène se tourna alors vers les amis de ses parents, qui la prirent dans leurs bras comme si elle avait été leur fille, et les débarrassa de leurs plats richement garnis. Colette, de son côté, leur tendait un grand panier en osier où déposer les petits cadeaux que chacun apportait et qui seraient ensuite distribués au hasard à chacun des convives. Alors qu'elle se dirigeait vers la cuisine, Gabriel lui emboîta le pas.

— Ne fais pas attention à Stéphane, tu sais, il est d'un caractère bourru, et cette histoire de vente n'arrange pas son humeur...

Hélène sentit un pincement dans son ventre. *Pourvu qu'il n'apprenne pas que c'était elle, la fameuse liquidatrice dont il avait parlé...* Mais la magie de Noël eut bien vite raison de son petit coup de spleen. L'ambiance était festive, chacun, ou presque, était heureux de ce moment de partage. Gabriel s'était installé à côté d'Hélène. Elle en était heureuse, même si son regard se portait souvent de l'autre côté de la table, là où Stéphane dînait en silence. Plusieurs fois, leurs regards se croisèrent, et à chaque fois, elle ressentait le feu qui couvait entre eux. Se faisait-elle des films ou l'attirance qu'elle ressentait était-elle réciproque ?

— Et si nous passions aux cadeaux ? proposa Colette alors que les conversations semblaient se calmer. Hélène, tu veux bien faire la distribution ?

Par Mickaële Eloy

Lorsqu'elle se leva, elle sentait encore sur elle le regard de Stéphane qui ne la lâchait pas. Troublée plus encore qu'elle n'aurait voulu d'admettre, Hélène se saisit du panier en osier que sa mère avait placé sous le sapin. Sept petits paquets s'y trouvaient blottis les uns contre les autres. La jeune femme se chargea de la distribution en souriant. Les convives s'empressèrent d'ouvrir leurs présents et les commentaires étaient nombreux. Gustave tira un petit paquet qui contenait une jolie paire de chaussettes taille unique, décorées de pères Noël. Alice se vit offrir un brûleur à huiles essentielles. Colette gagna au tirage un joli tablier de cuisine, ce qui lui convenait parfaitement, tant elle était à la fois bonne cuisinière et d'une maladresse légendaire. Jean eut un stylo plume à encre sépia, qui lui servirait pour signer les contrats pour la mairie. Gabriel reçut une petite trousse à maquillage, ce qui fit rire joyeusement l'assemblée et qu'il offrit à sa voisine avec un sourire et en lui murmurant : « Tu es naturellement sublime, ne pense pas que tu en aies vraiment besoin, mais je sais que tu prends soin de toi, plus que nos mères », la faisant rougir. Stéphane tira le paquet préparé par Hélène, qui contenait de jolis marque-pages en origami et une petite sacoche pour protéger des livres que l'on emporte dans un sac à main ou à dos. Le hasard fait bien les choses, songea la jeune femme, en attrapant le dernier paquet dans le panier. Elle y découvrit un magnifique carnet intitulé « Un an de lecture ». Il contenait, d'une écriture soignée à la plume, une liste de 52 livres ainsi que leur résumé et les appréciations du lecteur. Les initiales « SB » étaient écrites sur la dernière page.

— 6 —

La soirée touchait à sa fin. Les convives s'étaient installés dans le salon pour le café. Les jeunes gens s'étaient réunis autour de la cheminée, sur des coussins, et échangeaient des banalités et des souvenirs d'enfance. Stéphane, mutique, ne quittait presque pas Hélène des yeux. Gabriel et Hélène, eux, discutaient sans trop lui prêter attention.

Non loin d'eux, sur les canapés, leurs parents les couvaient du regard en discutant, plus particulièrement Colette et Alice, qui croyaient déjà deviner, dans les regards échangés entre Stéphane et Hélène, les prémisses d'une future grande et belle histoire d'amour. Un petit coup de pouce du destin et ce serait chose faite, songea Colette.

— Hélène, ma chérie, as-tu discuté avec Stéphane de tes projets professionnels ?

La jeune femme était sous le choc. La stupeur qui l'avait saisie à l'idée que sa mère puisse vendre la mèche la laissa un instant silencieuse. Mais très vite, elle se reprit, d'une voix qu'elle espérait calme, alors que son cœur battait à tout rompre.

— Tu sais, maman, ça ne doit pas l'intéresser... Et comme je te disais, il n'y a rien de fait, je préfère ne pas aborder le sujet pour le moment...

— Oh, Hélène, trêve de cachoteries, on est presque en famille, la réprimanda gentiment Colette.

Puis, se tournant vers Stéphane, elle enchaîna :

— Hélène est directrice chez Chapitre, elle s'occupe des acquisitions de librairies et elle va bientôt permettre à son entreprise de s'installer au Benelux.

Hélène resta interdite. Elle aurait voulu disparaître à l'instant même. Stéphane, lui, blêmit avant de lancer à la jeune femme un regard glacial. Puis il se leva sans un mot et se dirigea vers le jardin à grandes enjambées, faisant claquer la porte derrière lui. Colette se demandait ce qu'elle avait pu dire de mal lorsqu'à son tour, Hélène s'élança hors de la maison à la suite du jeune libraire. Parvenue à son niveau, elle tenta de le retenir par le bras.

— Stéphane, je t'en prie, laisse-moi t'expliquer. Ce n'est pas contre toi...

Les yeux du jeune homme étaient brillants de colère lorsqu'il se tourna vers la jeune femme. Il se redressa de toute sa hauteur, dominant Hélène de sa large carrure. La tension était à son comble, mais il n'était plus question d'autre chose que de la fureur. Sa voix était rauque et froide lorsqu'il s'adressa à celle qui était devenue en l'espace d'une seconde sa rivale, presque la femme à abattre.

— Comment as-tu pu, Hélène ! Tu reviens au village, la bouche en cœur, tu laisses mon frère te faire du charme alors qu'il est presque fiancé, tu joues les gentilles... et tu me plantes un couteau dans le dos ? C'est pour me faire payer les petites plaisanteries de notre enfance ? Tu viens régler tes comptes en m'enlevant ce qui me tient le plus à cœur ? Je ne te savais pas capable de telles bassesses...

— Je n'y suis pour rien ! Je suis juste venue prendre quelques jours de vacances ici et joindre l'utile à l'agréable. Ton commerce n'est pas florissant, je voulais juste te proposer l'aide de Chapitre, un grand groupe qui a les moyens de redresser la barre !

— Qui a les moyens de tout transformer, parlons-en ! Vous prenez les petites librairies de villages, avec leur âme unique et leur libraire qui connaît chacun des livres qu'il vend et vous en faites des boutiques toutes semblables, sans aucune personnalité, stériles. Vous embauchez du personnel qui n'y connaît rien et qui vend des livres comme ils vendraient n'importe quelle autre marchandise ! Vous faites seulement des machines à cash !

Un Noël plein de surprises

Hélène fut ébahie par la violence de ses propos. Elle était une sauveuse. C'était elle qui permettait à des familles de rester vivre dans la ville qui les avait vues grandir. Elle qui leur offrait à la fois un travail gratifiant dans une ambiance plaisante et qui apportait la culture au cœur des campagnes.

Stéphane avait repris sa route, marchant d'un pas décidé vers le centre-ville. Hélène le suivit, courant presque pour se maintenir à son niveau.

— Tu es injuste ! Sais-tu seulement combien de librairies nous avons aidées ? Et tu parles de tes plaisanteries d'enfance, je préfère parler de méchanceté gratuite ! Je me suis retrouvée avec une coupe à la garçonne par ta faute, j'ai passé des jours entiers avec du bleu sur le corps après la douche à l'encre… Tu n'imagines pas combien ça a pu me faire souffrir, les moqueries dont j'étais victime à cause de toi ! Je n'osais même plus venir chez vous, apeurée que j'étais d'empiéter sur ton terrain et d'être encore l'objet d'une énième humiliation…

Lorsque le libraire ralentit enfin le pas, ils étaient parvenus devant sa boutique. Il fouilla dans sa poche et en sortit un trousseau auquel était attachée une noisette percée. Il choisit une clé, la glissa dans la serrure, déverrouilla la porte et l'ouvrit. Puis il fit face à Hélène et cria presque :

— Mais Hélène, tu n'as jamais compris que je t'aimais !

L'instant d'après, Stéphane disparut dans la boutique, faisant tinter la clochette, avant de refermer la porte d'un geste brusque, laissant Hélène sur le trottoir, seule. Une lumière allumée de l'intérieur éclaira alors la vitrine joliment décorée. L'automne s'y était installé et on se serait cru en forêt. De vieux livres avaient été amoureusement pliés en hérissons, les deux petites billes qui leur servaient d'yeux semblaient briller. On aurait presque cru qu'ils allaient s'animer d'un instant à l'autre. Des partitions avaient été découpées en forme de feuilles rouges, jaunes, marron. Des châtaignes trônaient joliment sur de la mousse fraîche. Des livres étaient suspendus à de petits fils transparents et semblaient voler. Leurs titres étaient évocateurs : *Dans la brise du matin*, *Les gelées d'octobre sont les plus douces*, *Jardiner en automne*... Dans un coin, d'un gros sac en toile de jute débordaient des livres entourés de jolis rubans, mettant les couvertures en valeur. La lumière s'éteignit et l'obscurité se fit. Elle était presque aussi sombre et profonde que celle qui emplissait l'esprit d'Hélène depuis les révélations de Stéphane...

— 7 —

Les festivités de Noël touchaient à leur fin. La veillée s'était déroulée dans une ambiance des plus austères, tant chez les Carliste que chez les Brossier. Malgré les nombreuses tentatives de Colette, Hélène n'avait pas souri une seule fois et s'était plongée dans le travail. Les dossiers étrangers en prirent un coup d'accélérateur comme jamais. La jeune directrice avait daigné faire une courte apparition pour le dîner, sous la pression de sa mère, mais elle ne toucha qu'à peine à son assiette. Les derniers mots de Stéphane tournaient dans son esprit. Elle en avait été choquée. Se pouvait-il que le libraire ait fait tant pour attirer son attention ? Mais comment avait-il pu penser que ça fonctionnerait ? La nuit, ses questions étaient encore plus nombreuses. Elles la tenaient éveillée sans relâche. D'immenses cernes sombres ornaient son visage. Lorsque sa mère l'interrogea à leur sujet, Hélène prétendit que sa fracture la faisait souffrir au point de l'empêcher de dormir, mais Colette n'était pas dupe…

De son côté, Stéphane n'était pas de meilleure humeur. Il s'enferma dans la boutique, prétextant devoir faire l'inventaire en vue d'une potentielle prochaine session. Il ne souhaitait cependant rien d'autre que rester seul, au calme, pour essayer d'y voir plus clair dans ses sentiments contradictoires. Il était partagé entre la colère qu'il ressentait à la pensée de la trahison d'Hélène et l'amour qu'il lui avait toujours porté. Elle lui reprochait des humiliations alors qu'il avait eu la sensation de faire tout ce qu'il avait pu pour attirer son attention. Il ne comprenait pas pourquoi la jeune fille de leur enfance était si attirée par son frère. Il avait parfois l'impression d'être invisible. Un jour, alors que la douleur était plus forte que jamais, il avait entendu à la radio une phrase qui avait résonné en lui : « Qu'on parle de moi en

Par Mickaële Eloy

bien ou en mal, peu importe. L'essentiel, c'est qu'on parle de moi ! » Il ne savait pas qui l'avait prononcée, mais il l'avait adoptée et fait sienne. C'était alors qu'il avait commencé à taquiner Hélène. Les regards froids qu'elle lui lançait étaient préférables à l'indifférence qu'elle avait eue à son encontre pendant des mois.

L'après-midi touchait à sa fin. Hélène était assise sur son petit lit, les yeux dans le vague. Elle n'avait pas voulu s'allonger, dépendante qu'elle était de ses parents pour se redresser. Elle venait de travailler sans s'arrêter et avait besoin d'une petite pause. Ses doigts étaient endoloris à force de taper sur le petit clavier de son ordinateur. Le sentiment de culpabilité vis-à-vis de ses parents la gagnait, se disputant la primeur avec la rancœur qu'elle ressentait à l'encontre de Stéphane. Prenant une grande inspiration, elle décida qu'il était temps que les choses changent. Il n'était pas question que Stéphane vienne encore gâcher sa vie comme il l'avait fait lorsqu'ils étaient plus jeunes. La jeune femme savait exactement ce dont elle avait besoin. Elle détacha doucement ses contentions, laissa tomber son pantalon de survêtement et son T-shirt trop lâche sur le sol et se glissa sous une douche chaude. L'eau qui ruisselait sur elle semblait nettoyer son cœur et son âme des tourments qui les avaient habités depuis deux jours. Elle se sécha et enfila son jean fétiche et un pull rouge d'une douceur incomparable. Puis, avec la légèreté d'un chat, elle descendit jusque dans la cuisine, derrière sa mère. Entourant ses épaules de ses bras, elle la serra contre elle :

— Désolée pour ces derniers jours, ma petite maman. Ça te dirait qu'on aille prendre un chocolat chez Flora pour me faire pardonner ?

Installées à l'arrière du salon de thé, dans un endroit un peu à l'écart du brouhaha, mère et fille se retrouvaient avec

Un Noël plein de surprises

bonheur, partageant un moment de douceur. Dehors, la neige tombait à gros flocons. Hélène retrouvait son enfance envolée, les Noëls blancs qui avaient rythmé les années avant son départ pour Paris. Mais quelque chose avait changé. Colette voyait sa petite fille d'un œil nouveau. Le chagrin qui lui avait pris son bébé ces dernières heures n'avait rien d'une amourette enfantine. Hélène n'était plus une enfant. Elle était devenue une professionnelle accomplie et consciencieuse, une adulte responsable, une femme radieuse. Il était sans doute temps de la considérer comme telle...

— Tu sais, ma chérie, les évènements de ces derniers jours m'ont fait prendre conscience que tu avais grandi plus vite que ce que je pensais... Et je te promets de faire un effort pour ne pas t'étouffer sous mes attentions.

Mais déjà, Hélène n'écoutait plus. Deux yeux aussi sombres que la nuit avaient capté son attention. Sans s'en rendre compte, elle retenait son souffle. L'instant d'avant, le souffle du vent froid de l'hiver avait pris possession du salon de thé lorsque la porte s'était brusquement ouverte, laissant le passage aux frères Brossier. Ils s'étaient assis à l'avant du salon de thé. Gabriel tournait le dos à Hélène, mais Stéphane lui faisait face. Et son regard ne lâchait plus celui d'Hélène. Leurs yeux étaient comme aimantés. Le temps se figea autour d'eux. Ils n'entendaient rien d'autre que les battements sourds de leurs cœurs. Les secondes passaient, ils étaient aussi immobiles que des statuts.

Lorsque Gabriel claqua des doigts devant le visage de Stéphane, le libraire sursauta. Le lien qui l'unissait à Hélène se rompit aussi soudainement qu'il s'était formé. Alors, seulement, il prit conscience de tout ce à quoi il avait dû renoncer ces dernières années, depuis le départ d'Hélène. En une fraction de seconde, il se leva, franchit les quelques mètres qui le séparaient de celle qui occupait ses nuits depuis toujours, la prit par la main et l'attira vers lui. Son geste

Par Mickaële Eloy

s'arrêta lorsque leurs lèvres n'étaient plus qu'à quelques centimètres. Son regard se vissa dans celui de la jeune femme, n'attendant plus que son accord pour se pencher vers elle. Lorsqu'Hélène ferma les yeux et se hissa sur la pointe des pieds vers lui, il soupira de soulagement et déposa un tendre baiser sur ses lèvres brillantes.

Il leur en aura fallu, du temps, à ces deux-là, pensa Flora, les regardant avec un sourire ému. Décidément, la magie de Noël fait vraiment des miracles…

— Épilogue —

Un an plus tard

Hélène finissait de boucler ses derniers cartons, un sourire aux lèvres. La décision de quitter Chapitre s'était imposée à la directrice du département «Développement» comme une évidence lorsqu'elle était rentrée de son séjour à Saint-Martin. Tout plutôt que de continuer à vivre loin de Steph. Il avait fallu quelque temps pour régler sa succession à la tête du département et des entretiens à n'en plus finir pour lui trouver un remplaçant digne de ce poste. Des heures et des heures, sans rien de concluant.

Sébastien, lui, commençait à installer ses affaires dans le bureau de son ex-boss. Parfois, les plus grandes évidences sont celles que l'on voit le moins! Il avait fallu quelque temps pour qu'Hélène réalise qu'elle avait son remplaçant sous ses yeux depuis le début. Elle savait qu'il serait efficace à ce poste, peut-être même meilleur qu'elle ne l'avait été.

À la librairie, les choses aussi avaient changé. Stéphane et Hélène avaient passé de nombreuses heures à étudier les comptes et les possibilités pour la boutique. Et avec l'aide de Jean, une solution parfaite avait été trouvée. Le fonds de commerce avait été racheté par la mairie, de même que le stock et l'ensemble des avoirs. De la librairie, il n'en était plus question. Une bibliothèque se tenait à présent à sa place, dotée d'un couple de bibliothécaires adorables. Les locaux avaient été agrandis pour permettre à chacun de trouver de la place pour lire à son aise. Hélène y avait mis son empreinte, décorant avec beaucoup de délicatesse l'espace enfants. Des couleurs chaudes, des bacs adaptés à la taille des visiteurs, de nombreux coussins remplissaient l'espace lumineux. L'heure des contes et les soirées pyjama des petits qu'elle organisait régulièrement rencontraient un franc succès. Les petits lecteurs étaient au rendez-vous. Les nombreuses relations qu'Hélène entretenait dans le milieu de l'édition lui avaient également permis d'organiser des ateliers et des lectures avec des auteurs de renom. Des gourmandises venues tout droit du salon de thé de Flora avaient trouvé tout naturellement leur place parmi les livres, et tant pis pour les miettes ! « Il faut que ça vive », répétait Hélène à toute heure.

Les amoureux avaient également réaménagé le logement au-dessus de leur lieu de travail. Il s'agissait à présent d'un parfait cocon, dans des tons naturels, doté d'une immense verrière dans le style des ateliers d'artistes de la fin du XIXe. La lumière se diffusait à travers les vitres vieillies de jour comme de nuit et le jeune couple pouvait s'endormir sous la voûte étoilée. Un bureau avait été aménagé pour permettre à Hélène de continuer à travailler à distance, le temps pour Sébastien de prendre ses marques. Cet espace girly en diable avait également abrité ses premières ébauches d'écriture. Et les quelques lignes se transformaient peu à peu en chapitres, puis en romans, sous le regard bienveillant de son fiancé…

Stéphane, lui, rayonnait, tout simplement. La réorganisation de la librairie n'avait pas été de tout repos, mais il s'était trouvé apaisé des changements qui s'étaient opérés dans sa vie. L'ermite silencieux et bourru, qui passait son temps dans une boutique poussiéreuse et surchargée, était devenu un homme souriant, affable, doté d'un sens de l'humour exquis. Il savait exactement quel livre conseiller à ses lecteurs. Toujours à l'affût des nouveautés qu'il piochait de-ci de-là, il attendait avec impatience le jour où il aurait entre les mains le roman de sa charmante compagne…

Un Noël plein de surprises

Hélène sourit en fermant le dernier carton. Il n'avait fallu que quelques mois pour que sa vie soit chamboulée du tout au tout, songea-t-elle en caressant délicatement son ventre arrondi…

La boule à neige de Noël

Par Marie-Claude Catuogno

Une rage de dents ! Tout commence par une rage de dents. Ben oui, ça arrive ! Même aux belles jeunes filles blondes qui pensent que ça n'arrive qu'aux autres.

Par cette froide journée de début décembre, où les rues ont revêtu leur parure de Noël, Léana frappe à la porte de son cabinet dentaire habituel. Elle connaît bien les lieux. C'est le dentiste Roger qui lui a donné toutes ses dents bien rangées et blanches comme neige contre toutes ses économies. Un échange qu'elle ne regrette pas.

Cette signature, aussi belle que celle d'Amazon, lui a permis de décrocher de prestigieux castings. Sa longue silhouette, ses magnifiques cheveux et son sourire éclatant de blancheur lui ont fait passer toutes les épreuves pour en arriver là.

Là ? Oui, là ! Enfin ! Ce fabuleux shooting où elle va pouvoir donner toute la mesure de son talent. C'est pour la fin de la semaine, dans quatre jours exactement.

Elle a trop mal et s'empresse de pousser la porte. Elle a fait si vite qu'elle n'a pas remarqué que sur la plaque en cuivre dans l'entrée de l'immeuble cossu, le nom du dentiste a changé.

La jeune femme de l'accueil qui la connaît lui fait un grand sourire. Celui réservé aux bonnes patientes.

— Vous désirez un rendez-vous ?

— Non… Non… Z'ai trop mal… Ze veux voir monsieur Rozer tout de suite…

— Monsieur Roger ? Mais il a pris sa retraite…

Léana sent son univers si douillet basculer. La tête blanche du dentiste se penchant sur elle comme un bon vieux papa va lui manquer terriblement. Il avait toute sa confiance, et là, elle repart dans l'inconnu.

— Bon, tant pis… Zon remplazant, alors !

Par Marie-Claude Catuogno

— Je peux vous donner un rendez-vous pour fin de semaine prochaine...

— Quoi ? Mais vous voyez bien que z'ai mal !

Son beau foulard Hermès, qu'elle tient devant sa bouche, frémit d'impatience.

Justement, le chirurgien-dentiste raccompagne une patiente.

Jeune, grand, élancé, beau gosse, même si son masque pend dans son cou. Des mains fines, des cheveux châtain bien coupés, et surtout de grands yeux marron qui se posent sur Léana.

En réajustant son masque sur le visage, il demande à son assistante :

— Madame Madeleine, maintenant, je crois ?

— Comme toujours, elle est en retard... Elle n'est pas encore là !

Léana se presse en avançant sur lui, manquant dans la précipitation de faire tomber le sapin, tout d'or et de blanc vêtu, qui trône au coin de l'accueil. Lui, il se recule de deux pas. Distanciation physique !

— Je vous en supplie, ze souffre trop... Faites quelque soze !

Deux larmes coulent sur ses joues, elle les essuie avec son beau foulard qu'elle laisse retomber sur ses épaules d'un geste de désespoir. Alors, ces deux larmes attirent l'attention du dentiste sur cette jeune femme sensible. Grande, mince, bien habillée de la tête aux pieds.

Mais bien vite, il remonte à la tête toute défaite de sa patiente... qui patiente.

Quand elle s'assoit, sur son invitation, dans le fauteuil de torture, son parfum l'enveloppe d'un nuage de beauté olfactive. Il respire un grand coup. Ce n'est pas tous les jours qu'il respire un parfum aussi parfait.

— Ça me fait une douleur infernale là...

Elle ouvre grand la bouche où il plonge son regard professionnel.
— Une douleur lancinante ? Sourde ? Avec des pulsations ?
Elle fait oui de la tête.
Il redresse le fauteuil et le verdict tombe.
— Vous avez une pulpite…
— Une quoi ? répond-elle d'un air déconcerté.
— Une pulpite… Une inflammation du nerf et des vaisseaux de cette dent… Là !
Mais elle s'en fout de ces termes techniques ! Monsieur veut montrer son savoir à deux balles ?
— Mais j'ai très très mal et j'ai un rendez-vous important, le supplie-t-elle de nouveau au bord des larmes.
— Il n'y a rien à faire. Il faut attendre deux-trois jours et ça va passer… Mais il faudra revenir me voir pour soigner votre dent.
Cette dernière phrase sonne comme un ordre et, devant l'air catastrophé de la jeune femme, il rajoute :
— Oui ! Vous avez un début de carie, là… Bon… Prenez un clou de girofle pour vous soulager un peu.
— Un clou de girofle ? Je vais trouver ça où ? Vous en avez, vous, des clous ?
Il rit. Et son rire est magnifique de gaieté.
— Oui… Une goutte d'huile essentielle d'*Eugenia caryophyllus Sprengel* cinq fois par jour pendant trois jours et vous revenez me voir…
Il lui tend une petite bouteille. Bon, il lui a balancé encore un terme technique, mais ça va la soulager. C'est déjà ça. En remerciement, il reçoit un magnifique sourire. Puis il la raccompagne et attend que son assistante lui ait bien donné le petit carton sur lequel elle a noté un rendez-vous.
— Alors, à dans trois jours !
Il reste planté là, dans le nuage de parfum qu'elle a laissé en partant.

Par Marie-Claude Catuogno

— Comment s'appelle cette demoiselle ? dit-il le regard dans le vague en s'adressant à sa secrétaire.
— Léana, Docteur ! Ah ! Madame Madeleine est arrivée et elle vous attend...

Deux jours plus tard.
Un petit SMS sur le téléphone de Léana lui confirme bien son rendez-vous chez le dentiste Ludovic. Zut ! Elle l'avait oublié, celui-là ! Ludovic ? Pas mal, ce prénom ! pense-t-elle à voix haute. L'histoire du clou avait bien marché... Enfin, presque.
— Encore quelques gouttes demain et on n'en parlera plus.
— Demain ? hurle-t-elle. Mais demain, je suis débordée ! À quelle heure, déjà ? Onze heures trente ? Bon, d'accord, mais vite fait bien fait...
Parce que, au fond, le vieux dentiste le lui aurait bien recommandé... Une belle dentition comme ça, il faut l'entretenir sans faute !
Quand elle revoit son dentiste de remplacement, Léana a un petit coup au cœur. L'autre jour, elle avait trop mal pour s'intéresser à quoi que ce soit. Et si la dernière fois, elle n'avait que sa bouche grande ouverte, aujourd'hui, ce sont ses yeux ! Il est venu la chercher au bureau d'accueil et elle le suit jusqu'à la salle de soins.
Belle démarche, belle allure. Dommage ! Sa grande blouse blanche ne laisse pas voir ses vêtements et, pire que tout, son masque de dentiste ne laisse voir que ses yeux. Mais ça suffit.
Quand les soins apportés à cette petite dent, cause d'une si grande douleur, sont faits... il est midi. Il la raccompagne à l'accueil. Elle lui lance un « au revoir » joyeux ! Et elle part à toute vitesse.

La boule à neige de Noël

Vite, elle a rendez-vous avec ses copines, toujours les mêmes, pour se faire un fast-food qui sera facile à manger avec son mal de dents... mais rapide, car la course continue.

— Rien de nouveau, les filles ?

— Si, moi ! commence Morgane. J'ai un nouvel assistant... pas mal, et ses projets de pub, pas mal, et...

Elles éclatent de rire.

— On va l'appeler Monsieur Pas mal !

— Ben moi, j'ai mal ! Je sors de chez mon dentiste et j'ai hâte de pouvoir dire comme toi... Pas mal !

— Rage de dents ? Y a rien à faire ! Moi, la dernière fois...

— La dernière fois ? dit-il à haute voix.

C'est Ludovic qui éteint son portable en se disant que c'est la dernière fois qu'il décroche en voyant le nom de son ancienne copine. Elle essaie par tous les moyens de le revoir depuis son retour du Canada. Il avait tout fait pour la retenir, mais Madame avait des envies de carrière qui passaient bien avant son soi-disant amour pour lui.

Je te prends, je te quitte, je te reprends... et puis quoi encore !

Bon, là, il n'a pas le temps. La liste de ses rendez-vous s'allongeant, sa pause déjeuner devient de plus en plus courte. Le fast-food dans la rue d'à côté fera l'affaire, vite fait bien fait. Sûrement pas tous les jours. Mais aujourd'hui, ça suffira.

Un bruyant groupe de jeunes filles s'éparpille gaiement sur le trottoir du fast-food lorsqu'il y arrive et les croise.

— Hello ! lui lance Léana en lui faisant un signe de la main alors qu'elle s'éloigne.

— Tu le connais ? Pas mal du tout ! commente Morgane.

— Oui, pas mal du tout ! disent en chœur les deux autres amies.

Par Marie-Claude Catuogno

— C'est qui ? demande l'enquêtrice Morgane.
— Allez, allez, dis-nous tout !
Lui aussi a levé la main :
— Hello !

Paris, c'est grand, mais c'est aussi tout petit.
En ce dimanche matin ensoleillé, Léana est au bois de Boulogne. Courir un peu pour entretenir sa forme, elle adore. Synchronisée avec sa copine Morgane, en petites foulées, elle savoure ce moment de détente.
Elles croisent des habitués, petit signe de tête de reconnaissance. Les mêmes vieux sur les bancs, les familles qui se promènent lentement sur le sentier entre les grands arbres tout givrés. La fine poudre fond et ils redeviennent des squelettes noirs qui brillent sous le soleil timide. De petits nuages de vapeur sortent de toutes les bouches.
Elles s'arrêtent un moment pour poser un pied sur un banc libre et faire des étirements. Une jambe et puis l'autre, tout en reprenant un peu leur souffle.
— Tu travailles pour quel studio cette semaine ?
— Ah ! Non ! Pas le boulot, please ! C'est repos, aujourd'hui...
C'est un incessant va-et-vient de coureurs, coureuses qui se croisent en consultant leur montre connectée. Kilométrage, battements de cœur... Leur corps n'a plus aucun secret à leur cacher.
À l'autre bout du banc, un grand jeune homme s'assoit, la tête penchée en avant, en se tenant le côté.
— Un point de côté ? demande Léana, compatissante.
Il relève la tête et, sous son bonnet, Léana reconnaît son dentiste.
— Ah ! C'est vous ? Dans cette tenue, je ne vous aurais pas reconnu ! lui dit-elle d'un air surpris.
Elle n'aurait jamais imaginé croiser son beau dentiste ici.

La boule à neige de Noël

— Moi… non plus… avec votre tenue de sport…

Ses deux copains qui arrivent devant lui sautillent sur place pour ne pas perdre le rythme, tout en lançant un petit sourire pour dire bonjour aux filles.

L'un d'eux pose une main amicale sur l'épaule de Ludovic :

— Ça va ?

— Allez-y, je vous rejoins…

— OK ! À tout à l'heure !

Et ils repartent à petite allure. Lui souffle fort et se balance d'avant en arrière.

— Calmez-vous… Vous avez trop forcé… Respirez profondément…

Il secoue la tête : non, non…

— Faites confiance à Morgane, c'est une pro de la course, lui conseille-t-elle gentiment.

Ludovic, qui a très mal, se laisse faire.

Morgane lui prend le bras du côté du point et l'étire vers le haut tout en faisant pencher doucement le jeune homme sur le côté opposé.

Au bout de quelques minutes et de quelques encouragements… ça va mieux.

Il a presque retrouvé un semblant de sourire.

— Y a toujours quelque chose pour nous faire mal, hein ? plaisante Léana.

— Oui, c'est vrai. Chacun son tour ! Je vais mieux, merci…

Au loin, les deux copains reviennent sur leurs pas.

— Bon, j'y vais… Encore merci, toutes les deux…

En repartant en sens inverse, les deux copines qui reprennent leur course en petites foulées se donnent des coups de coude en riant.

— Pas mal, ton dentiste !

— Oui, tu as raison, on peut dire « pas mal » !

— Samedi, j'ai invité des copains que tu ne connais pas chez moi, tu viendras ?

Par Marie-Claude Catuogno

— Faut voir… répond Léana d'un ton évasif.
— Il y aura Nathan et Guillaume… Tu verrais les canons !
Lorsque les trois hommes se sont rejoints, Ludovic a droit à quelques commentaires.
— Pas idiot, la panne pour draguer !
— Mais non ! J'ai eu vraiment mal !
— Pas mal, les deux copines !

Léana vient de quitter à toute vitesse le studio photo. Personne ne l'a vue sortir. Elle en a marre de tout ce brouhaha incessant autour d'elle. Elle a besoin d'un peu de calme, de silence pour pouvoir affronter le shooting de cet après-midi. Son agent l'agace prodigieusement. « Et tu feras ceci et tu ne feras pas cela », répète-t-il sans cesse. Non, mais ! Je ne suis plus sa petite débutante et je sais ce qu'il faut faire pour convaincre les journalistes de mode !

OK, c'est important ! De belles photos de mode qui vont paraître dans tous les journaux spécialisés. Son rêve ! Peut-être même qu'elle aura sa photo sur les bus de Paris ? Son rêve ! Peut-être même qu'un producteur de cinéma va la repérer grâce à ces photos ? Le rêve ultime !

Sans s'en rendre compte, ses pas l'ont emmenée vers son resto préféré.

— Bonjour, Mademoiselle ! Je crois qu'il ne reste plus qu'une table…

Le serveur se hisse sur la pointe des pieds pour voir au fond de la salle.

— À moins que… Venez !

Ils croisent un autre serveur qui leur lance en passant :
— Plus de place ! Désolé !

Un jeune homme est en train de tirer une chaise de la seule table disponible. Il s'assoit tranquillement et de ses yeux fait le tour d'horizon de cette salle à l'ambiance joyeuse.

La boule à neige de Noël

C'est là qu'il aperçoit une Léana furieuse qui fait demi-tour en faisant voltiger son sac.

— Léana ! Attendez !

Elle se retourne pour le fusiller du regard.

— Ah ! C'est vous !

Elle se retient de lui balancer « encore ». Il lui fait comprendre d'un signe de la main qu'il l'invite à venir s'asseoir en face de lui. Toujours là dans ses pattes, celui-là ! Bon, pas le temps d'aller ailleurs, de toute façon.

Le « merci » est un peu froid. La carafe d'eau est un peu trop froide. Mais le grand sourire qu'il affiche est très chaleureux et l'assiette du plat du jour qui arrive pour tous les deux est très chaude.

Elle avait dit : « La même chose je suis pressée ! »

Ça tombe bien, lui aussi !

— Votre dent ? C'est fini ?

— Vous m'avez soignée aussi bien que monsieur Roger… C'est pas peu dire !

— C'est un beau compliment…

Ils ont quand même pris le temps de commander un café gourmand. Ils se sont échangé deux petits gâteaux. Elle n'aime pas le chou à la crème, et lui, le petit éclair au chocolat. Quant à la boule de glace, dans les deux assiettes, elle est en train de fondre.

Ils sont déjà partis à leurs urgentes occupations et c'est lui qui a insisté pour payer l'addition.

— À charge de revanche, hein ? lui a-t-il lancé avant de sortir de l'établissement.

Le lendemain.

Léana s'est levée de bonne heure. C'est le grand jour. Son shooting tant espéré est pour ce matin. Plus aucune douleur, un teint frais et reposé, un sourire qu'elle exerce devant sa glace, plus que radieux. En somme, une fille bien dans sa peau.

Le taxi roule dans Paris avec ses rues bordées d'immeubles magnifiques, ses boutiques qui ont paré leurs plus beaux atours à l'approche des fêtes de Noël et ses embouteillages. Il y a longtemps qu'elle ne s'extasie plus sur la capitale qui est devenue son village qu'elle connaît par cœur.

Le taxi la dépose devant le studio. Ce grand bâtiment fait de verrières est très clair. C'est une vraie fourmilière où presque tout le monde se connaît. De grands « hello ! » ponctuent son passage. De loin, elle aperçoit son agent qui lui fait signe.

— C'est ton grand jour, ma belle !

Aussitôt arrivée, elle est prise en main : coiffeur, maquilleuse et habilleuse.

Habilleuse ? Où est-elle ?

Léana vient la voir devant le portant où s'alignent toutes les housses des vêtements qu'elle doit porter pour les photos. Perdue dans ses rêves au pluriel, Léana s'approche du coin habillement.

— Mais qu'est-ce qu'elle fait, cette petite idiote ?

— Je défroisse la veste de votre prochaine photo...

Et pchiiiii ! Le steamer jette sa vapeur dans les cheveux de Léana qui s'était penchée pour voir la veste de plus près !

Scandale !

Coiffeur et maquilleuse viennent réparer les dégâts faits à sa coiffure. L'habilleuse lui apporte un thé en se répandant en excuses. Le photographe s'impatiente.

— Tu n'es pas la seule à photographier... Allez, on se dépêche !

Clic, clic !

— Plus haut, ta main !

Clic, clic !

— Descends ta main !

La boule à neige de Noël

Léana prend toutes les poses demandées.

— Allez ! Tenue suivante... Celle avec le bonnet et le blouson en fourrure...

Léana se dirige à nouveau vers l'espace des vêtements.

— La tenue sept, cette fois !

La jeune habilleuse prend la housse avec le gros numéro sept, l'ouvre...

— Comme elle est belle, cette robe !

— Quelle robe ?

Branle-bas de combat ! Où sont le bonnet et le blouson ? Tout le monde ouvre les housses et les referme. On entend un grand bruit de ziiiip ! Infructueux !

— J'ai pas que ça à faire, moi ! C'est déjà midi passé !

Le photographe, enfin, la vedette photographe s'énerve.

L'agent de Léana essaie de calmer le jeu. Si son mannequin panique, se stresse trop, ça va se voir sur les photos !

Un petit jeune homme tout essoufflé traverse le studio à toute allure.

— J'avais oublié ce cintre dans la voiture ! Mille excuses !

Il n'oubliera pas de sitôt les regards fusil, revolver, poignard, bazooka, bombe nucléaire qui fusent dans tout le studio.

— On se dépêche ! hurle le photographe.

— Voilà ! Voilà !

Léana découvre que la petite habilleuse l'a habillée de pied en cap en un record de secondes plus pro qu'une pro. Mais elle ne lui fait aucun compliment et se dirige sous les projecteurs.

Elle n'est jamais aussi belle que lorsqu'elle est en colère ! Et ça se voit sur les sublimes photos du célèbre photographe. L'agent se frotte les mains : superbe ! Et note dans un coin de sa mémoire de la mettre en colère pour les prochains shootings ! Professionnel or not professionnel ?

Par Marie-Claude Catuogno

Après avoir refusé la proposition de restaurant de son agent et être sortie de cet enfer, elle se retrouve sur le trottoir. Il fait froid et des flocons légers virevoltent dans l'air. Elle regarde l'heure à sa montre *Dior* où elle voit, effarée, qu'il est 19 h 30.

Quand elle sonne chez Morgane, l'ambiance est déjà pas mal partie. Elle fait connaissance avec Nathan et Guillaume et, vers minuit, tout le monde danse dans le salon où traînent les verres de vodka vide.

À deux heures du matin, on a bien ri, plaisanté et flirté. Morgane raccompagne les garçons à la porte. Guillaume offre de raccompagner Léana, mais Morgane a déjà proposé à son amie de dormir chez elle.

— Tu vas pas courir Paris à cette heure-ci !
— OK, merci… J'ai rien demain matin…
— Alors ? Lequel tu préfères des deux ?
— Bonne nuit… T'as pas un mini pyjama à me prêter ?

Après un copieux petit-déjeuner, Léana se dirige vers les *Galeries Lafayette* où elle adore flâner. Elle a un peu de temps avant les séances photos interminables. Allons voir les écharpes pour assortir à ce nouveau sac.

— Hello !
— Encore vous ! dit-elle en souriant à Ludovic.
— Oui, j'ai juste deux minutes pour trouver un cadeau…

Il tient dans les mains une grosse écharpe violette.

— C'est pour qui ? Elle est vraiment ringarde, cette couleur !
— Ah ben parfait ! Dites que j'ai mauvais goût ! C'est pour le Noël de mon assistante…
— Quoi, Noémie qui est à l'accueil dans votre cabinet ?
— Si vous avez une meilleure idée… J'achète !
— Ça, bien sûr que j'ai une meilleure idée… Suivez-moi… Pauvre Noémie, si elle savait à quoi elle échappe !

La boule à neige de Noël

Ils déambulent tranquillement dans les rayons. Le décor de Noël sous la splendide coupole est magnifique.
— Et vous ? Vous avez commandé quoi au père Noël ? la questionne-t-il.
Elle n'avouera jamais que c'est une famille qu'elle veut à Noël. Elle n'a plus qu'un frère qui vit en Australie et qu'elle ne voit qu'au téléphone. Pas question pour l'un ou l'autre de faire un si grand voyage pour quelques jours, même si c'est pour Noël.
— Ce qu'il voudra !
— Oui, je vois que vous êtes déjà pas mal gâtée !
Elle ne lui avouera jamais que c'est elle seule, avec ses cachets, qui achète tout ça pour ressembler à toutes ses collègues mannequins qui nagent dans le luxe.
— Et vous ? Quoi pour Noël ?
Il ne lui avouera jamais qu'il est à moitié fâché avec ses parents qui vivent leur retraite dans le Sud et qu'il passera Noël avec quelques amis… peut-être.
— Pareil, ce qu'il voudra !
Ils finissent par choisir une petite pochette en cuir très tendance.
— Je voudrais vous offrir quelque chose… ajoute-t-il.
— C'est gentil, mais non merci. Allons plutôt voir les décos de Noël ! J'adore…
Une orgie de boules multicolores, de guirlandes, de petits automates plus adorables les uns que les autres s'offrent à leurs yeux. Au milieu de tout ça, tout en haut d'un meuble central, une rangée de boules à neige sagement alignées attire leur regard. Elle monte sur la pointe des pieds pour en attraper une… Trop tard, il l'a déjà prise, l'a secouée et tendue vers elle.
— Comme il est mignon, ce père Noël avec sa neige.
Un téléphone sonne. C'est celui de Ludovic. Il décroche et, à sa mine contrariée, elle sait qu'ils vont se quitter. Elle lui

redonne la boule à neige qu'il repose à sa place. Il hausse les épaules et dit d'un air navré :

— Désolé ! Il faut que je rentre au cabinet... Une urgence... Un client important...

— Pour une pulpite, je suppose ?

Ils éclatent de rire tous les deux.

— On se revoit très vite ? demande Ludovic, plein d'espoir.

— Oui, attendez... Je regarde mon emploi du temps...

Léana regarde son agenda sur son téléphone.

— Voilà ! J'ai trouvé, si ça vous convient...

Bien sûr que ça lui convient !

Deux jours plus tard.

Leur rendez-vous, c'est pour ce soir dans le petit resto où ils ont partagé une table.

Après tout, pourquoi pas ?

Le shooting commencé dans la bonne humeur se traîne lamentablement en fin d'après-midi. Léana s'est mise en colère et tout à coup, le photographe est satisfait de la nouvelle série de photos qu'il vient de prendre en rafale. Il y a longtemps que l'agent de la jeune mannequin, lui, est parti pour dîner en soirée.

Lorsqu'elle sort du studio, il fait nuit. Elle n'ose plus regarder l'heure à sa montre *Rolex* qu'elle a mise aujourd'hui.

Mon rendez-vous ? pense-t-elle. Il n'y sera jamais ! Il doit être parti ! Je vais plutôt rentrer chez moi ! Et mon téléphone que j'avais coupé ?

Elle l'allume. Elle a deux petits messages de Ludovic. Le premier : « Je vous attends... » Le second : « Je vous attends toujours... »

— Quelle belle voix chaleureuse ! se dit-elle à haute voix.

Dans le taxi qui va la déposer devant le restaurant du rendez-vous, elle se dit qu'il va la prendre pour une capricieuse... une... Si seulement il était encore là...

La boule à neige de Noël

Ah ! Voilà, elle arrive ! se dit-il intérieurement.

Il est là, au fond du restaurant, devant un verre vide.

— Mais vous m'avez attendue ? Il ne fallait pas ! Excusez mon retard…

Son appréhension fond comme neige au soleil devant le grand sourire chaleureux qu'il lui tend.

À propos de neige… Les beaux flocons continuent de tomber dehors.

Il est à nouveau dans son nuage de parfum. Il en ferme les yeux pour s'en imprégner.

Si, si, il était sûr qu'elle viendrait. Non, non, il ne s'est pas ennuyé. Il a regardé les cours de la bourse en l'attendant et géré diverses affaires sur son portable.

Oui, oui, il comprend les aléas du travail.

Mais maintenant, il a grand-faim. Qu'est-ce qu'on commande ?

Petit souper savoureux.

Pourquoi ne pas se tutoyer ?

Sur le trottoir, dans la nuit où scintillent mille lumières colorées qui se reflètent dans les yeux, deux personnes se disent au revoir… À demain…

Quelques minutes plus tard.

Bien au chaud dans son plaid favori, un thé à la main, Léana sourit doucement au souvenir de cette journée incroyable.

Demain ? Mais c'est beaucoup trop loin, demain !

Ludovic est dehors sous la neige qui tombe toujours à gros flocons. Le trottoir est tout blanc. Chez lui, c'est tout triste.

Il la revoit demain. Mais demain, c'est beaucoup trop loin !

Il ôte son gant et compose le numéro de téléphone qu'il connaît par cœur.

Mince… répondeur !

Par Marie-Claude Catuogno

Elle a posé son thé et a composé son numéro qu'elle connaît par cœur.

Mince... répondeur !

Deux gros soupirs dans Paris sous la neige.

Alors, Ludovic ne rentre pas chez lui. À grandes enjambées, il cherche un fleuriste qui n'a pas encore fermé son magasin. On trouve de tout à Paris, vingt-quatre heures sur vingt-quatre. Le fleuriste est content. Juste à la fermeture, il vient de vendre le plus beau bouquet de la boutique à un monsieur très pressé.

Un taxi se gare devant chez Léana. Ludovic en descend et sonne à l'interphone.

— Oui ?

— Une livraison pour vous, Mademoiselle, s'exclame-t-il.

— Oui... Troisième étage, porte à gauche...

Toc, toc, toc... Elle ouvre sa porte.

Le gros bouquet de fleurs n'en revient pas. Il est jeté sur la table sans ménagement. Les deux jeunes gens se sont jetés l'un sur l'autre dans un tourbillon de bonheur qui les emporte loin du monde et de ses turpitudes.

Comme c'est bon !

Noël approche. Les deux amoureux se sont rapprochés.

Ils se tutoient, font coïncider leurs emplois du temps afin de se voir le plus possible. Une nuit chez l'un et la suivante chez l'autre.

Love in Paris ? Merveilleux, il n'y a que l'embarras du choix.

Un dîner aux chandelles sur l'un des bateaux qui remontent la Seine ? Vous voulez la tour Eiffel au passage ? La voilà !

Une frite dans un bistrot de Montmartre ? Un portait chez les peintres de la place ?

La boule à neige de Noël

Un dîner au sommet de la tour Montparnasse pour voir Paris tout illuminé dans la nuit ?

Il y a bien d'autres endroits sur tous les dépliants touristiques. Mais ils ont dégoté ensemble, tous les deux, un bistrot bien caché dans une ruelle en pente avec une terrasse pleine de fleurs. C'est leur refuge d'amoureux rien que pour eux seuls. Ils y passent le plus clair de leurs soirées.

Peut-être le paradis ?

Leur travail leur prend la majeure partie de la journée, mais le soir, c'est pour eux deux seuls.

Morgane a bien essayé d'en savoir davantage lors d'un thé qu'elles ont pris ensemble dans une brasserie.

— Trop contente que tu m'accordes quelques minutes de ton temps, dit Morgane.

— Tu sais, je ne t'oublie pas, mais en ce moment, je vis sur un petit nuage.

— Alors ? Tu nous le présentes quand ? Il est comment au...

— Attendons un peu... Et toi, alors ? Et les copines ?

Elle ne peut quand même pas dire à sa copine que oui, au lit, c'est divin, qu'elle n'a jamais connu un tel bonheur, une telle exaltation du corps et de l'esprit. Il occupe toutes ses pensées tout le temps.

Oui, elle est amoureuse. Amoureuse à temps complet.

Son agent s'en est bien rendu compte. Elle ne se met plus en colère pour un oui ou pour un non. Les photographes lui trouvent une plus grande sérénité, moins sauvage, mais tout aussi intéressante pour les photos glamours.

Noémie, l'assistante de Ludovic, a bien vu un changement chez son patron. Plus avenant encore avec ses patients et avec elle. Il sourit tout le temps, elle en est sûre, même sous son masque de dentiste. Lorsqu'il sort le soir de son cabinet, il part en chantonnant. Il doit être amoureux, sans aucun doute. Y a que l'amour pour mettre dans ce genre d'état béat.

Par Marie-Claude Catuogno

Oui, il et amoureux. Amoureux à temps complet.

Ensemble !
Ils attendent la nouvelle année pour avancer un peu plus et se décider à vivre ensemble. Mais ça flotte dans l'air ! Et le prochain projet, c'est Noël.
Il lui a dit, les yeux dans les yeux :
— Nous passerons Noël ensemble...
Elle avait répondu :
— Ce sera le plus beau Noël de ma vie...

Ce soir, Léana a fini sa leçon de défilé mannequin. Elle est contente. Elle déambule de mieux en mieux sur le podium que son agent a fait mettre dans le studio. Il est tard lorsqu'elle retrouve le trottoir parisien. Ils ont prévu de ne pas se voir ce soir, car elle savait avoir une dure journée, et demain, c'est encore pire. Une bonne nuit toute seule lui fera le plus grand bien. Mais ses bras lui manquent, ses baisers lui manquent... Tout de Ludovic lui manque.
Alors, elle décide d'aller le voir chez lui pour lui faire une surprise.
Ding dong !
— Tu attends quelqu'un, Ludovic ? dit une voix derrière lui.
— Non ? Laisse, je vais ouvrir !
Ce que Léana voit la laisse sidérée ! Ludovic torse nu avec en arrière-plan une femme en soutien-gorge. Et en plus, cette femme est jolie et sourit de toutes ses dents blanches.
Elle la regarde se rapprocher de lui, lui mettre une main sur l'épaule et l'interroger :
— C'est qui cette nana ?
Ses jambes se dérobent, son cœur se révolte et veut se décrocher. Son sang circule en sens inverse, sa merveilleuse nouvelle gaieté reste coincée dans sa gorge, sa montre *Dior*

s'est arrêtée, son sac veut tomber par terre, et elle, dans tout ça, voudrait qu'un tremblement de terre anéantisse cette horrible image. Il ne sort qu'un pauvre son de sa gorge. Ses jambes retrouvent un peu de mobilité, juste assez pour fuir dans les escaliers à toute vitesse.

— LÉANA ! hurle-t-il alors que la silhouette de la jeune femme disparaît.

Léana ?
Disparue.
Elle n'est plus à son appartement, malgré les multiples visites où il tambourine sur sa porte. Sa boîte aux lettres déborde. Le concierge reste muet comme une tombe. La vie privée de ses locataires ne regarde personne.

Plus de téléphone. Plus d'accès à son agent non plus.

Alors, Ludovic, le cœur en vrac, fait le tour des rayons des *Galeries Lafayette*. Et si jamais elle venait y faire un tour ? Son espoir est mince. Et si, par bonheur, elle avait à nouveau une rage de dents ? La probabilité qu'elle vienne frapper à la porte de son cabinet est quasi nulle.

Alors, l'âme en peine, il se dirige vers les rayons parfumerie. Il demande à respirer toutes les bandes de parfum possibles pour retrouver son odeur. Il en rêve la nuit, de son odeur. Il n'admet en aucune façon être séparé d'elle sur un quiproquo aussi idiot.

Quelques jours avant Noël.
Ça y est ! La mine extasiée, il a reconnu SON parfum ! Il en achète aussitôt deux flacons, dont un emballé dans un paquet cadeau. Le deuxième restera dans sa chambre. Il a l'impression de l'avoir encore auprès de lui. Il achète tous les magazines de mode dans l'espoir de la voir. Et quand il la voit, son cœur se tord. Mais bien sûr qu'il l'aime, que c'est la femme de sa vie.

Par Marie-Claude Catuogno

Comment la retrouver ? Il va presque tous les soirs faire un tour dans « leur » restaurant… Si jamais elle venait là ? Mais elle n'y est jamais !
Les journaux ne donnent en aucun cas l'accès aux mannequins qu'ils proposent à longueur de tirages. Et puis, là, juste avant Noël, on le ramasse sur le trottoir alors qu'un bus vient de démarrer au feu. Sa vue s'est brouillée, ses jambes ont flanché à la vue de la photo de Léana s'étalant sur le bus avec un grand sourire. Elle est à la fois si accessible, si près des gens, presque à la toucher ! Et si loin, inaccessible, seulement pour lui ! Et son air si heureux… sans lui !

De son côté, Léana se tue au travail. Son agent n'en revient pas. Elle est plus magnifique que jamais. Plus en colère que jamais. Voilà le secret ! Bon, quand même, elle lui a fait un caprice de star : un coup de tête du jour au lendemain.
— Je ne veux plus habiter ce quartier ! Je vais à l'hôtel en attendant que tu me trouves quelque chose, lui a-t-elle ordonné sans aucune raison apparente.
Toutes ses questions sont restées sans réponse. Tête butée et déterminée. Il connaît sa Léana par cœur et ses décisions sont sans appel.
Il lui a loué un petit appartement tout près du studio photo. À deux pas du grand studio où l'on va commencer le tournage en début d'année de la nouvelle série télé. Elle va s'appeler « Un cœur pour deux » ! Elle s'en fout du titre ! Elle s'en fout de son nouvel appartement ! De ses partenaires, du grand magnat de la télé, de… Elle s'en fout de tout !
Elle ne met donc plus les pieds dans le centre de Paris. C'est fini, Paris in love ! Fini ! Surtout pas du côté de « leur » restaurant.
Paris qui vibre de bonheur dans les rues, les boutiques à l'approche de Noël. Les Champs-Élysées ont revêtu leurs habits de lumière, accueillant un magnifique marché plus

La boule à neige de Noël

bondé que jamais... Honteux ! Paris n'a pas le droit d'être si joyeux alors que, elle, elle est juste au bord de tomber malade !

Malade ? Pour un... Elle le traite de tous les noms possibles... Il a donc ce pouvoir sur elle ? Elle redouble de fureur contre elle-même ! Va falloir trouver comment guérir... Et en même temps, elle ne veut PAS guérir ! Elle ne veut plus voir toute la frénésie de Noël. Les gens chargés de paquets cadeaux, les enfants émerveillés devant la grande vitrine animée des *Galeries Lafayette*, la gaieté, les rires joyeux l'importunent et lui brisent le cœur.

Une fois, elle est quand même passée dans les allées du grand magasin. Acheter quelque chose ? Pour qui ? Elle sait qu'elle va passer Noël toute seule, non ?

Simplement pour se promener ?

Hum ! Elle ne veut pas se l'avouer, mais si jamais un grand et beau jeune homme qu'elle reconnaîtrait entre mille, non vingt mille, non un million, non... se trouvait comme par hasard, là ? Elle rentre bredouille !

Le soir dans son lit d'emprunt qu'elle n'aime pas du tout, elle pleure.

— Tous les mêmes ! Il n'avait pas le droit de me faire ça... à moi ! Noël ensemble, tu parles ! Il n'a pas dit avec qui... Raaaah !

Elle a froid. Même avec deux couettes et un édredon, même en dormant avec des chaussettes, elle grelotte. Mais la glace la plus mordante, la plus méchante, s'est logée dans son cœur. Alors, une idée germe dans sa tête. Elle veut de la chaleur, de l'attention, de l'amour... mais de l'amour éternel, sûr, garanti, définitif. Surtout pas celui au téléphone de ses copines, de son agent, du grand magnat de la télé, de ses fans qui sont de plus en plus nombreux pour la poupée sur papier glacé qu'elle est devenue. Surtout pas. Un amour qui se blottirait contre elle sans réserve, avec une confiance totale et une joie bruyante lorsqu'il la verrait. Et doucement, l'idée fait son chemin dans sa tête.

Un soir où elle rentre vers son appartement d'emprunt, elle regarde les boutiques de quartier tout illuminées pour les fêtes. Il faut contourner à chaque fois le fameux sapin traditionnel devant chaque porte des boutiques. Passer Noël toute seule alors que tout est lumineux dehors ? L'idée la déprime et les larmes lui montent.

Et soudain, le regard embué, elle ne voit pas un énorme chien sortir de l'animalerie du coin à toute vitesse derrière un gros sapin. Il a failli la faire tomber. Elle est folle de rage. Derrière le chien, une grande laisse et un beau sourire. C'est Guillaume qui se répand en excuses. Il avait gardé un super bon souvenir de leur soirée chez Morgane qui n'a jamais voulu lui donner le numéro de sa copine.

— Sinon, tu penses bien que je t'aurais appelée ! lance-t-il d'un air enjoué.

Il lui offre de la réconforter d'un café, là, maintenant, dans le petit bar juste à côté… pour se faire pardonner ?

Lorsqu'ils sortent du café, tout sourire, il fait déjà nuit. Elle caresse la tête toute douce du grand chien qui attend gentiment qu'ils se disent au revoir, à bientôt… Ils se font la bise et se séparent. Léana tourne au coin de la rue.

Le cœur de Ludovic va exploser ! Mais quelle idée de passer par ce quartier ? C'est elle ! Il est sûr que c'est elle ! Avec un autre homme ?

Il se parle tout haut :

— Toutes les mêmes ! Elle n'avait pas le droit de me faire ça… à moi ! Noël ensemble, tu parles ! Elle n'a pas dit avec qui… Raaaaah !

Lorsqu'il tourne au coin de la rue : personne !

La boule à neige de Noël

Il n'y a sûrement pas son nom sur une des boîtes aux lettres de toutes les entrées d'immeuble !

Il y a quelques jours, il aurait passé ses jours et ses nuits à chercher. Mais à cet instant, il baisse les bras, il renonce et rentre tristement chez lui.

Seul le climat règne en maître sur cette Terre. Avec lui, rien n'est certain. En ce mois de décembre, il fait un pied de nez au réchauffement climatique. Il neige presque tous les jours. Une fine couche blanche, comme pour enchanter le paysage et rendre la ville moins grise et triste, recouvre le sol.

C'est Léana qui a le cœur qui bat tambour. Il est très tôt. Elle a besoin de prendre l'air, de marcher avant d'aller travailler au studio. Le trottoir est encore tout blanc, il n'y a presque pas de traces de pas. Seule une trace bien nette imprimée en noir sur le trottoir blanc. Elle s'amuse en mettant ses bottines dans la trace laissée par un pied plus grand que le sien et manque de glisser en allongeant trop son allure. Elle se redresse péniblement et remarque que les traces tournent à droite pour monter les deux marches de l'immeuble. En relevant la tête, elle aperçoit le panneau de cuivre brillant.

Dentiste Ludovic Marsan.

C'est son pas dans la neige ! Elle le sait ! Elle ne peut se tromper !

En ce frais matin, elle a dû, sans s'en rendre vraiment compte, passer dans la rue du cabinet de Ludovic. Pourquoi, inconsciemment, ses pas la mènent-ils jusqu'ici ? Il est là, ses pas le prouvent.

Non ! Non ! Elle ne montera pas les deux marches qui mènent à lui ! Non, mais !

Elle se rend compte que rien, ni aujourd'hui, ni jamais, ne lui fera oublier cet homme. Dans l'après-midi, elle va à un rendez-vous pour son travail. Elle hèle un taxi… qui ne la prend pas ! Quelques rues plus loin, elle essaie à nouveau, et là, il s'arrête. Elle s'engouffre dans ce petit cœur de chaleur à roulettes, secoue un peu la fourrure de son manteau et soupire.

« Cœur qui soupire n'a pas ce qu'il désire ! »

Sur le trottoir, un homme est en proie à la plus grande agitation. C'est Ludovic qui vient de l'apercevoir monter dans le taxi. Il a couru, mais la voiture a démarré en laissant derrière elle un petit panache de fumée blanche. C'est elle ! Il le sait ! Il ne peut se tromper, d'autant qu'il reste bouche bée dans le nuage de son parfum.

Il se rend compte que rien, ni aujourd'hui, ni jamais, ne lui fera oublier cette femme.

Noël seule, il n'en est pas question !

Guillaume avec son grand chien ? Très sympa, très prévenant, très gentil, très... mais pas assez... Léana est claire avec elle-même. Ce ne sera jamais Ludovic, il ne lui arrive même pas à la cheville ! Elle se raccroche à la dernière phrase qu'elle l'a entendu lui hurler dans l'escalier lors de sa fuite :

— C'est pas ce que tu crois ! Reviens... Je vais t'expliquer... Léana !

Depuis ce jour, cette phrase tourne en continu dans sa tête. Est-ce que c'est elle qui l'empêche de dormir ? Elle la chasse d'un revers de main. Elle n'est pas folle ! Elle a bien vu ce qu'elle a vu, non ? Cette image la rend folle à tourner en boucle dans sa tête. Bon, plus d'hésitation ! C'est décidé !

Alors, elle entre dans l'animalerie du quartier. Aussitôt reçue comme une princesse ! Son allure, son manteau, ses bottines et son sac l'ont cataloguée cliente friquée. Le patron s'occupe d'elle lui-même. Une demi-heure plus tard, elle est sur le trottoir avec un petit chien dans les bras.

La boule à neige de Noël

— Au revoir, Madame ! Je vous fais livrer la corbeille et la nourriture tout de suite… Le temps de rentrer chez vous et nous serons là pour votre adorable toutou !

L'adorable toutou est un spitz de vingt centimètres. Une miniature de chien qu'elle pourra emmener partout avec elle. Au besoin, le cacher dans un manchon ou son sac, tout simplement. À partir de maintenant, elle ne va plus acheter que des sacs assez grands pour le mettre dedans.

D'ailleurs, elle vient de le fourrer sous son manteau avec la minuscule tête qui sort et commence à la renifler.

Atchoum !

— D'accord, désormais, moins de parfum, c'est promis ! dit-elle à l'attention de cette petite boule de poils.

Il est tout doux comme une peluche, mais bien vivant, tout chaud.

Cette nuit-là, bien blottis au chaud ensemble, le petit chien bâille en étirant ses pattes en tremblant. Rassuré, il se détend. Pour sa maîtresse, c'est le défilé de petits noms pour ce toutou, plus adorables les uns que les autres.

— Alors, voyons : pour ce genre de chiens ? réfléchit-elle tout haut.

Elle s'est endormie sans avoir décidé quoi que ce soit…

Ah ! Si ! Désormais, elle fera attention aux couleurs de ses tenues, en particulier ses manteaux, assortis à ses bottines, à ses gants, à ses sacs ; d'ailleurs, il faut qu'elle en achète un nouveau, pour qu'il soit coordonné à la couleur feu de la petite boule qui ronfle dans son cou.

Elle s'endort en souriant, ce qui ne lui était pas arrivé depuis des lustres. La meilleure nuit de sa vie.

— Au moins un qui ne me trahira pas…

Pour Léana.
Alors là… succès fantastique !

Par Marie-Claude Catuogno

Il n'y a plus une photo de Léana sans ce petit chien feu qui prend si bien la lumière dans des poses si facétieuses qu'il fait fondre tous les photographes. Son agent, qui a finalement accepté qu'elle l'emmène partout, se frotte les mains.
— Très vendeur, ça !
Surtout pour la marque *Hermès* ! C'est désormais le nom de ce petit chien vedette qui est noté dans tous les magazines. Bien sûr, le cachet est inversement proportionnel : petit chien, gros rapport !

Pour Ludovic.
Les parents de Ludovic l'ont appelé au téléphone. Ils insistent pour savoir ce qui ne va pas.
— On sent bien dans ta voix qu'il se passe quelque chose ! Tu peux tout nous confier, tu sais ! On est là ! Même loin, on est là !
— Non ! C'est très gentil, mais non ! leur répond-il gentiment.
Et puis, il faut le laisser un peu tranquille ! Il a le droit de vouloir passer Noël tout seul à Paris, non ?
Bon, comme il n'y a pas de friture sur la ligne, le message est bien passé !

Nous voici la veille de Noël.
Dans les rues parisiennes, c'est l'effervescence de dernière minute. Les gens se croisent avec des paquets de victuailles pleins les bras. Le foie gras, les huîtres, le champagne, les bûches ont changé de mains. Celles qui se frottent de contentement sont celles des commerçants. Les grands magasins ont été dévalisés. Les papiers cadeaux, les bolducs traînent sur les comptoirs. La grande bataille de la journée touche à sa fin.
La belle vitrine des *Galeries Lafayette* va bientôt s'éteindre pour la nuit. Ses petits automates si jolis, si féériques dans les

La boule à neige de Noël

yeux des enfants et des grands ont bien travaillé toute la journée sous les spots. Le rayon des guirlandes, des boules décorées, des pères Noël tout rouges, est dévasté. Il ne reste plus grand-chose. C'est pourtant là que Léana est venue en cette fin d'après-midi. Une idée subite. Irrésistible.

Devant le meuble central, elle s'étire pour atteindre... la dernière boule à neige de Noël, avec son petit père Noël rouge qui trône là-haut. Il n'en reste plus qu'une ! Elle la veut absolument ! Sur la pointe des pieds, elle est prête à monter sur le rayon du bas pour la saisir... C'est à ce moment-là qu'une grande main plus leste s'en saisit.

L'affreux voleur ou voleuse est de l'autre côté du central. Elle pousse un grand cri de rage et contourne le meuble à toute vitesse. Ludovic est là, l'air hébété, le bras en l'air tenant toujours la boule.

Le petit spitz a sorti la tête du sac et se met à aboyer furieusement. Pas besoin d'être gros et costaud pour défendre sa maîtresse. Approchez un peu pour voir si mes minuscules canines pointues vont vous faire du bien ! Non, mais !

Ils se regardent, complètement surpris.

Comme il est beau ! Bien plus que dans mon souvenir ! pense-t-elle.

Comme elle est belle ! Bien plus que...

Ludovic rattrape Léana par la manche de son manteau alors qu'elle faisait déjà demi-tour.

— Attends ! Je veux tout t'expliquer !

Ils sont en colère, ils sont heureux de se voir, de se retrouver enfin, ils sont furieux, aussi...

Enfin, ils ne savent plus ce qu'ils sont !

Si, lui, il sait qu'il est à nouveau enveloppé du nuage de parfum de celle qu'il aime !

Léana calme son petit chien d'une caresse et rentre sa tête dans son sac en bandoulière.

Par Marie-Claude Catuogno

— Je voulais avoir un souvenir partagé avec toi pour Noël... bredouille Léana.
— J'ai eu la même envie...
— Mais ta copine ?
— Si seulement tu m'avais laissé t'expliquer ! Tu as disparu !
— Tu es avec une autre femme...
— Mais non ! Et toi, ton copain ?
— De qui tu parles ?
Bien... Le père Noël rouge de la dernière boule à neige, toujours dans les mains de Ludovic, se dit qu'il est temps d'agir.
C'est le soir de Noël oui ou non ?
Ce gentil, enfin, malin gentil, se met à chanter à tue-tête.
— Jingle Bells... Jingle Bells...
Boule à neige et musicale ? Si, si, ça existe, surtout un soir de Noël ! Ils éclatent de rire !
Ludovic passe son bras d'autorité sous celui de Léana. Il l'emmène au dernier étage d'où l'on a une vue sur l'Opéra Garnier et les toits de Paris. Le grand restaurant est presque vide. Ils s'installent contre la verrière d'où l'on aperçoit les rues toutes vibrantes de vie.
Devant un thé bien chaud, Ludovic raconte :
— C'est Juliette, mon ancienne copine qui m'a lâché il y a plus d'un an... Elle me harcèle depuis son retour du Canada malgré mon blocus au téléphone. Ce soir-là, elle s'est engouffrée chez moi...
— Et tu t'es mis à poil pour fêter son retour ? le coupe-t-elle d'un ton sec.
— Mais non ! Elle m'avait ramené une chemise de bûcheron, tu vois, à carreaux...
— Tu parles si je vois ! Je t'ai vu, oui !
— Elle a voulu que je l'essaie... alors... je l'ai fait pour me débarrasser d'elle au plus vite, et puis soudain, elle a en-

levé son tee-shirt pour me montrer son nouveau tatouage… Elle voulait me séduire à nouveau, je pense, avoue-t-il d'un air incrédule.

— Je suis arrivée pour vous interrompre… Excuse-moi du dérangement !

Ludovic lui prend la main, lui sourit.

— Tu es très belle en colère !

Elle retire sa main vivement.

— Je sais, mon agent me le dit tous les jours…

— Je jure sur ce que j'ai de plus sacré qu'il n'y a rien et qu'il n'y aura jamais rien entre elle et moi…

— Hum ! Sur ce que tu as de plus sacré ? C'est quoi ?

— C'est mon amour pour toi…

Pardonne, pardonne pas ? Léana hésite encore.

Son téléphone sonne.

— Oui, Morgane… Non, Morgane… Non merci, mais…

Ludovic chuchote :

— J'allais passer Noël tout seul, et toi ?

Léana répond :

— Moi aussi, et j'ai rien dans mon frigo !

— Qu'est-ce qu'elle veut, ta copine ?

— Que je ne sois pas seule ce soir… Elle a invité toute la bande, et…

Ludovic fait oui, oui avec la tête.

— Bon, finalement, c'est oui, Morgane… Je peux amener un invité surprise ? répond Léana à son amie toujours au bout du fil.

— Ah ! Oui, ton chien adoré ! Accepté !

— Eh non ! Tu verras…

Léana raccroche avec un grand sourire.

— OK ! Allons chercher une bouteille de champagne…

Ils se lèvent et, au moment où elle prend son grand sac, dans lequel le petit chien Hermès dort tranquillement, calé contre la boule à neige de Noël… porte-bonheur, Ludovic l'attire à lui et l'embrasse avec fougue. Léana se serre contre lui et lui rend passionnément son baiser.

Sur le trottoir, il lui prend la main en la serrant un peu comme un trésor et hèle un taxi.

Finalement, c'est ça, la magie de Noël !

Joyeux Noël !

Les yeux de l'amour

Par Agnès Brown

—1—

1ᵉʳ décembre

Dans les rues de Brest, ornées de guirlandes et de sapins décorés, Lison marchait, le sourire aux lèvres, heureuse devant la ville habillée de Noël. Y avait-il plus belle fête dans l'année ? Avec son ambiance magique, ses douceurs culinaires et ses réunions de famille, pour Lison, la réponse était bel et bien « non » ! C'était l'époque des rêves et des vœux, de la joie et du bonheur partagés. D'ailleurs, c'était ce qu'elle souhaitait plus que tout, prodiguer ce trop-plein d'allégresse à tous.

Après un après-midi à flâner dans les boutiques parées de mille guirlandes, cherchant à dénicher les cadeaux les plus improbables pour tous ses proches, c'était avec entrain qu'elle rentra chez elle retrouver Raphaël, cet homme formidable qu'elle avait promis d'épouser l'année suivante. Ils vivaient ensemble depuis maintenant deux ans et projetaient d'acheter une petite maison en banlieue après leur mariage. Raphaël était son petit ami, mais il était aussi son patron, ce qui n'était pas évident tous les jours, car ses collègues étaient toujours méfiantes vis-à-vis d'elle. Raphaël dirigeait une agence de voyages et Lison était l'une de ses assistantes. Entre eux, cela avait été le coup de foudre. En tout cas, Lison avait littéralement fondu devant son regard, sa petite mèche rebelle qui retombait nonchalamment sur son front.

En rentrant, après sa balade dans les rues de la ville éclairée, ses achats dans les boutiques, elle n'avait qu'une hâte : partager avec Raphaël l'effervescence des préparatifs de Noël. Elle ouvrit la porte en chantant un *Falalalala la la lala* pétillant. Mais, à sa grande surprise, l'appartement était complètement vide. Non pas que Raphaël n'était pas présent, mais même les meubles, les cadres et le porte-manteau avaient disparu. Il ne restait que la table de la cuisine où une lettre était posée. Stupéfaite, choquée, Lison ne comprenait pas ce qu'il se passait. Elle se saisit de la lettre qui l'attendait et, les yeux déjà brouillés de larmes, en commença la lecture.

La peur de l'engagement, la vie trop courte, l'angoisse de vieillir trop vite étaient les premiers arguments de cet homme si parfait qu'elle connaissait. Au bas de la page, enfin, Raphaël avoua à Lison qu'il était tombé amoureux d'une autre femme, Lisbeth, la secrétaire employée depuis peu à l'agence de voyages. Oh, il lui promettait que rien ne changerait dans leurs rapports professionnels, mais ne voyait-il pas comme elle serait malheureuse d'être chaque jour confrontée à leur présence, de surprendre leurs regards complices ou des chuchotements entre eux ?

Non, elle ne pourrait jamais endurer ce calvaire et elle décida de quitter l'agence, de ne plus jamais y remettre un pied ! Au chagrin qui la brisait s'ajouta alors l'angoisse des lendemains sans boulot, de l'incertitude…

Sa lettre à la main, elle déambula dans l'appartement vide, la tête bouleversée de questions.

Comment n'avait-elle rien vu venir ? Pourquoi la quitter juste avant les fêtes de Noël ? Et tous leurs projets ? Leur futur mariage, leur future maison et tellement d'autres choses. Il ne lui avait rien laissé, seulement la table de la cuisine, quelques tasses dans l'égouttoir et le courrier posé près de son odieuse lettre. Un véritable mufle, un malappris, un goujat. Lison ressentit un grand vide en elle et elle ne put empêcher les larmes du désespoir l'envahir. Son cœur était brisé. Quelle idiote elle faisait ! Leur petit manège devait durer depuis plusieurs semaines déjà. Lorsqu'il restait au bureau le soir pour conclure des dossiers et qu'elle, insouciante et confiante, rentrait pour préparer le dîner et l'attendre sagement. Lui devait rejoindre Lisbeth, ou bien c'était elle qui retournait au bureau et, oh ! Elle n'ose même pas imaginer la suite… Son bureau souillé par leur transpiration… Beurk ! C'est le dégoût maintenant qui s'empare de Lison. Elle aurait voulu hurler, pire, étrangler Raphaël s'il avait été en face d'elle, et cela, il devait bien le savoir, c'était pourquoi il lui avait laissé cette lettre au lieu de l'affronter, d'assumer sa conduite abjecte vis-à-vis d'elle.

Prise de spasmes presque incontrôlables, se sentant trahie, impuissante, elle poussa la table contre le mur et se recroquevilla par terre, la tête enfouie dans les genoux, vidant le reste de larmes qu'il lui restait encore. Elle s'était fait berner par des mots doux jusqu'à hier soir encore, où Raphaël lui promettait un Noël joyeux avec sa famille, un réveillon radieux avec un magnifique cadeau qu'il lui avait préparé. Tu parles d'un cadeau ! Il savait déjà qu'il allait la quitter. Quel homme courageux ! D'un coup, elle ne le voyait plus avec les mêmes yeux. L'amour s'émiettait au fur et à mesure des images qui lui revenaient. Ses coups de fil en pleine nuit, ses retards aux rendez-vous, cette nouvelle gourmette qu'il s'était soi-disant achetée… Depuis combien de temps tout ce cirque durait-il ? Après un long moment de désespoir, c'était la rage, à présent, qui la gagnait. Elle avait perdu deux années avec cet homme manipulateur, il était hors de question qu'elle perde une minute de plus à se lamenter sur son sort, sur son bonheur perdu, sur ce malotru infidèle.

Mais que faire à présent ? Elle n'avait donc plus de travail, car il était hors de question de retourner à l'agence de voyages, plus aucun meuble dans cet appartement qu'elle partageait, il y a encore quelques heures, avec lui… C'est alors qu'elle entrevit une solution. Une solution sans doute momentanée, mais pourquoi pas ! Sur le sol, avec le courrier qu'elle avait renversé en poussant la table, un petit dépliant l'interpella. Il annonçait ces quelques mots : « Si vous voulez donner un peu de votre magie de Noël, nous vous attendons au centre de vacances des enfants orphelins pour nous aider à leur préparer un merveilleux Noël ! Appelez-nous au 06 07 21 55… et donnons-nous rendez-vous dans le petit village de Poutiac, au cœur des Pyrénées, dans notre magnifique chalet en bois ! »

Elle ne passerait certainement pas les fêtes de Noël chez elle avec son frère qui allait évidemment se moquer d'elle, de sa naïveté, de ses échecs amoureux, un père qui allait clamer que tout était de sa faute, qu'elle n'avait pas su garder cet homme qu'il pensait si fabuleux, et sa mère qui allait pleurer toutes les larmes de son corps, car elle n'était pas prête encore d'être grand-mère ! Son enthousiasme pour Noël et sa période magique ne serait pas perdu si elle le reportait sur des enfants qui avaient besoin d'amour et de moments heureux pour briser la solitude de leur vie. Sa décision était prise.

— 2 —

22 décembre

Valises bouclées, peu d'argent en poche, car toutes ses économies étaient parties en fumée pour payer les nuits d'hôtel jusqu'à son départ pour Poutiac, Lison s'apprêtait à prendre le train. Malgré ses belles résolutions, elle gardait une grande tristesse en elle et, surtout, elle avait peur de l'avenir. Sans travail, qu'allait-elle devenir ? Raphaël ne l'avait jamais appelée depuis ce fameux et désastreux premier décembre. Il n'avait pas daigné prendre de ses nouvelles, il s'en contrefichait certainement, heureux avec sa nouvelle conquête. Lison faisait partie de son passé à présent, mais elle n'arrivait absolument pas à l'oublier. Ce départ vers un Noël particulier ne pouvait lui faire que du bien.

La gare était toute décorée. De gros nœuds rouges enjolivaient les panneaux, des guirlandes étaient installées autour des bancs. La neige tombait délicatement, de fins flocons qui ressemblaient à du coton. Une ambiance festive autour d'elle, mais beaucoup trop de grisaille dans le cœur de Lison...

Le train arriva enfin en gare. Vêtue de son bonnet en laine, ses moufles et son manteau en tweed, Lison s'installa dans un wagon, seule. Le vrombissement des moteurs annonça le démarrage. S'éloigner de Brest était la meilleure solution pour oublier et réfléchir à un nouveau départ.

— Excusez-moi. Est-ce qu'il y a un siège de libre ?

Un jeune homme en costume vert, portant une incroyable valise en forme de tête de cerf, venait d'ouvrir la porte coulissante du wagon. Évidemment, Lison était seule, il y avait donc quatre sièges libres ! Décidée à ne pas se laisser avoir par des techniques de drague de bas étage, elle ne lui répondit pas. Mais le jeune homme insista :

Par Agnès Brown

— Puis-je m'asseoir quelque part ou est-ce que tous les sièges sont pris ?
— Bon Dieu, non ! Il y a quatre sièges de libres !
— Ah ! Je vous remercie. Je peux donc m'installer ici, si ça ne vous dérange pas ?
— Vous faites bien ce que vous voulez !

Le jeune homme avança à tâtons, tapotant les parois avec sa main, glissant maladroitement sa valise dans le coffre au-dessus des sièges et s'assit enfin. Il se tourna vers Lison, sourire aux lèvres, et lui présenta sa main pour la saluer.

— Enchanté, Madame. Je m'appelle Gaston.

Surprise, Lison lui serra la main, mais elle n'avait pas vraiment envie de lui rendre son sourire ni même d'engager la conversation. Elle voulait mettre les hommes de côté et ce n'était pas parce qu'ils étaient les seuls occupants de ce wagon qu'elle était obligée d'être agréable. D'ailleurs, elle tourna la tête vers la fenêtre pour ne pas croiser son regard.

— Bonjour, lui répondit-elle malgré tout, d'un ton sec et froid.
— Vous vous appelez ? insista-t-il.
— Lison.

L'intonation de la voix de Lison était déplaisante. Mais cela n'empêcha pas Gaston de continuer :

— Je vous dérange ? Vous lisez ou vous téléphonez, peut-être ? Je m'excuse…

Lison commençait à s'énerver sérieusement. Pourquoi diable voulait-il lui parler et comment n'aurait-il pas remarqué en entrant si elle lisait ou téléphonait ? Elle se retourna alors brusquement et le fixa droit dans les yeux. Nom de non ! Bien entendu ! Il ne pouvait pas l'avoir remarqué, parce qu'il était non voyant ! Confuse, elle se sentit bête et ne sut quoi répondre. Elle avait été désagréable, cela ne lui ressemblait pas, surtout en cette

période de fin d'année où elle aimait tant partager joie de vivre et convivialité. Elle balbutia quelques mots d'excuse :
— Je n'avais pas remarqué que vous étiez...
— Aveugle ? Oh, mais cela me ravit, au contraire ! D'habitude, on remarque tout de suite ce fâcheux handicap, et du coup, tout le monde est extrêmement gentil avec moi !
— Je suis désolée...
— Désolée ? Pourquoi ? Parce que je ne vois pas ?
— Non... Parce que je n'ai pas été très sympathique...
— Que non ! Ça me fait du bien que vous ne l'ayez pas été ! Ça me change ! La dernière fois que j'ai pris le train, me voyant aveugle, quelqu'un a voulu me tenir la main jusqu'aux toilettes ! Vous n'allez tout de même pas faire ça ?

Cette boutade entraîna Lison et Gaston à rire ensemble. Elle n'avait jamais côtoyé de personne mal voyante et ne savait quoi dire à son compagnon de voyage.
— Enfin, n'hésitez pas, dit-elle. Si vous avez besoin de quoi que ce soit, n'hésitez pas à...
— De quoi voulez-vous que j'aie besoin ? Tiens, oui ! Vous serait-il possible de me dire si j'ai pris le bon train ?
— Bien entendu ! Où allez-vous ?
— À Poutiac.
— Comme moi ! Je vais aussi à Poutiac !
— Quelle coïncidence ! Vous allez rejoindre de la famille ?
— Pas du tout. Je vais dans un centre de vacances pour orphelins.
— Vous êtes orpheline ?
— Non ! Je vais être animatrice, je crois. En tout cas, je vais m'occuper des enfants qui sont là-bas pour les fêtes de Noël.
— C'est vraiment une coïncidence.
— Pourquoi ?
— Parce que je m'y rends également.
— Vous allez vous occuper des...

Par Agnès Brown

— Des enfants. Absolument. Ça vous étonne ?

— Euh… C'est-à-dire… Non…

— Oh, mais n'ayez pas peur des mots ! Je ne vois pas, mais je ressens parfaitement les émotions des gens, et je vois que vous êtes embarrassée. Je me trompe ?

Lison était effectivement embarrassée. Elle se demandait comment, étant aveugle, il allait pouvoir s'occuper d'enfants. Elle ne savait pas quoi lui répondre sans être trop indiscrète :

— C'est la première fois que vous y allez ? lui demanda-t-elle finalement.

— Oh, non ! dit-il en se mettant à rire gaiement. Je m'y rends tous les ans depuis… depuis une petite dizaine d'années. En fait, j'avais tout juste vingt ans quand j'y suis allé pour la première fois.

Elle fut épatée de cet investissement qu'il donnait pour ces enfants depuis tant d'années. N'avait-il donc pas de famille avec qui passer les vacances de Noël ?

— Je ne vous entends plus, Lison ?

— Je me disais que c'était un très beau geste de votre part que de donner de votre temps, tous les ans, pour ces enfants orphelins.

— C'est tout à fait normal ! J'aime énormément Noël, que dis-je, j'adore les fêtes de fin d'année, la joie qu'elles apportent. Et les musiques ! J'adore les musiques et les chants de Noël ! Vous non ? Mais ce que j'aime plus que tout, c'est donner un peu de bonheur et de joie aux autres. Ces enfants sont tous formidables, mais effroyablement seuls, en manque de chaleur familiale. Leur donner de mon temps, c'est leur donner un peu d'amour avant d'affronter une nouvelle année et leur irréversible solitude.

Quelle sotte je suis ! se dit Lison. Elle ne pensait qu'à elle-même, elle n'allait vers ces malheureux enfants que pour oublier la rupture amoureuse qu'elle venait de vivre. La détresse affective de ces orphelins ne l'avait pas effleurée, pas plus que leur espoir d'un Noël de lumière dans leurs petits cœurs malheureux. Ils devaient attendre ce moment avec impatience. Elle devait donc faire fi de ses problèmes et ne penser qu'à apporter la joie de Noël dans ce centre de vacances.

Le reste du trajet se déroula dans un demi-silence. Le ronflement du train les berçait. Lison regardait les décors neigeux par la fenêtre. Gaston somnolait. Elle ne put s'empêcher de scruter son visage. Ses yeux étaient fermés. Personne, à ce moment-là, ne pouvait imaginer que Gaston était aveugle. Ses traits étaient doux et son sommeil avait l'air serein. Ses cheveux coupés en brosse lui donnaient un petit air sérieux qui lui allait à merveille. Son costume vert en faisait presque un lutin du père Noël.

Une fois arrivés à destination, une jeune fille de l'association, Élisa, les accueillit sur le quai de la gare.

Contente de retrouver Gaston, qu'elle connaissait apparemment très bien, elle l'enlaça et lui prit sa valise en forme de tête de cerf pour la porter à sa place. Ce geste n'a pas eu l'air de lui plaire, mais il la laissa faire. Lison avait bien compris que Gaston ne voulait pas qu'on le traite comme une personne à part en raison de son handicap, et elle pouvait très bien le comprendre. Être jugé parce qu'on est différent n'est jamais très plaisant.

Une fois au chalet, Élisa lui montra sa chambre et lui demanda de bien vouloir descendre dans le salon dès qu'elle se serait changée. Les enfants n'allaient pas tarder à arriver et cette année, Lison était la seule à avoir répondu à l'annonce, ils n'étaient donc que trois pour s'occuper de quinze jeunes enfants. Prise de panique, Lison enfila un jogging, tenue confortable, pour pouvoir être plus libre de ses mouvements. Bonté divine ! Elle n'avait pas pensé une seule seconde qu'elle ne s'était jamais occupée d'enfants jusqu'à présent ! Serait-elle à la hauteur ?

Ni une, ni deux, elle dévala les marches des escaliers et se planta dans le salon devant Gaston, qui était déjà fin prêt à accueillir tout ce petit monde qui allait débarquer.

— C'est bien vous, Lison ?

— Oui ! C'est bien moi. Ne pourrait-on pas se tutoyer ? Ça serait bien plus simple, et...

— Évidemment ! Tutoyons-nous ! Nous sommes voués à passer Noël ensemble cette année, alors arrêtons les chichis ! Élisa ne va plus tarder, elle attend le bus à l'entrée du chalet.

Il se mit à chercher quelque chose avec ses mains.

— Est-ce que je peux vous aider ? Vous cherchez quelque chose ?

— Nous ne venons pas de nous dire que nous nous tutoyons ?

— Oh ! Pardon ! Quand on commence par le vouvoiement, c'est toujours compliqué, après.

Gaston lui sourit. Un agréable sourire qui réchauffa le cœur de Lison. Cet homme avait l'air si gentil, si calme, si... Depuis qu'elle l'avait rencontré dans le train, elle n'avait plus une seule seconde pensé à Raphaël. Comme si cet éloignement lui était bénéfique, comme si Gaston lui était bénéfique. Il avait réussi à trouver ce qu'il cherchait, un perce-neige posé sur la table basse.

— Tenez, c'est pour vous, Lison. J'aime énormément cette fleur et Élisa en commande toujours pour moi. J'avais envie de vous l'offrir, un petit cadeau de bienvenue parmi nous.

Elle se mit à rougir et fut bien contente qu'il ne puisse pas la voir.

— Je sens une incroyable chaleur émaner de vous. Seriez-vous en train de rougir ?

Comment avait-il pu sentir cela ? Gênée, elle le remercia et accrocha le perce-neige à la poche de son sweat. Elle hésita un instant, puis... elle se mit sur la pointe des pieds et lui déposa un baiser sur la joue. Il sourit à nouveau, de son doux sourire affectueux, et voulut lui répondre quelque chose, mais la porte d'entrée s'ouvrit brusquement et une horde d'enfants s'engouffra dans le petit salon, criant de joie, chantonnant des musiques de Noël et se jetant dans les bras de Gaston et de Lison.

La soirée se déroula à merveille. Les enfants étaient tous ravis. Un délicieux repas, marrons chauds, saucisses grillées, fromage des Pyrénées et roulés à la fraise leur avaient été servis. Des jeux de société par petits groupes avaient comblé le reste de la soirée et ils partirent tous se coucher, la joie égaillant leurs visages d'enfants.

Élisa tenait Gaston par le bras pour l'aider à monter les escaliers menant à sa chambre. Lison se tenait juste devant eux et, arrivée en haut, elle les regarda dans leur ascension. Gaston avait perdu son merveilleux sourire. Ses traits étaient crispés et il n'avait pas l'air ravi du tout. Il gesticulait d'une façon assez surprenante, sûrement pour échapper à Élisa qui ne voulait pas le lâcher.

— Ça suffit, maintenant, Élisa. Tu sais très bien que je connais les lieux comme ma poche, je n'ai pas besoin d'aide !

— Nenni ! Je n'aime pas te laisser seul ! Si jamais tu rates une marche, le Noël des enfants sera fichu ! Ils t'adorent, tu le sais très bien. Hors de question que tu finisses à l'hôpital avec une jambe ou un bras cassé !

Gaston grommela quelques mots dans sa barbe, mais Élisa feignit de ne rien entendre.

— Bonne nuit, maintenant, Élisa. Je peux très bien me débrouiller pour enfiler mon pyjama !

À contrecœur, Élisa l'embrassa et partit en direction de sa chambre. Lison ne lui avait pas souhaité bonne nuit. Elle ne savait même pas s'il sentait sa présence dans le couloir.

— Bonne nuit, Lison. Je crois qu'après une telle journée, quelques heures de sommeil ne seront pas du luxe, chuchota-t-il en direction de la nouvelle recrue.

Il avait donc senti sa présence. Hésitante, Lison s'approcha de lui et lui déposa un baiser comme celui de cet après-midi lorsqu'il lui avait offert le perce-neige.

— Attention, Lison ! Je risque de prendre goût à ces délicats baisers, même s'ils sont assez furtifs !

— Je ne sais pas ce qui m'a pris, je suis désolée... Vous... Je veux dire, tu... Tu as été tellement attentionné ce soir avec les enfants. Ils t'adorent tous ! Tu les connais depuis longtemps ?

— En fait, chère Lison, je les connais depuis toujours. Je suis moi-même orphelin et j'ai grandi exactement là où ils grandissent actuellement. Dans un bâtiment assez froid, entouré d'inconnus, la plupart du temps. Parce que personne ne reste très longtemps. Les assistants partent, les moniteurs aussi, et peu de familles viennent adopter un enfant déjà trop grand. Ils préfèrent de loin les bébés, mais il y en a peu. Ce camp de vacances de Noël, c'est mon idée. Quand je suis parti du centre pour enfants à adopter, j'ai eu le cœur gros de savoir qu'il y aurait encore des générations et des générations d'enfants seuls. Je ne pouvais absolument pas laisser tout ce passé derrière moi. Alors, tous les ans, je les fais venir ici pour fêter Noël avec eux.

— Mais... ce chalet est à toi ?

— Oui ! Je l'ai acheté dès que j'ai pu, expressément pour les enfants. J'ai encore un crédit sur le dos, mais ça en vaut la peine, tu ne trouves pas ?

Lison était stupéfaite ! Ébahie, même ! Cet homme qui ne devait pas avoir une vie très simple, cet homme qui avait grandi sans famille, donnait son temps et son argent pour éclairer le visage de ces enfants. Il était à l'opposé de Raphaël qui ne s'occupait que de lui et de son agence de voyages, voulant faire des profits tous les mois plus importants encore, pour gagner plus d'argent pour son propre plaisir. Moto, voiture de luxe, vêtements de marque, fêtes organisées pour épater la galerie... Gaston n'était rien de tout cela, et le cœur de Lison, meurtri par sa rupture récente, commençait à s'ouvrir à nouveau. C'était un homme comme Gaston qu'il lui fallait, un homme bon, un homme tourné vers les autres, un homme heureux de peu de choses et un homme terriblement séduisant avec ses petites mimiques irrésistibles ! Il lui sourit à nouveau et elle vit apparaître une petite fossette sur son menton qu'elle n'avait pas encore discernée jusqu'à présent. Décidément, il était charmant ! Elle se mit sur la pointe des pieds et l'embrassa sur la joue, à nouveau, avec tendresse.

— Bonne nuit, Gaston, lui susurra-t-elle.

Il attrapa sa main avant qu'elle ne s'en aille et, à son tour, l'embrassa délicatement sur la joue. Il glissa ses mains sur son visage, toucha son nez, caressa ses yeux, puis ses cheveux.

— Tu es très belle, Lison.

— Oh, non ! Mon nez est imparfait, mes cheveux, complètement indomptables...

— Ce n'est pas vrai. Je te trouve très belle. Dommage que tu ne souries pas plus souvent. Mais ça viendra. Avec la magie de Noël. Bonne nuit.

Il entra dans sa chambre et la laissa seule sur le palier. Elle gagna son lit à son tour, émue par tout ce qu'elle venait d'apprendre sur lui, attendrie par ses gestes et ses mots. Elle dormit à poings fermés, la plus belle nuit qu'elle ait passé depuis bien longtemps, maintenant.

— 3 —

23 décembre

Lison n'avait pas mis son réveil, mais elle fut réveillée soudainement par l'agitation des enfants dans le couloir. En deux temps, trois mouvements, elle passa sous la douche et, sans prendre le temps de se coiffer soigneusement, elle enfila une tenue confortable pour entamer cette nouvelle journée d'avant réveillon. Elle arriva dans la salle du petit-déjeuner, un grand sourire aux lèvres. Élisa s'affairait derrière les fourneaux, Gaston tartinait le pain grillé, les enfants à la queue leu leu devant lui. Le poste était allumé et un joyeux *Jingle Bells* emplissait la cuisine. C'était merveilleux !

— Bonjour, Lison ! chanta Gaston en entendant ses pas. Ah ! Je vois que tu as le sourire !

Décidément, il n'arrêtait pas de l'étonner. Il ressentait toutes ses émotions. Lison trouvait cela formidable. Sans même la voir, il percevait tout ce qui se passait en elle.

— Bonjour, tout le monde, lança Lison, ajoutant à ces mots quelques déhanchements joyeux pour accompagner la musique.

Les enfants sont tous venus la serrer dans leurs bras. Elle qui avait peur de ne pas savoir s'y prendre avec eux, elle fut rassurée sur-le-champ ! Elle prit la marmelade et la confiture et aida Gaston dans son entreprise. Une douce ambiance de Noël flottait dans l'air. L'esprit de cette fabuleuse fête avait envahi les cœurs de tous.

La tâche de Lison, aujourd'hui, était de faire les courses pour le repas du réveillon et de préparer un atelier cookies et sablés de Noël avec les enfants ! Élisa l'accompagna au centre commercial. Cuisses de dinde, pommes de terre, foie gras, confiture de figues, amandes, noix et bûches glacées.

Les yeux de l'amour

Un véritable festin les attendait le lendemain. Lison avait envie d'en savoir plus sur Gaston et Élisa avait l'air de bien le connaître. C'était le moment de la questionner :

— C'est Gaston qui paye toutes ces courses ? se hasarda-t-elle à demander.

— Bien entendu ! Il économise toute l'année, sur son salaire, un budget pour le Noël des enfants ! C'est un grand fan de cette période, en plus. Tu as vu sa valise ? Il n'y a que lui pour acheter une valise aussi kitsch !

— Oh ! Moi, j'adore sa valise ! J'aime aussi l'ambiance de Noël, les préparatifs, les décorations. C'est un moment magique, féérique !

— C'est pour ça que vous vous entendez si bien, alors ! Et qu'il t'apprécie tant !

— Il m'apprécie ? Tu crois ?

— Oh, oui ! Ne me dis pas que tu n'as pas remarqué ! D'habitude, il ne met sa cravate avec les bonhommes de neige que le jour de Noël, et là, tu as bien vu, il l'a mise aujourd'hui ! Ça peut vouloir dire deux choses, selon moi. Soit il est vraiment heureux et voulait utiliser tous ses charmes pour te séduire, soit il s'est trompé ce matin en piochant dans sa commode ! Ça lui arrive de temps en temps. Mais je pencherais plutôt pour la première proposition !

Lison était gênée par ces révélations. Elle était aussi très heureuse d'avoir cet effet sur Gaston. Mais comment diable pouvait-elle ressentir elle aussi quelque chose pour lui alors qu'elle sortait d'une rupture amoureuse à laquelle elle ne s'attendait pas ? Jamais elle n'aurait cru oublier Raphaël si vite. Peut-être avait-elle pris conscience du mal qu'il lui avait fait, de sa tromperie, surtout, de sa propre naïveté, aussi. Gaston était l'antithèse exacte de Raphaël. Le genre d'hommes, pourtant, sur lequel elle ne se serait jamais retournée avant. Seulement voilà, en quelques heures seulement, il avait su la faire sourire, l'apaiser, la captiver. Elle-même n'en revenait pas.

— Tu le connais depuis longtemps ? reprit Lison.

— Un bail ! Nous avons grandi ensemble au centre. Il m'a toujours pris pour sa grande sœur. Il faut dire que j'avais toujours envie de le protéger. Avec son handicap, ça n'a pas toujours été facile pour lui. Et puis, nous avons tous les deux traversé des épreuves difficiles.

Ça, Lison voulait bien le croire. Elle qui se plaignait toujours de ses parents, de leur insistance à diriger sa vie, des reproches souvent injustifiés sur ses choix, elle aurait été cependant bien malheureuse sans eux.

— Élisa, je peux te laisser terminer ? J'ai besoin de prendre l'air. Je t'attends sur le parking pour t'aider à tout charger.

Elle avait besoin de rester seule un moment. Sa tristesse ne l'avait pas vraiment quittée. Elle était à un moment de sa vie où elle se demandait ce qui pouvait la rendre heureuse, quelle direction emprunter, quelles étaient réellement ses envies…

De retour au chalet, Élisa et Lison ont eu l'étonnante surprise de trouver le salon décoré. Un immense sapin de Noël trônait au centre de la pièce. Il était orné de guirlandes clignotantes et surmonté d'une étoile brillante ! Des boules de Noël étaient déposées sur les rebords des fenêtres, des rubans accrochés au dos des chaises et aux pieds de la table. C'était magnifique !

— TADAAAAM ! crièrent tous les enfants en chœur.

— C'est extraordinaire ! Un vrai décor de film de Noël ! s'exclama Lison, sa tristesse oubliée devant cette allégresse communicative des hôtes du chalet.

— En effet, c'est merveilleux ! Il ne manque plus que la musique, une tasse de chocolat bien chaud, quelques cookies et, bien sûr, le père Noël ! affirma Gaston.

Les yeux de l'amour

Il ne voyait pourtant rien de tous ces ornements, mais son imagination était telle qu'il percevait intérieurement toutes les lumières scintillantes qui les entouraient. Il s'approcha de Lison et lui caressa ses cheveux un peu hirsutes.
— Ça te plaît ?
— C'est superbe !
— Alors, je veux voir ce beau sourire rayonnant sur ton visage toute la journée !

Il fit alors passer ses doigts sur ses lèvres et autour de celles-ci pour vérifier les petites ridules joyeuses de son sourire.

L'après-midi fut tout aussi magnifique. Tous ensemble, ils confectionnèrent des gâteaux de Noël : cookies, sablés, pudding... Jena, une petite fille de tout juste cinq ans, ne quittait plus Lison d'une semelle.
— Tu as commandé quoi, toi, à Noël, Lison ?
— Oh, moi ! Je n'ai rien commandé de spécial. Je voudrais juste être heureuse, mais je ne sais pas si le père Noël peut m'amener ce cadeau !
— Il peut tout faire, le père Noël, puisqu'il est magique ! Il suffit de lui demander. Si tu lui as écrit, il t'amènera ce que tu lui as commandé.
— Je ne crois pas avoir envoyé ma lettre, cette année, Jena.
— Pas grave ! Gaston a fabriqué une boîte aux lettres qu'il a mise à côté du sapin pour ceux qui ont oublié de l'envoyer. Faut que tu la mettes dedans et Gaston ira la donner au père Noël.
— Gaston connaît le père Noël ?

Lison était amusée par cette certitude d'enfant. C'était si beau de croire en cette magie.
— Bien sûr ! Ils sont amis ! C'est lui qui a dit à Gaston d'acheter ce chalet pour nous ! Alors, tu vois !

Par Agnès Brown

— Ah ! S'ils sont si intimes, je vais devoir t'écouter et poster ma lettre ! Peut-être que ce n'est pas trop tard !
— C'est jamais trop tard tant que c'est pas le jour de Noël. Après, oui, parce que le père Noël doit partir faire sa tournée partout dans le monde !
— Fichtre ! Il faut que je me dépêche, alors ! Et toi ? Qu'est-ce que tu as commandé au père Noël ?
— Des parents. Je voudrais des parents qui m'aiment. Et une poupée qui parle, aussi.

Les dernières paroles de la petite Jena serrèrent le cœur de Lison. Des parents ! Évidemment, que pouvait demander d'autre une jeune orpheline. Elle avait besoin d'amour, elle voulait en recevoir et en donner. Son petit cœur n'attendait que cela. Si seulement elle pouvait faire quelque chose… Gaston avait beau connaître personnellement le père Noël, il y avait peu de chance pour qu'il lui offre ce cadeau. Émue, elle prit Jena dans ses bras et lui distribua une flopée de bisous dans le cou, ce qui l'a fit rire aux éclats. Ce rire fut communicatif, car tous les enfants se mirent à leur tour à rire et une bataille de bisous s'ensuivit !

Une tasse de chocolat chaud à la main, tout ce petit monde était regroupé devant la cheminée, cette avant-veille de Noël. La journée avait été bien remplie et elle se terminait doucement, tous assis autour de Gaston qui racontait une histoire aux enfants. L'histoire d'un petit garçon qui croyait si fort à la magie de Noël qu'il avait fini par aller rencontrer le père Noël au pôle Nord, et depuis, chaque année, il l'aidait à distribuer des friandises et de l'amour aux enfants…

— Bonne nuit, Lison, chuchota Gaston.

Ils étaient tous les deux dans le couloir qui menait aux chambres. Les enfants étaient endormis depuis un moment. Les adultes avaient terminé de tout ranger et ils se préparaient à aller se coucher.

Les yeux de l'amour

— Bonne nuit, Gaston, murmura Lison à son tour pour ne réveiller personne.

Les yeux de Gaston étaient dirigés vers elle. À cet instant, on n'aurait pas dit qu'il ne voyait pas, au contraire, Lison avait l'impression qu'il la scrutait, qu'il regardait le moindre détail de son visage, de son corps, peut-être. Mais ce n'était pas possible. Comme il ne bougeait pas, elle s'avança vers lui. Il ressentit tout de suite sa présence, sa chaleur, et lui caressa les joues.

— Tu sens la fleur d'oranger ! s'exclama-t-il.

Elle lui sourit. Elle avait, elle aussi, envie de caresser son visage.

— Si tu gardes ce parfum demain, je risque de me tromper et de ne pas croquer dans un véritable gâteau !

— Tu me croquerais ?!

Elle aimait son humour, il arrivait toujours à égayer son âme.

— Évidemment ! Comment résister à cette fragrance ! En plus, à Noël ! Et après t'avoir croquée, je boirai un bon thé aux épices !

Ils pouffèrent de rire tous les deux, étouffant avec leurs mains le son de leur voix pour ne pas réveiller toute la maisonnée. Il tendit ensuite le bras, la cherchant. Elle n'était pas loin, juste devant lui, un peu trop près, peut-être, mais elle voulait sentir son parfum, elle aussi. Ils cessèrent de rire. Lison avait le cœur qui s'emballait, ses mains tremblaient, une sensation qu'elle avait oubliée. Sa respiration se mit à s'accélérer. Gaston passa ses mains dans son dos, la rapprochant un peu plus de lui. Leurs deux corps s'entrechoquèrent délicatement. Ils pouvaient tous deux sentir les battements du cœur de l'autre. Il se pencha vers son visage, ses lèvres légèrement entrouvertes. Elle le guida vers ses propres lèvres, mais ils ne s'embrassèrent pas. Leurs souffles saccadés se mélangèrent, un simple frôlement de lèvres, puis ils s'éloignèrent, gênés, troublés.

— Je ne veux pas que tu penses que... s'empressa-t-il de lui dire.

— Non, Gaston, ce n'est rien... Il faut que j'aille dormir, maintenant. Demain, c'est le réveillon, et nous avons beaucoup de travail qui nous attend.

— Oui... Tu as raison. À demain, Lison, passe une bonne nuit, lui répondit-il un peu trop sèchement.

— Toi aussi, Gaston...

Une fois dans son lit, Lison n'arrivait pas à fermer l'œil. Trop d'émotions la submergeaient. L'amour, peut-être, le désir, sûrement... Gaston était surprenant et, décidément, ne la laissait pas indifférente. Était-ce cela, la magie de Noël ?

— 4 —

24 décembre

Ça y est, nous y sommes. Le réveillon de Noël. Un Noël particulier pour Lison. Un premier Noël entourée d'enfants, le premier Noël où elle a l'impression de distribuer l'esprit de Noël, être utile, prodiguer son amour pour cette fête.

Le petit-déjeuner a été aussi animé que la veille. Gaston a revêtu un adorable pull rouge avec un gros bonhomme de neige ! Lison, elle aussi, était habillée d'une robe en coton parée de pompons de toutes sortes, on aurait cru voir un elfe ! Élisa, plus sobre, avait juste mis un bonnet où était imprimé un adorable élan au nez rouge.

En attendant le repas du soir et l'arrivée du père Noël, ils avaient tous décidé d'aller jouer dans la neige. Bataille de boules de neige, confection d'un igloo, compétition de luge… Les rires et la joie les accompagnèrent toute la journée. Malgré son handicap, Gaston avait passé toutes les épreuves haut la main. Il avait même réussi à fabriquer un immense bonhomme de neige qu'il avait coiffé d'un chapeau en feutrine. Lison ne cessait de regarder cet homme à l'air si serein, heureux. Heureux de partager ces moments avec les enfants, heureux tout simplement. En fin de journée, ils rentrèrent tous au chalet. L'heure du repas n'était pas loin, il fallait s'affairer aux fourneaux rapidement.

— Dis donc ! Tu n'as pas arrêté de me regarder, aujourd'hui, chantonna Gaston à l'attention de Lison.

Comment diable le savait-il ?

— Je… Non, pas du tout !

— Oh que si ! Je l'ai bien senti ! C'est grâce à cela que je n'ai pas eu froid, vois-tu ! Ton regard m'a réchauffé malgré mes gants et mon manteau trempés par la neige !

— Mais comment le sais-tu ?

— Crois-tu que je ne vois rien ? Même si mes yeux ne veulent rien me montrer, je vois quand même ! Allez ! Allons vite nous changer, nous avons du pain sur la planche. Je veux bien que tu m'aides à monter les escaliers !

Étonnée qu'il lui demande de l'aider alors qu'il avait l'air d'avoir horreur de dépendre de quelqu'un dans les actes de la vie courante, elle s'empressa de passer son bras sous le sien. Dans un silence agréable, ils gravirent les marches et, arrivés devant la porte de la chambre de Gaston, Lison ne desserra pas son bras du sien.

— Il faut que tu me lâches, Lison ! s'exclama-t-il gaiement.
— Oh, oui ! Je suis désolée. Dit-elle, un peu gênée.
— Ne le sois pas ! J'aime beaucoup ta chaleur, surtout après une telle journée !

Et il se pencha pour l'embrasser sur la joue. Mais Lison avait tourné la tête et ce fut son cou qui reçut ce baiser. Des frissons parcoururent son corps et, à son tour, sans pouvoir s'en empêcher, elle mit ses mains sur son visage et l'embrassa, mais cette fois, sur les lèvres. Il ne recula pas, mais ne lui rendit pas non plus son baiser. Peut-être n'aurait-elle pas dû faire cela, se dit-elle… Elle partit aussitôt dans sa chambre, embarrassée et confuse. Assise sur son lit, le perce-neige qu'il lui avait offert dans la main, elle reprit ses esprits.

Lison essaya de ne pas montrer son embarras lors des préparatifs de la fête. Élisa, pourtant, ne manqua pas de s'en apercevoir, et lorsqu'elle fut près d'elle au moment d'enfourner les cuisses de dinde accompagnées de pommes de terre au paprika, elle lui chuchota quelques mots :

— Tu as perdu ton entrain de Noël, Lison ?
— Non, pas du tout, pourquoi dis-tu cela ?
— Parce que j'ai l'impression que Gaston aussi l'a perdu. Vous faites une de ces têtes, tous les deux !

Les yeux de l'amour

Elle ne savait pas si elle pouvait se confier à Élisa. Ils étaient amis depuis tant de temps, et le simple fait d'avoir été indélicate avec Gaston pouvait la rendre méfiante à son égard.

— Il s'est passé quelque chose avec Gaston, c'est ça ?
— Eh bien… Je crois que j'ai fait une bêtise.
— Une bêtise ? Qui ne fait pas de bêtises ?
— Je pensais qu'il était attiré par moi…
— C'est bien le cas, je te le confirme !
— Alors, pourquoi…
— Pourquoi quoi, Lison ?
— À plusieurs reprises depuis notre arrivée, Gaston a été très attentionné avec moi. Je pensais que ces attentions étaient… enfin, je pensais que je lui plaisais, mais j'ai peut-être été trop brusque, ou trop directe…
— Qu'est-ce que tu as fait ?
— Je l'ai embrassé…
— C'est formidable ! Il a dû être heureux !
— Eh bien non, justement ! Il ne m'a pas rendu mon baiser ; pire, je crois qu'il a tellement été surpris qu'il m'a repoussée.
— Bon Dieu, non ! Tu as dû mal interpréter son geste. Je suis sûre qu'il n'attendait que ça, lui aussi ! Gaston est un garçon… Comment dire… Il n'a jamais eu trop de chance en amour, tu sais. Être non voyant, ce n'est pas simple tous les jours, et les femmes, en général, se lasse vite d'une vie assez compliquée au quotidien. Il a peur d'être encore malheureux, déçu.
— Oh, mais, je n'ai même pas l'impression qu'il est non voyant ! Il vit exactement comme toi et moi. Il a fait un bonhomme de neige tout seul, il fait la cuisine, il se débrouille à merveille dans tout ce qu'il entreprend ! J'ai même la sensation, parfois, qu'il me voit réellement.

— Mais il te voit ! Il a réussi, au fur et à mesure, à percevoir les choses, parfois même bien mieux que nous. Il a une grande force en lui.

— Que dois-je faire, alors ? J'ai été maladroite…

— Il reviendra vers toi ! N'oublie pas que c'est Noël et que la magie plane dans l'air !

Ces paroles n'ont pas vraiment rassuré Lison. Gaston était toujours distant avec elle…

L'heure du repas du réveillon approchait. La table était mise, les plats, déposés. Une odeur sucrée voletait dans le chalet. Tout était féérique : le décor, la musique, les enfants joyeux. Lison prit une grande inspiration ; elle était là pour donner de l'amour à tout le monde, et c'était ce qu'elle allait faire. Elle prit la petite Jena sur ses genoux et la serra fort dans ses bras.

— Tu as posté ta lettre au père Noël, Lison ? demanda la petite fille.

— Oh, non ! J'ai oublié, Jena.

— Ce n'est pas grave ! Je l'ai postée à ta place ! s'enorgueillit l'enfant.

— Tu as fait ça ? s'étonna Lison.

— Oui ! Comme je ne sais pas bien écrire encore, j'ai fait un dessin avec tout plein de cœurs et j'ai marqué ton nom : L-I-S-O-N. C'est Élisa qui m'a épelé les lettres !

— Sacrée Élisa ! Elle m'étonnera toujours ! En tout cas, je te remercie. J'espère que le père Noël l'aura reçue à temps !

— C'est sûr ! Gaston a porté toutes les lettres tout à l'heure au père Noël. Il paraît qu'il attendait devant la porte.

— Quel coquin, ce père Noël ! Il n'oublie vraiment personne !

— Pourvu qu'il m'apporte ce que je veux.

— Oui, je l'espère, ma chérie…

Les yeux de l'amour

Le repas s'est déroulé à merveille. Tout le monde était repu et les bûches glacées ont été les bienvenues au moment d'entamer les jeux dans l'attente du père Noël. Lison se demandait s'il y avait des cadeaux prévus. Elle aurait voulu participer. Si elle n'avait pas dû dépenser tout son argent pour ces nuits d'hôtel après sa rupture avec Raphaël, elle aurait pu acheter plein de jolis cadeaux à tous ces enfants, et surtout une jolie poupée à Jena.

Gaston, peu avant minuit, disparut du décor. Lison le chercha du regard, mais personne d'autre ne trouvait son départ étrange. Et pour cause, il réapparut à minuit pile, vêtu d'un costume de père Noël ! Il avait dû mettre plusieurs coussins pour enrober son corps, si bien qu'il avait l'apparence exacte que les enfants attendaient. Un magnifique père Noël ! Avec une hotte remplie de cadeaux ! Les enfants ne l'ont pas reconnu, ils n'y ont vu que du feu ! Leurs yeux étincelaient ! Pour eux, c'était le véritable père Noël ! Lison se demandait s'il voyait, s'il percevait cette joie qu'il leur procurait à tous, à elle, en particulier.

Distribution faite, le père Noël s'éclipsa et Gaston revint parmi eux. Camions à friction, livres, bandes dessinées, dînettes, billes, peluches, poupées… Tous les enfants avaient reçu ce qu'ils avaient commandé. Entendre les rires et la joie de tous était extraordinaire ; Gaston avait exaucé la plupart de leurs vœux.

— Tu es contente, Jena ? Tu as eu la poupée que tu voulais. Elle parle, dis donc !

— Oui ! Elle est magnifique, Lison ! Mais je n'ai pas eu les parents que j'avais demandés.

— Tu sais, c'est compliqué pour le père Noël…

Elle était embarrassée devant le désarroi de la petite fille.

— Je sais, lui répondit-elle avec le sourire. Il a fait tout ce qu'il a pu. Peut-être qu'il faut que je lui demande encore l'année prochaine et que je poste ma lettre longtemps à l'avance.

Décidément, cette petite Jena était formidable et très raisonnable pour son âge. Lison lui sourit à son tour ; elle était émue devant tant de courage pour un si petit être.

— Et toi, tu as eu ton cadeau ?

— Oh ! Moi, tu sais, c'est un cadeau qui doit se construire au fur et à mesure. Mais en tout cas, ce soir, je suis heureuse, donc le père Noël a très bien travaillé pour moi aussi !

Il était maintenant très tard, il fallait aller se coucher. Demain était la dernière journée, il fallait que tous les enfants profitent de leurs cadeaux avant de reprendre le car qui les ramènerait au centre.

Une fois tout le monde bordé, Lison n'avait pas envie de gagner son lit. Le courage de Jena l'avait boostée, elle voulait être heureuse, c'était bien ce qu'elle avait commandé cette année, et pour cela, il fallait qu'elle aille parler à Gaston. Elle tapa discrètement à sa porte. Il entendit les petits coups sur le bois et vint lui ouvrir.

— C'est moi, chuchota Lison.

— Je sais.

— Est-ce que je peux entrer quelques minutes ?

— Il est tard, on doit se lever tôt demain matin...

Il était habillé d'un pyjama écossais. Tout fait dans l'esprit de Noël ! Elle sourit. Elle aurait voulu entrer dans ce pyjama avec lui et se blottir dans ses bras.

— Pourquoi est-ce que tu souris ? la questionna-t-il.

— Ton pyjama...

— N'est-il pas beau ?

— Oh, si ! Il est merveilleux !

— Ah, je préfère ça ! Je l'imagine tout à fait chic, parfait pour la nuit du réveillon !

— C'est le cas ! s'esclaffa-t-elle.
— J'aime t'entendre rire, Lison.
— J'aime lorsque tu me fais rire, Gaston. Je voulais te dire... Ce matin...
— Ne dis rien. C'est ma faute. Ton baiser était exquis. Tes lèvres, douces. Je veux juste... Je me suis juré de ne plus être malheureux.
— Pourquoi serais-tu malheureux ?
— Depuis que je t'ai rencontrée dans ce train, mon cœur fait des bonds et des saltos dans tous les sens ! Je ne sais pas ce que tu m'as fait, mais c'est incroyable ! J'aime ta présence, j'aime ton parfum, tu es belle, gentille, avenante, ton rire me fait frémir de plaisir, ton sourire m'illumine... Tu es tout ce que j'aime et tu es arrivée ici comme un cadeau, comme par magie. Jamais personne ne répond à mes annonces pour venir donner du temps à ces enfants qui en ont tant besoin, et toi, tu es apparue comme par enchantement et tu as fait chavirer mon cœur. C'est trop à la fois pour moi. Je n'ai pas eu le temps de réfléchir et j'ai peur d'être malheureux... J'ai peur d'éteindre le bonheur qui m'anime chaque jour en tombant amoureux...

Lison s'est approchée de lui. Elle a déposé ses mains sur son torse. Elle était tout aussi fébrile que lui. Son cœur à elle faisait les mêmes bonds que le sien, son corps tremblait. Elle s'est hissée sur la pointe des pieds et l'a embrassé tout d'abord délicatement. Une façon de le rassurer, de lui dire qu'elle aussi avait souffert, qu'elle n'en avait plus envie non plus, mais qu'elle sentait qu'avec lui, rien ne serait pareil. Ça n'avait pas été le coup de foudre comme ça avait pu l'être avec Raphaël, mais c'était encore mieux. Une douce ascension vers l'amour, une délicieuse invitation au bonheur.

Ses lèvres accentuèrent leur intensité. Gaston, cette fois, répondit à ses baisers. Leurs mains s'entrelacèrent, leurs corps se murent l'un contre l'autre. Ils ne pouvaient plus

Par Agnès Brown

s'arrêter. Une alchimie d'émotions les unissait. Gaston guida Lison vers son lit et, avec ardeur, ils se déshabillèrent l'un l'autre. Une nuit magique s'offrait à eux, une nuit de rêves, une nuit de Noël merveilleuse, digne de leurs plus beaux souhaits.

— 5 —

25 décembre

Ce matin-là, la neige avait laissé place au soleil, il perçait à travers les nuages blancs. Tout le monde avait dormi plus que d'habitude, mais ce fut encore la joie qui prit le pas sur la maisonnée à la table du petit-déjeuner. Les enfants jouaient avec les cadeaux qu'ils avaient reçus, Élisa faisait chauffer l'eau du thé. Les cookies étaient sur la table. Tout était parfait. Lorsque Gaston et Lison entrèrent à leur tour dans la cuisine, une ovation les attendait ! Ils n'avaient trompé personne ! Les enfants avaient bien vu leur amour naissant depuis le premier jour. Alors, lorsqu'ils les virent main dans la main, ce fut un cri unanime de bonheur qui s'éleva à travers la pièce. Jena se jeta sur eux, serrant très fort leurs jambes. Gaston se tourna vers Lison, comme s'il pouvait la voir, et ils se fondirent dans la joie de tout ce petit monde.

Une belle journée s'offrait à eux, malgré les valises qu'il fallait préparer avant le départ. Roulades dans la neige, balades en forêt, vins chauds pour les grands, chocolats mousseux pour les plus petits, tout était parfait et magique. Lison et Gaston ne se séparaient pas, bras dessous, bras dessus, caresses discrètes, baisers volés, Lison était heureuse, le père Noël avait formidablement réussi son pari !

Le départ fut compliqué. Les enfants ne voulaient pas partir. Après avoir promis de se retrouver l'année prochaine, ils sont tous montés dans le bus qui les ramenait dans leur centre d'hébergement. Élisa entreprit le rangement, Lison l'accompagna. Son train était prévu deux heures plus tard. Elle n'avait pas d'endroit où aller et elle avait décidé de rentrer chez ses parents à son retour. Elle allait essuyer les remarques désagréables de son frère et les reproches de son père. Tant pis, elle n'avait pas le choix. Elle ne savait pas ce qu'il fallait faire vis-à-vis de Gaston. Leur nuit d'amour inoubliable, leurs connivences du jour ne pouvaient pas en rester là, mais il était compliqué d'en parler maintenant, juste avant de repartir. Gaston vint la rejoindre et la chatouilla dans le cou.

— Alors ? Qu'as-tu pensé de ce séjour ?

— C'était formidable ! Je n'ai jamais passé un Noël aussi fabuleux ! Les enfants étaient extra et voir leurs yeux pétillants de bonheur a été le plus beau cadeau que je pouvais imaginer. Sans parler de la petite Jena qui est une petite fille géniale ! Si intelligente ! Elle est merveilleuse !

— Oui, c'est vrai. Elle n'a pas eu le cadeau qu'elle attendait, mais elle a assez d'imagination pour trouver une porte de sortie qui la rend heureuse.

Lison avait les larmes aux yeux. Elle ne savait pas si Gaston ressentait sa tristesse. Elle n'avait pas envie de le quitter ni de partir de cet endroit magique.

— J'entends des sanglots dans ta voix, Lison. Que se passe-t-il ?

En guise de réponse, elle se jeta dans ses bras, la tête posée sur son épaule.

— Est-ce que tu veux rester ici, avec moi ? J'ai prévu de rester jusqu'au Nouvel An avant de repartir travailler. Ça te dit ? Ça me ferait vraiment plaisir, Lison.

Elle releva la tête pour regarder ce visage qui l'avait fait chavirer.

— Ça me ferait terriblement plaisir aussi, Gaston !

— Merveilleux ! Alors, préparons la nouvelle année ensemble !

Mais avant de repartir dans des préparatifs festifs, Gaston entraîna Lison dans sa chambre. Ils y restèrent quelques heures, endormis l'un contre l'autre, respirant ce doux parfum de bonheur.

— Épilogue —

Quelques poudres de magie plus tard…

25 décembre, l'année suivante

— Tu viens, Lison ? Les enfants vont bientôt arriver ! chanta Gaston en grimpant vers le chalet en bois.
— J'attends Jena ! Elle joue avec la neige fraîche !
— Dis-lui que le père Noël doit bientôt arriver pour prendre sa lettre ! D'ailleurs, qu'a-t-elle demandé cette année ?
— Un chien ! Elle veut un chien ! Elle a vu que sa demande au père Noël pour avoir des parents a marché, alors maintenant, elle veut un chien !
— C'est merveilleux ! Je rêve d'avoir un chien depuis que je suis tout petit ! Il faut s'activer, alors, Lison ! Il faut trouver un chien très vite ! Un cocker ! Ce serait formidable, tu ne trouves pas, un cocker ?
— Un cocker ? Oui, pourquoi pas… Jena ! Allez, viens, il faut déposer ta lettre dans la boîte que papa a fabriquée l'année dernière ! Tu sais, celle qui a réalisé ton vœu et le mien !
— Oui, maman ! J'arrive !
Lison avait retrouvé le bonheur : il s'appelait Gaston, et comme le bonheur était extensible, il s'appelait aussi Jena depuis peu. Tous trois, heureux et unis, n'avaient qu'une seule devise : prodiguer l'amour et la magie de Noël à tous ceux qui le souhaitaient, à tous ceux qui le demandaient. Lison avait trouvé sa voie professionnelle, cela avait été une évidence après son dernier séjour au chalet : s'occuper de tous ces enfants seuls pour leur donner du rêve et de la joie.
— Maman ? Je crois que Papa a parlé d'un cocker, non ? Tu crois que le père Noël va m'amener un chien ? Je pourrai l'appeler comme je veux ?

Par Agnès Brown

— Oui, bien sûr ! Et qu'est-ce que tu dirais de « Boule de neige » ? C'est un joli nom pour un chien, tu ne trouves pas ?

Ils arrivèrent, tous les trois ensemble, au chalet, un fabuleux Noël les attendait à nouveau cette année ! Un nouveau Noël magique ! Entourés d'enfants à qui ils distribueraient des ballotins de bisous et des guirlandes d'amour.

Cinq Noëls trop tôt

Par Nathalie Sambat

Elle prend son téléphone, cherche son numéro, hésite, le repose sur la table, tente de se concentrer sur une occupation, puis retourne à ce maudit appareil. Cela fait plusieurs heures déjà que Lili est prisonnière de cet exercice ridicule. Ses amies l'adorent, mais là, plus aucune d'entre elles ne supporte son agitation :

— Soit tu l'appelles, soit nous te confisquons ton téléphone ! Le plus entraîné des astronautes serait malade en te voyant tourner en rond de la sorte... et aucune d'entre nous n'a suivi d'entraînements à la NASA !

— Vous êtes marrantes, les filles ! Je lui dis quoi ? « Salut ! Je t'ai planté il y a trois ans, tu te souviens de moi ? Je passais dans le coin et je me suis dit que tu aurais sûrement envie de me revoir ! » S'il n'a pas donné de nouvelles, c'est peut-être pour une bonne raison !

— Avec des « si », on ferait nager des baleines dans des dés à coudre ! Au pire, il te raccroche au nez, tu pleures, nous te consolons, mais au moins, tu es fixée et tu peux avancer ! Appelle ! C'est comme quand tu te fais faire le maillot chez l'esthéticienne : tu respires un grand coup, elle tire la bande de cire d'un coup sec, et hop, c'est fini !

— Oui, enfin... tu oublies le souffle coupé lorsqu'elle le fait, les picotements quand elle désinfecte, les rougeurs qui donnent un effet peau de poulet pendant quelques heures et les poils qui tirent à chacun de tes pas parce que les petits bouts de cire qu'elle a oubliés se coincent dans ta lingerie !

— Appelle !

Lili inspire profondément, appuie sur le petit symbole pour téléphoner et replonge trois ans en arrière...

—1—

1ᵉʳ Noël

C'est l'effervescence à la maison. Les valises, les après-skis, les anoraks, les chaînes, les cadeaux de Noël joliment décorés s'empilent dans le couloir. Demain matin, le grand départ pour les Gets est prévu à 5 h ! C'est la grande transhumance de la famille vers ses quartiers pour les fêtes de fin d'année : un immense appartement dans un chalet au pied des pistes. Lili a beau avoir bientôt vingt-quatre ans, elle ressent toujours la même excitation pour ce moment privilégié. Elle rentre à peine des États-Unis, où elle était partie étudier à l'université pour perfectionner son anglais. Elle avait partagé sa chambre d'étudiante avec Sara, une jeune Américaine passionnée par la décoration intérieure, le design, et avec un petit coup de cœur pour la « French Touch ». Ensemble, elles avaient monté une petite entreprise. Lili venait régulièrement en France pour chiner dans les vide-greniers, chez les antiquaires, les particuliers, le mobilier ancien dont les Américains étaient friands. Elle les mettait en scène ensuite là-bas pour recréer des ambiances « So Frenchy ». Le succès avait été fulgurant et leur installation à New York les avait propulsées dans une notoriété dont seul ce pays a le secret.

Ses passages en France étaient toujours de courte durée, et son emploi du temps, très serré. Cela faisait donc quatre ans qu'elle n'avait pas passé les fêtes de Noël en famille, et cela lui manquait terriblement. Les vitrines et les maisons merveilleusement décorées, le sapin du Rockefeller Center, sa patinoire, les marchés de Noël, les milliers de lumières, tout était magique à New York. Mais si le traditionnel lait de poule et la dinde farcie avaient un charme exotique, l'absence de sa famille et de tous les rituels qui avaient bercé son enfance était difficile. Elle est donc très excitée par ces retrouvailles.

L'écart d'âge avec son frère et sa sœur est grand, ce qui occasionne parfois quelques tensions. Pendant ces séjours, il règne néanmoins toujours une ambiance festive et chaleureuse. Et puis, elle a hâte de retrouver Raphaël, un ami de longue date de son frère qui loue habituellement l'appartement juste au-dessus du leur. C'est la première fois en 6 ans qu'il vient sans Florence. Sa belle est partie sans crier gare il y a six mois avec un collègue de travail. Un coup de foudre qu'il n'a pas vu venir et dont il se remet doucement.

Lili est trop pressée de retrouver ce voisin hivernal. Raphaël est un homme grand, robuste, qui peut sembler un peu rustre quand on ne le connaît pas, mais Lili peut écouter ses aventures pendant des heures. Avec son accent chantant du Sud et une légère tendance à exagérer la réalité, il transforme n'importe quelle anecdote en récit extraordinaire et drôle. Cette manie d'accentuer d'année en année ses péripéties fait rire tout le monde, lui le premier. C'est surtout un vrai sensible, intelligent et drôle. Après le départ de Florence, Lili lui a envoyé un mail amical pour lui témoigner son soutien et sa disponibilité, s'il souhaitait une écoute bienveillante pour passer ce mauvais cap. Des échanges épistolaires s'étaient naturellement mis en place, à des rythmes de plus en plus rapprochés et sur des sujets sans lien avec sa rupture. Lili lui racontait sa vie palpitante entre New York et Paris, pleine de rencontres incroyables, de mésaventures cocasses... Une vie très éloignée de celle de Raphaël, plus proche de la nature : il lui décrivait le lever du soleil au-dessus des vignes, le chant des oiseaux, le geai tombé du nid dont il prenait soin. Dans ces univers très opposés, chacun trouvait une part de ce qui lui manquait. Au fil des échanges, une grande complicité s'était installée.

En arrivant dans cette petite station de Haute-Savoie, Lili retrouve cette ambiance magique des fêtes qu'elle chérit

Par Nathalie Sambat

tant : les toits des vieilles maisons en pierre et en bois recouverts d'un épais manteau de neige se terminant par d'énormes stalactites, des centaines de guirlandes illuminant les rues, les petits chalets en bois vendant des choses improbables et inutiles regroupés autour de la patinoire sur la place du village, l'odeur d'épices, du vin chaud et des gaufres que les skieurs engloutissent les joues toutes rouges après une journée de glisse...

Raphaël les attend au pied du chalet et Lili est surprise par sa métamorphose. Elle avait en souvenir un grand costaud, toujours un peu mal fagoté. Elle le retrouve aminci, très élégamment habillé – ce qui n'est pas simple aux sports d'hiver – et avec une nouvelle coupe de cheveux mettant en valeur une barbe de trois jours parfaitement travaillée. Lui aussi marque une expression d'étonnement en voyant Lili descendre de la voiture. Il avait quitté une étudiante au look un peu hippie, avec des dreads et des foulards sur la tête, et il se retrouve face à une femme au charme sophistiqué. Chacun se sent troublé, intimidé, mais se saluer en se prenant dans les bras se fait de manière très naturelle, non sans quelques palpitations chez l'un comme chez l'autre.

Si Raphaël occupe officiellement l'appartement du dessus, il n'y passe que très peu de temps. Du petit-déjeuner jusqu'au coucher, il partage chaque moment de la journée avec la famille de Lili. Il aime bien sûr passer du temps avec son meilleur ami, mais il apprécie encore plus la présence de la pétillante jeune femme. Il la trouve drôle, intelligente, gentille et vraiment très jolie. Lili aime toute la tendresse et la douceur qui se cachent derrière ce côté *bad boy* et fond complètement pour son sourire si charmeur. Au fil des jours, la complicité grandit, tout comme l'évidence d'un coup de foudre réciproque inavoué.

Le jour du réveillon est enfin arrivé. Traditionnellement, un tirage au sort désigne les deux personnes en charge de la

Cinq Noëls trop tôt

préparation du repas, en prenant soin de retirer ceux des trois années précédentes pour un roulement plus juste. Et cette année, le hasard a choisi Lili et Raphaël. La cuisine n'est pas l'endroit où elle excelle le plus, ses compétences s'arrêtant à celles de goûteuse et de critique. Mais elle se réjouit de pouvoir partager ce moment avec lui. Et effectivement, la complicité opère aussi autour des fourneaux : ça danse, ça chante et ça rigole beaucoup ! Au moment de lui faire goûter la sauce de son plat, Raphaël lui met la cuillère sur le bout du nez en explosant de rire. En quelques secondes, la cuisine se transforme en champ de bataille. Aucun écart d'âge ne semble exister ! Tout nettoyer est finalement plus long que la préparation du dîner et la mise en place de la belle table…

Tout le monde est parti en début d'après-midi pour profiter avec les petits neveux des activités de la station : balades sur le traîneau du père Noël 2.0 tiré par une motoneige, distribution de bonbons par ses lutins, spectacle dans la petite église, open-bar de chocolat chaud à la patinoire, etc. Alors que la nuit est tombée depuis un petit moment, Raphaël et Lili s'apprêtent à rejoindre le reste de la famille en bas des pistes pour assister à la descente aux flambeaux autour d'un vin chaud. Leurs mains se superposent accidentellement sur la poignée de la porte de l'appartement, qu'ils ont eu l'idée d'ouvrir en même temps. Aucun des deux ne retire sa main, chacun soutient le regard de l'autre avec une intensité qui fait fondre le cœur de Lili. Simultanément, ils se jettent dans les bras l'un de l'autre et s'embrassent passionnément, comme pour apaiser les tensions amoureuses des derniers jours. Les baisers sont brûlants, les mains, audacieuses, les corps, éveillés. Ce moment assez torride est malheureusement interrompu par le retour du frère de Lili, venu récupérer des affaires pour ses deux fils. En marchant tous les trois pour aller rejoindre le reste de la famille, Raphaël se colle contre elle pour que leurs mains se touchent en toute discrétion.

En tant qu'organisateurs du repas, ils trônent chacun à une extrémité de la table. Malgré la dizaine de convives qui les sépare, ils ne parviennent pas à se quitter des yeux. Le dîner est joyeux, le père Noël passe une nouvelle fois au moment où les enfants de son frère le cherchent à l'extérieur, la magie de Noël opère. Lili se couche des étoiles plein les yeux, le cœur débordant d'amour… Elle tourne et vire dans son lit, essayant avec peine de trouver le sommeil. Elle entend alors comme un bruit de papier sous son oreiller. Elle y découvre un petit paquet cadeau avec un mot. Il n'est pas signé, mais il n'y a aucun doute sur l'origine. « Tu es mon évidence, je t'aime. » Ces quelques mots accompagnent un magnifique bracelet en or blanc.

La nuit a été courte ! Ils ont échangé des messages une grande partie de celle-ci et, le peu qu'elle a dormi, Raphaël a été dans ses pensées. Ils ont convenu de garder leur idylle secrète dans un premier temps. Si leur amour est sincère, les six mille quatre cents kilomètres qui les séparent représentent une équation difficile à résoudre. Le budget et la fatigue pour un week-end en amoureux pourraient avoir raison de cette belle histoire et ils préféraient prendre le temps de voir où cela les mènerait avant d'officialiser tout cela. Ne pas sauter au cou de Raphaël lorsqu'il arrive à l'appartement est une véritable torture. Ils font leur possible pour que l'intensité dans leurs regards ne les trahisse pas, mais c'est un exercice difficile… Les moments où ils peuvent se retrouver seuls sont rares, mais ils en profitent pleinement pour vivre cette passion secrète : des baisers volés dans un couloir, des mains qui s'entrelacent sur un télésiège et les fugues de Lili lorsque tout le monde dort. Comme une adolescente, elle quitte sa chambre sur la pointe des pieds, tourne la clé dans la serrure au ralenti sans respirer et court rejoindre Raphaël.

Cinq Noëls trop tôt

Elle adore le trouver endormi, se glisser sous sa couette et se serrer contre son corps tout chaud. Un réveil à 6 h met fin à cette tendre parenthèse et Lili regagne son lit avec les mêmes précautions qu'à son départ.

Aujourd'hui, comme tous les ans, le frère de Lili et Raphaël partent pour une journée de ski extrême avec un groupe de moniteurs et un guide qu'ils connaissent depuis des années. Ils partent tôt pour regagner le versant suisse de la montagne et s'amuser dans la poudreuse. Une journée entre hommes, avec une pause déjeuner dans le refuge d'un ancien berger qui fait lui-même une eau-de-vie tord-boyau qui aiderait n'importe quel débutant à faire du slalom !

Lili en profite pour rester un peu seule et s'offrir un moment de détente au soleil sur la terrasse du bar d'altitude. Il est urgent d'appeler ses amies pour raconter cette merveilleuse histoire qui lui arrive et évacuer toutes ces émotions gardées secrètes. Les mots sortent de sa bouche à la vitesse des balles d'un fusil mitrailleur dans les pauvres oreilles de Sara. Parler soulage Lili, elle garde ça depuis son arrivée et ne peut se confier à personne d'autre. Tandis que Sara tente de bien comprendre les propos de son amie, Lili remarque un jeune homme qui lui sourit derrière la vitre du café. Il est attablé avec un groupe, mais ne la quitte pas des yeux.

— Sara ? Il y a un drôle de type qui ne cesse de me faire des risettes depuis tout à l'heure à travers la baie vitrée du bar !

— Il est mignon ?

— Avec les reflets du soleil, je ne vois pas bien. Tu sais, au ski, entre les sous-pulls, les bonnets et les lunettes de la taille de pare-chocs, difficile à dire ! Et puis, il n'y a que Raphaël que je trouve beau, même s'il était un yéti ou un dahu !

— Le pauvre inconnu, il n'a aucune chance ! Je ne t'ai jamais connue aussi accro !

— Zuuuut ! L'inconnu se dirige vers moi !

Par Nathalie Sambat

— Alors je te laisse, ma belle ! Bisous !
— Non ! Surtout pas ! Je n'ai…
Trop tard, elle a déjà raccroché.
Lili a à peine le temps de ranger son téléphone dans sa poche que l'inconnu s'assoit en face d'elle.
— Ça vous embête si je prends place ici ?
— Vous demandez toujours la permission après avoir fait les choses ?
La réponse un peu sèche le surprend, mais ne le décourage pas pour autant :
— Vous êtes ici pour skier ?
Lili ne peut retenir une expression de surprise tant sa question est… étonnante ! « Il y a un boulet à deux mille mètres d'altitude et il est pour moi ! Quelle est la prochaine étape que me réserve la vie ? Une fiente de mouette au milieu des Alpes ? » pense-t-elle.
— Non, je suis là pour faire de la plongée sous-marine. Et vous ? Vous êtes venu observer les tortues pondre sur la plage ? dit-elle en rigolant.
Il explose de rire.
— Je faisais le pitre, Lili, mais visiblement, tu ne me reconnais vraiment pas ! J'ai eu du mal à te reconnaître aussi, tu me diras ! Depuis tout à l'heure, je t'observe en me demandant si c'est bien toi…
C'est un grand brun aux yeux marron, les cheveux mi-longs retenus en arrière par une paire de lunettes de soleil, une barbe de trois jours et un très beau sourire. Son visage est doux, mais totalement inconnu…
— On se connaît ? Vous êtes sûr ?
— Première B2, Terminale A1, ça ne te dit rien ? Léandro !
— Mais non ! Léandro le rigolo ? Ça alors ! Tu as tellement changé… Je ne t'aurais jamais reconnu !

Cinq Noëls trop tôt

— C'est normal ! Je faisais au moins vingt kilos de plus, dont dix-neuf d'acné, j'avais des barbelés sur les dents et les cheveux longs ! Un peu de sport, un bon coiffeur et un chagrin d'amour plus tard, tu vois un peu le beau gosse ?

— Pas trop dur, le chagrin d'amour, quand même ?

— Non, une histoire ancienne, maintenant ! Mais toi aussi, tu as changé ! Ce sont ton sourire et tes fossettes qui t'ont trahie ! Alors, raconte-moi, qu'est-ce que tu deviens ?

Ils passent des heures à se remémorer les souvenirs du lycée, à se donner des nouvelles d'anciens élèves et à se raconter leur vie. Lui termine une école d'ingénieur sur Paris et fait des allers-retours en Italie où se trouve sa famille. L'échange est drôle, sympathique et, sur quelques sujets, profond. Lorsque le serveur leur annonce la fermeture du bar, la nuit est déjà tombée. Rentrés se mettre à l'abri du froid deux heures plus tôt, ils n'ont pas vu le temps passer. Elle n'a aucune nouvelle de Raphaël, mais ne s'en inquiète pas. La journée « extrême » est toujours très intense et se termine tard. Il est en permanence dans ses pensées en arrière-plan toute la journée.

Elle lui envoie un petit message, puis ils entament la descente vers le village. Le ciel est dégagé et la lune est particulièrement lumineuse. Cela donne des reflets bleutés aux pistes et les petits points lumineux de la station en contrebas rendent l'ensemble féérique. Le silence de ces espaces habituellement surchargés de monde les fait se sentir privilégiés. Même s'ils sont tous les deux des skieurs aguerris, la visibilité malgré tout restreinte les oblige à avancer plus lentement. Sur les passages plus étroits ou plus dangereux, Léandro est très attentionné. Il lui signale les plaques de verglas, les bosses non visibles, l'attend après chaque virage. Ils marquent plusieurs fois des pauses, juste pour contempler ces étranges paysages.

Par Nathalie Sambat

Léandro accompagne Lili jusqu'au pied du chalet. Sa famille, venue d'Italie pour passer les fêtes, loue de l'autre côté du village. Il l'invite à venir dîner chez eux le lendemain soir, pour partager une soirée bruyante, mais sympathique « à l'italienne », mais Lili décline, préférant profiter de son amoureux. Il lui propose également de venir le rejoindre dans la maison de ses parents en Italie où il organise un Nouvel An avec beaucoup d'anciens du lycée. Raphaël y est le bienvenu. La proposition est tentante : ils pourraient vivre au grand jour leur amour, et l'entente avec ces anciens amis ne ferait aucun doute. Elle lui demande un temps de réflexion et regagne l'appartement.

Elle est contente de constater que son frère est rentré et cherche en vain Raphaël :

— Raphaël n'est pas avec vous ?

— Non, il est chez lui. Et tu ne devineras jamais ce qui lui arrive ! Quand nous sommes rentrés, il y avait Florence qui l'attendait sur le pas de la porte, les yeux gonflés de larmes, mais pas que !

Le cœur de Lili se serre.

— Comment ça, pas que ??

— Elle est enceinte de 6 mois et prétend que c'est lui le père ! Ça a beaucoup crié, pleuré, discuté, puis ils sont partis chez lui pour parler calmement ! Il avait l'air complètement perdu, le pauvre...

Lili est effondrée. Aucun mot ne parvient à sortir de sa bouche. Elle est paralysée... Son frère lui tend le petit verre d'eau-de-vie provenant de leur virée du jour qu'il a à la main. Elle l'avale d'un seul trait sans sentir la moindre brûlure. Rien ne fait descendre la boule qu'elle a dans la gorge.

— Ce n'est pas parce que je ne dis rien que je suis aveugle, petite sœur. Ne t'inquiète pas, Raphaël est un peu sonné, il faut juste lui laisser du temps pour régler ça !

— Je vais monter le voir...

— Non, crois-moi ! Il a suffisamment de pression comme ça, ta présence ne ferait qu'empirer les choses. Fais-lui confiance !

Les heures qui passent sont interminables. Lili a les yeux rivés sur son portable, mais il n'y a toujours aucun message de Raphaël. Elle ne parvient à trouver le sommeil que grâce à un abus du breuvage local ramené par son frère. Sa matinée se passe dans un mélange de brouillard de gueule de bois et d'angoisse, toujours sans nouvelles de son amoureux. Il est midi lorsqu'elle reçoit un SMS : « Retrouve-moi dehors, s'il te plaît ! »

*

Il a les traits tirés, le regard fatigué et un air triste. Lili ne peut retenir ses larmes en marchant vers lui avec un visage tout aussi marqué. Il la prend dans ses bras et la serre fort contre lui en lui chuchotant en boucle : « Je suis désolé ! » Lili éclate en sanglots. Il a du mal à trouver ses mots :

— Mon amour, je t'aime à la folie et je ne ressens plus rien pour elle. Mais elle porte ma fille ! Je suis complètement sonné et j'ai besoin d'un peu de temps pour digérer tout ça... Je ne peux pas la foutre dehors maintenant, comme ça ! Je dois faire les choses proprement, pour ce bébé qui n'a rien demandé. Elle dort dans le canapé. Il n'y a que toi, mon amour. J'ai juste besoin que tu me fasses confiance et que tu me laisses un peu de temps. Tu comprends ?

— Je crois que oui... Je suis juste un peu sous le choc ! Je rentrais hier soir pour te proposer une semaine en Italie chez des amis, et j'apprends que tu vas être papa ! Et l'absence de nouvelles a été une torture ! Ne fais plus jamais ça, s'il te plaît... Je te laisse du temps, mais pas dans le silence. As-tu imaginé que cet enfant pourrait ne pas être le tien ?

— Je suis un peu perdu, mais c'est vrai que j'aurai dû t'envoyer un message pour te rassurer. Je suis désolé, mon

Par Nathalie Sambat

amour. Et bien sûr que j'ai pensé que je pourrais ne pas être le père, mais je vois dans ses yeux qu'elle ne me ment pas !

Lili ne peut retenir la colère qui monte en elle :

— Tu veux dire les mêmes yeux qui te juraient qu'elle ne te trompait pas lorsqu'elle partait rejoindre son collègue ? Tu fais encore confiance à ces yeux-là ?

Raphaël reste silencieux et se contente de la serrer encore plus fort contre lui. Lili espère qu'il résiste à ce chantage à la paternité, mais au fond d'elle, elle sait qu'elle a perdu. La distance et un bébé, ça déséquilibre beaucoup trop les chances de réussite de leur couple. Elle l'embrasse une dernière fois, dessert son étreinte et rentre chez elle. Elle se cache sous sa couette et n'en sort qu'à la nuit tombée pour aller prendre l'air, seule, sur les chemins de neige déserts. Son téléphone est resté muet tout l'après-midi...

À son retour, elle aperçoit Raphaël et Florence de profil, debout sur leur balcon. Il a ses mains posées sur le ventre arrondi.

Elle s'effondre dans la neige et pleure toutes les larmes de son corps.

Elle ne peut pas rentrer chez elle avec ces yeux bouffis et se met en marche comme un zombie vers le village. Elle s'assoit sur un banc de la patinoire, pose ses bras sur la rambarde, y cache sa tête et tente de se raccrocher à ses dernières paroles. Lui faire confiance !

Elle sent alors une main sur son épaule.

— Celui qui te met dans cet état est probablement un imbécile !

Elle lève la tête vers Léandro qui la regarde avec tendresse avant de poursuivre.

— Ma si ! C'est oun' imbécile ! lui répète-t-il avec un accent italien.

L'Italie ! Voilà la meilleure option qui vient à l'esprit de Lili. Il veut du temps pour gérer la situation et elle ne sup-

Cinq Noëls trop tôt

porte pas de le voir se faire manipuler. L'idée que Florence et son gros ventre puissent passer le réveillon du Nouvel An avec eux lui est insupportable, et celle de ne plus partager ses nuits avec Raphaël encore plus…

— Tu rentres quand chez toi ?

— Demain matin, pourquoi ? On t'emmène ?

— Je t'expliquerai plus tard, mais oui, je veux bien…

— D'accord ! Ça sert à ça, les amis. Sois prête pour 6 h, on passe te prendre au chalet !

— 2 —

2ᵉ Noël

Dans la salle d'embarquement, Lili a le cœur un peu lourd en pensant à sa famille sûrement déjà arrivée aux Gets. Encore un Noël sans eux... Elle a préféré la proposition de Léandro au plan qui se dessinait là-bas : Raphaël seul, mais toujours pas libéré de Florence et de leur fille.

Après sa fuite en Italie, Raphaël avait effectivement donné signe de vie : de longs mails qu'il écrivait tard dans la nuit ou des appels lorsqu'il était seul. Lili avait beau essayer de lui faire confiance, ces échanges en cachette lui laissaient un arrière-goût amer. Il répétait qu'il n'y avait aucune relation ambigüe avec Florence, mais Lili restait la femme de l'ombre, comme une maîtresse dont on doit absolument taire l'existence.

Raphaël hébergeait son ex jusqu'à l'arrivée du bébé, car la grossesse était compliquée. Elle devait rester alitée, était sans famille proche et sans ressources, puisqu'elle avait quitté son poste en même temps que son collègue. Il répétait qu'après la naissance de sa fille, Florence trouverait un job et il l'aiderait à s'installer quelque part. Elle reconnaissait là sa générosité, son grand cœur, mais aussi sa naïveté. Il semblait évident que Florence profiterait au maximum de la situation. Puis elle se calmait, se sentant honteuse de cette jalousie qui l'envahissait dès qu'il parlait d'elle.

Lorsque sa fille est née, il a fallu attendre que Madame se remette de ses couches. Elle avait subi une césarienne et une hémorragie avait failli la tuer. Elle était faible, il fallait attendre, encore... Puis le bébé est tombé malade. Les médecins parvenaient à le stabiliser sans trouver les origines de ses insuffisances rénales. Une maladie rare lui provoquait des lésions sur les reins ; les journées allaient au rythme des dialyses et des séjours à l'hôpital. Florence ne pouvait pas retravailler et une greffe de rein n'était pas envisageable avant les trois ans de l'enfant !

Raphaël s'offrait une semaine seul aux sports d'hiver pour souffler un peu, mais surtout pour revoir Lili. L'année avait été tellement difficile pour Lili qu'il lui était juste impossible de patienter deux ans de plus ! Elle savait qu'en le revoyant, la passion renaîtrait, seulement pour une semaine ; cela représentait beaucoup trop de souffrances ! Il était malheureux de ce choix, mais comprenait. Il n'était pas en mesure d'exiger quoi que ce soit vu les conditions…

Pour supporter tout cela, Lili s'était investie encore plus dans son travail. Grâce aux contacts de Léandro, elle proposait également à ses riches clients américains des produits de design italiens et français. Elle avait élargi la gamme rétro/brocante au luxe/moderne. Elle partageait son temps entre les États-Unis, la France et l'Italie. Elle s'enivrait du boulot en attendant le moment propice pour dessouler : celui où Raphaël lui reviendrait.

Léandro avait été un véritable soutien dans cette période particulière. Il avait été à son écoute, de bon conseil et très présent lors des séjours de Lili sur Paris. Il l'aidait à perfectionner son italien et libérait du temps pour l'accompagner à certains rendez-vous professionnels importants sur la grande botte. Leur amitié était sans faille et la petite bande d'anciens du lycée s'était reformée grâce à lui. Ils lui avaient tous fait la surprise de venir la voir à New York lorsqu'elle avait appris pour les problèmes de santé de la fille de Raphaël. Elle était contente de le retrouver pour les fêtes.

— Les passagers pour le vol à destination de Rome sont priés de se présenter porte 12. Embarquement immédiat !

*

Le cœur de Lili s'était serré en survolant les Alpes, mais la vue de toute la bande d'amis l'attendant à l'aéroport éloigne

Par Nathalie Sambat

sa tristesse. Chaque jour qui passe est délicieux. La Dolce Vita n'est pas un mythe. Ce Noël a un goût particulier, mais reste plus agréable que ce que Lili s'était imaginé. Depuis son arrivée, elle ne consulte son téléphone et ses mails qu'une fois par jour. Et en ce jour de Noël, elle choisit de ne pas répondre à l'appel de Raphaël pour lui souhaiter de joyeuses fêtes. Après tout, lui non plus ne répondait pas lorsqu'il n'était pas seul ! Eh bien, c'est à son tour de ne pas être disponible. Elle entame en même temps que les petits-fours une cure de désintoxication de Raphaël...

La soirée du Nouvel An est juste incroyable. Léandro mérite toujours son surnom de rigolo. Il est toujours joyeux, positif, drôle. Lili lui dit souvent qu'elle ne comprend pas son célibat et qu'il ne doit pas rester sur l'échec de cette ancienne histoire d'amour amaigrissante. Il était fou d'amour pour une demoiselle légèrement plus vieille et plus expérimentée que lui. Plein de complexes, comme beaucoup de jeunes, il n'en revenait pas que quelqu'un comme lui pouvait intéresser une jeune fille comme elle. Il cédait à tous ses caprices, en permanence aux petits soins pour elle, il était fou amoureux. Mais quelques mois seulement après le début de leur relation, il avait découvert un blog qu'elle tenait en cachette et où elle racontait avec ironie tout ce qu'il faisait, y compris au lit. Les publications étaient humiliantes, autant que les commentaires, dont certains de camarades de classe. Elle ne cessait de décrire à quel point il était naze et terminait toujours ses textes par : « Vivement demain ! Croire qu'il ne peut pas y avoir pire, c'est ne pas connaître L. le looser ! » Il avait porté plainte, mais le traumatisme était grand, et la dépression qui a suivi, profonde. Il avait alors entrepris une transformation intérieure et physique, mais n'avait plus jamais fait confiance aux femmes. Lili avait été extrêmement choquée de la violence de cette histoire et lui répétait que très peu de femmes, heureusement, étaient comme ça. Il ne répondait jamais... Alors ce soir, à minuit, lorsqu'ils se prennent dans les bras pour se souhaiter une bonne année, elle émet un vœu pour lui :

— Je te souhaite une très belle et heureuse année, mon Léandro, et merci d'être toi ! Je fais le vœu que tu rencontres enfin l'amour que tu mérites et que tu vives de jolies choses !

— Je te souhaite tout le meilleur aussi, ma belle. Et pour l'amour, qui te dit que ce vœu n'est pas déjà exaucé ?

— Quoi ? Et tu ne me dis rien ? Je veux tout savoir... Où ? Quand ? Qui ? Comment ? dit-elle en rigolant.

Il la regarde droit dans les yeux avec une intensité que Lili ne lui connaît pas.

— Ici ! Maintenant ! Toi ! Comme ça !

Et il l'embrasse. Un baiser doux, tendre, auquel Lili, surprise, ne sait pas comment réagir. Elle n'avait jamais envisagé cela, mais la douceur de ses lèvres lui enlève toute résistance. Ils méritent tous les deux d'être aimés, d'être heureux. Elle verra bien où cela les mène...

— 3 —

3ᵉ Noël

Léandro s'applique seul à décorer le sapin. Cette année, ce sont ses parents qui viennent passer les fêtes à Paris. Lili n'est pas en état de lui donner un coup de main. Les comprimés qu'elle vient de prendre lui donnent très vite envie de dormir. Elle est toujours en pyjama et n'a pas eu la force d'aller jusqu'à la salle de bains depuis sa précédente crise de larmes. C'est comme ça que sont rythmées ses journées depuis quelques semaines : Dormir – Pleurer – Prendre ses médicaments – Redormir…

L'année avait pourtant bien commencé. Son amitié profonde pour Léandro s'était transformée en amour. Pas le même que celui qu'elle avait ressenti pour Raphaël, le passionnel qui foudroie et contre lequel il est impossible de lutter, mais un amour sincère et romantique. La rupture avec Raphaël, même si, dans les faits, ils ne se voyaient jamais, avait été douloureuse pour les deux. Lui la suppliait de lui laisser du temps, elle, de lui rendre sa liberté. Ils avaient interrompu tous leurs échanges. En milieu d'année, elle avait su par son frère que des examens en vue d'une greffe pour le bébé avaient appris à Raphaël qu'il n'était pas le père biologique. Elle avait eu envie de lui écrire, mais ne savait trop que dire. Lui faire part de cet immense sentiment de gâchis qui la traversait alors aurait été juste inutile. Il n'avait d'ailleurs pas mis Florence et son bébé à la porte pour autant, par pitié, et peut-être aussi par peur de ce vide auquel il aurait dû faire face ?

Hormis cette petite période de trouble dans l'esprit de Lili, la vie avec Léandro était belle et simple. Chaque retour de New York était une douce parenthèse où ils prenaient soin l'un de l'autre. Ils aimaient sortir, voyager ou rester lovés dans le petit appartement parisien de Léandro. Ils se reconstruisaient ensemble et profitaient pleinement de chaque petit plaisir que la vie leur offrait. Jusqu'à cet appel de sa sœur en sanglots que Lili aurait aimé ne jamais recevoir un soir d'octobre :

— Ma Lili... Il faut que tu sois forte et que tu rentres en France... C'est horrible... Papa et maman ont eu un terrible accident de voiture. Ils sont morts sur le coup !

Lili n'avait pas vraiment réalisé la nouvelle. Elle avait senti son cœur se déchirer, comme sous l'effet d'un violent coup de poignard, mais aucune larme n'avait coulé. Elle était restée muette, paralysée. Comme un automate, elle était revenue en France. Elle avait envie de hurler sa douleur, de pleurer, d'exorciser son chagrin, mais rien ne sortait ! Elle culpabilisait en voyant tout le monde autour d'elle complètement effondré alors qu'elle ne parvenait à n'exprimer aucune émotion. Raphaël était venu assister aux obsèques. Ses paroles avaient le même effet que celles des autres personnes : Lili voyait des lèvres bouger, répondait, mais sans savoir ce qu'elle avait entendu ou dit.

Lili avait anormalement repris très vite le cours de sa vie, juste avec cette douleur permanente sur le cœur et une difficulté à respirer. Pendant deux mois, elle avait suscité l'inquiétude de ses proches, de ses amies et surtout de Léandro. Ils savaient tous que Lili était comme un volcan, dont le magma s'accumulait dangereusement sous la croûte terrestre...

L'éruption s'était produite début décembre en arrivant à Paris. Il avait neigé et, dans le taxi qui l'emmenait chez Léandro, elle s'était mise à pleurer sans pouvoir s'arrêter en observant par la vitre de la portière arrière les décorations de Noël. Léandro l'avait retrouvée dans un état de prostration, la tête sur les genoux, les yeux tuméfiés par les larmes, impossible à calmer. Elle n'arrivait pas à parler... Elle pleurait !

Par Nathalie Sambat

pleurait! pleurait! Les pompiers l'avaient finalement emmenée à l'hôpital où seule une injection avait pu arrêter cette énorme crise de nerfs. Après une cure de sommeil d'une semaine, elle était rentrée à la maison, mais luttait chaque jour contre une envie de disparaître à son tour et prenait de quoi dormir dès que son cerveau se remettait en marche.

Ce soir, alors que Léandro s'occupe du sapin, Lili lui sourit et fait un signe de la tête pour lui dire qu'il est beau. Mais Noël, elle s'en fout! Elle se bat contre une incessante envie de mourir, alors elle se lève, chancelle jusqu'à sa chambre et fuit cette insupportable réalité sous sa couette.

Les fêtes de fin d'année passées, Lili commence à se sentir légèrement mieux. Le traitement commence à faire effet, mais surtout, elle se sait tranquille pour un an avant que les merveilleux souvenirs en famille liés à cette période de l'année ne reviennent la faire souffrir. Et puis, si ses «beaux-parents» sont des gens adorables, ils sont vivants. Les voir pendant deux semaines interagir avec leur fils a été une torture pour elle. Elle était bien sûr heureuse pour Léandro, mais chaque discussion, attention, câlin, lui renvoyait le grand vide que l'absence des siens avait laissé. Après avoir été sa période favorite pour la magie qu'elle dégageait, Noël est définitivement pour Lili le pire moment de l'année.

— 4 —

4ᵉ Noël

La plage de Grande Anse est une pure merveille ! Le sable fin est une caresse pour la plante des pieds, la mer bleu turquoise se mélangeant avec le ciel immaculé de nuages est une invitation permanente à la contemplation, et la végétation autour, un paysage de carte postale. C'est Léandro qui a eu l'idée de ce voyage en Guadeloupe, loin des sapins, des guirlandes et de la famille. Lili lui en est infiniment reconnaissante, car elle appréhendait les fêtes qui approchaient. Si le deuil n'est pas complètement terminé, les moments d'apaisement sont plus nombreux. Porter un masque et un tuba un 24 décembre pour observer les tortues, les oursins et les poissons multicolores dans les eaux chaudes des Caraïbes était exactement ce dont elle avait besoin !

Le repas du réveillon se fait sur la plage, sous un palmier, avec un verre de Planteur, des acras, du poulet boucané et un flan coco acheté au bokit du coin. Pour celui du Nouvel An, ce sera une soirée en tête-à-tête sur un voilier loué par Léandro au large des Saintes, loin de toutes festivités. Commencer l'année par une séance de plongée dans une eau à vingt-sept degrés ne peut être que de bon augure !

Et puis, ce voyage, c'est aussi un peu celui de la mise au point pour le couple. L'entente entre eux a toujours été bonne, la communication, fluide, mais la relation, sans grands embrasements amoureux. Ils sont comme des amis qui partagent le même lit. Ils en discutent régulièrement, calmement, sans se déchirer. Ils s'aiment bien, plus qu'ils ne s'aiment. Ils se seraient probablement déjà séparés si Lili n'avait pas vécu ce choc un an plus tôt. Ces vacances, c'est pour voir si ailleurs, dans d'autres circonstances, quelque chose de plus fort émerge.

Par Nathalie Sambat

La complicité et l'affection qu'ils ont l'un pour l'autre sont grandes, mais insuffisantes. Ils ont conscience d'avoir été une béquille l'un pour l'autre le temps de réapprendre à se tenir droit. Ils choisissent à leur retour de rester amis et Léandro déménage deux semaines après leur retour. Ils continuent à se voir de temps en temps, partagent des sorties avec leurs amis, mais poursuivent leur vie chacun de leur côté. Lili vit bien cette séparation, elle s'inscrit à des cours de salsa, de batterie, s'engage dans des associations caritatives… pour rattraper le temps perdu et ne pas avoir trop de temps libre pour penser.

Au printemps, elle choisit de céder ses parts d'entreprise à Sara. Le décès brutal de ses parents et la profonde dépression qui a suivi lui ont fait réaliser à quel point la vie est précieuse et que chaque journée peut être la dernière. Elle refuse de la consacrer à des futilités, car choisir des rideaux assortis à du papier peint « so Frenchy », voilà ce que c'est devenu pour Lili. Elle a suffisamment d'argent de côté pour laisser venir d'autres choses. Elle souhaite quitter Paris, s'installer à la campagne et se consacrer à sa nouvelle passion : la peinture.

Pour les vacances d'été, ses amies lui ont organisé une surprise : une semaine de vacances « entre filles » dans le sud de la France. Elles ne le savent pas, mais la maison qu'elles ont louée n'est qu'à quelques kilomètres de chez Raphaël. Elle n'a plus de nouvelles depuis longtemps, autres que quelques brides par son frère de temps en temps. Florence est partie depuis plus d'un an, il ne vient plus aux sports d'hiver et il avance avec des hauts et des bas. Mais cette proximité, ça lui ravive ce passé douloureux autant que l'intensité de leur histoire, aussi courte a-t-elle pu être. Et puis, il est bon de nettoyer tout ça et de laver toutes ces rancœurs, ces regrets. Alors, sous les encouragements de ses amies, elle l'appelle :

Cinq Noëls trop tôt

— Bonjour !

Le cœur de Lili s'emballe instantanément en entendant sa voix.

— Raphaël, c'est...

— Vous êtes bien sur le répondeur de Raphaël. À vous de jouer, je vous rappelle plus tard.

Lili raccroche. C'est peut-être mieux ainsi, après tout...

— 5 —

5ᵉ Noël

— Le studio au dernier étage ? Super ! Je prends ! On fera les contrats à mon arrivée demain ! Merci beaucoup, je suis trop contente !

Lili jette une valise sur son lit et cherche dans ses cartons celui contenant ses affaires de sports d'hiver. Elle a emménagé dans cette maison dans les Cévennes il y a deux mois. Cette vie au milieu de la nature et les grands espaces lui vont bien. Elle continue d'apprendre la musique et commence à vendre quelques toiles. Chaque matin, en prenant le temps de déjeuner sur sa terrasse, elle savoure ce paysage de chaînes montagneuses recouvertes de châtaigniers. Sa vie d'avant, au rythme infernal, n'est plus qu'un lointain souvenir dont elle se demande s'il a vraiment existé. Sa maison au milieu des bois lui permet de recevoir ses amis, son frère et sa famille, sa sœur et son mari… Léandro a prévu d'y venir en janvier avec sa petite amie. Cet environnement est propice à la paix et Lili s'y sent merveilleusement bien. Elle appréhendait les fêtes de fin d'année, mais avait refusé les invitations. Il lui restait une dernière chose à faire pour tourner définitivement cette page : se réconcilier avec Noël et retrouver les souvenirs d'avec ses parents. Le traumatisme en avait enfoui beaucoup. Elle était prête à transformer ce chagrin en douce nostalgie. Par chance, un désistement de dernière minute venait de libérer un appartement dans le chalet de son enfance. L'heure de se réconcilier avec ses fantômes lui est apparue comme une évidence en voyant tomber les premiers flocons ce matin…

Le col qui mène au village est plein de souvenirs. Elle passe le parking avant la grande montée où il avait fallu monter les chaînes sous une épaisse tempête de neige et qui

Cinq Noëls trop tôt

avait fini en bataille de boules de neige familiale lorsqu'elle avait une dizaine d'années. Les rochers qui longent la route, habituellement recouverts de stalactites, laissent cette année ruisseler des petits cours d'eau qui disparaissent sous le goudron. En prenant de l'altitude, elle retrouve les sapins couverts de neige, dont les branches plient sous le poids de ce manteau blanc trop lourd. Petite, chacun de ses repères était la promesse de la venue prochaine du père Noël. La magie commençait en bas de ce fameux col.

En cinq ans, sa vie avait tellement changé, alors que le village était resté intact. À croire qu'il s'était endormi ! Même les congères qui longent le chemin menant au chalet semblent être les mêmes depuis toujours. Le chalet se dresse fidèlement au milieu des sapins. Il est bon de voir que si certaines choses disparaissent, tout ne s'écroule pas. Ce qu'il reste, Lili est aujourd'hui prête à le voir comme une douce piqûre de rappel des jours heureux. En descendant de sa voiture, quelques flocons se mettent à tomber, comme un cadeau de bienvenue.

La première nuit est un peu agitée. L'altitude lui fait toujours cet effet-là, et le peu qu'elle a dormi, Raphaël est venu hanter ses rêves. Au petit matin, elle découvre les pistes recouvertes de neige et observe le ballet des dameuses entre les remontées mécaniques en savourant son chocolat chaud. Lors de son petit tour au marché, elle retrouve les odeurs de fromage, de charcuterie et de vin chaud de son enfance, et, chose incroyable, le stand d'un monsieur qu'elle a toujours connu. C'est un bonimenteur qui vend depuis toujours des choses aussi inutiles qu'improbables. Chaque année, il propose de nouveaux produits : des machines pour couper les pommes de terre et avoir des frites parfaitement calibrées à coups de « Mesdames, chose incroyable, cette machine est entièrement et très facilement démontable pour passer dans le lave-vaisselle ! Allez-y, approchez-vous, goûtez, constatez

Par Nathalie Sambat

par vous-même comme ces frites sont idéalement cuites grâce à cette découpe parfaitement calibrée ! », des lots de valises avec « Pour cent euros Mesdames, vous n'avez pas une, ni deux, mais trois valises résistant à une charge de plus de deux cents kilos ! Non, vous ne rêvez pas, Mesdames ! Je sais, c'est incroyable ! »... Cette année, il faisait dans la poêle dans laquelle le caramel carbonisé ne collait pas. Lili est au spectacle, ce monsieur est un génie de la vente. Elle sourit en se rappelant de sa mère qui lui tirait le bras pour ne pas écouter ce charlatan misogyne ; puis elle découvrait plus tard le calibreur de frites dans un placard.

Au fil des jours, Lili se réapproprie ses souvenirs et déguste ce séjour comme sa madeleine de Proust.

En cette journée de réveillon, une belle météo permet à Lili de profiter du domaine skiable. Elle dévale à toute allure les pistes qu'elle connaît par cœur, retrouve toutes ses sensations de glisse, de liberté... Le soir, elle redécouvre ces petits moments de plaisir lorsqu'elle desserre ses chaussures de ski qui compriment ses chevilles, l'impression d'être pieds nus lorsqu'elle enfile ses chaussures. Des petits riens qui font son tout. Après un bon bain chaud, elle est trop fatiguée pour ressortir observer la descente aux flambeaux. Le balcon du dernier étage, un plaid sur les épaules et une infusion bien chaude seront parfaits pour ce soir. Bien installée sur son fauteuil, de la fumée sortant de sa bouche, elle observe cette chenille de petites lucioles descendre au milieu des sapins. Elle sourit en observant des enfants sur le bord de la piste en train de prêter leur écharpe à un vieux bonhomme de neige. Elle partage son balcon avec l'appartement d'en face. Elle ne les voit pas grâce à une séparation en bois, mais les voisins aussi ont visiblement opté pour ce spectacle au chaud. Elle devine les flashs d'un appareil photo et sent une bonne odeur de plat qui mijote. Cette odeur lui rappelle cet après-midi passé avec Raphaël en cuisine. Elle sourit, se sent en paix et rentre se mettre au chaud.

Son portable, resté à l'intérieur, lui indique par une petite lumière clignotante, la réception d'un message. Elle arrête de respirer en découvrant un SMS de Raphaël : « Je ne t'ai jamais oublié, je ne t'oublierai jamais, je t'aime. Je t'attends. » Une photo est jointe : celle d'une descente aux flambeaux. Sur le côté de la piste, des enfants mettant une écharpe à un bonhomme de neige !

Son cœur bat tellement fort qu'il pourrait déclencher une avalanche. Elle retourne sur le balcon respirer un grand coup, tout en gardant les yeux rivés sur son message. Il est là, il l'attend ! Elle tente de redescendre un peu en émotion avant de l'appeler, elle est incapable de parler pour le moment. Elle a juste envie de crier de joie. Elle réalise alors que l'angle de vue de la photo est particulièrement identique à celui qu'elle a de son balcon ! Se peut-il que… ? Elle n'ose y croire ! Fébrile, elle compose son numéro et entend une sonnerie de téléphone sur le balcon des voisins. Elle raccroche aussitôt et la sonnerie s'arrête. C'est impensable… Il est là, juste à côté, ils ne sont séparés que par une simple cloison en bois.

Elle se précipite à l'intérieur, saute dans un pantalon et s'apprête à sortir pour aller le rejoindre lorsque son téléphone sonne. C'est lui qui la rappelle. Son cœur est au bord de l'explosion. Raphaël prononce dans un soupir :

— Lili !

— Oui…

Aucun autre mot ne parvient jusqu'à sa bouche. Elle est submergée d'émotions, tout comme Raphaël.

— Je suis tellement heureux de t'entendre… C'est… Excuse-moi, j'ai un peu de mal à trouver les bons mots…

— Je le suis aussi, Raphaël. Ton message, ta photo et maintenant ta voix, c'est un sacré cocktail émotionnel !

Par Nathalie Sambat

— T'entendre me bouleverse également, ma Lili. J'ai tellement de choses à te dire... Je risque d'être un peu confus, je te préviens !

— Pareil pour moi. Mais je t'en prie, je t'écoute...

— Tout d'abord, je te demande pardon pour tout le mal que je t'ai fait. Florence, elle n'a jamais remis les pieds dans ma chambre. J'ai fait tout ça pour ce bébé que je croyais être le mien. J'ai grandi sans père et je ne sais que trop le vide que ça fait. Je ne voulais pas ça pour elle. J'étais complètement perdu, j'ai cru que j'allais devenir fou. Je ne voulais pas te perdre, mais je ne pouvais pas être libre non plus. Je t'ai égoïstement demandé de m'attendre, en espérant trouver une solution à cette situation kafkaïenne. Mais rien ne s'est enchaîné comme prévu. Il y a eu les complications médicales de Florence, puis de la petite. Et même lorsque j'ai su que je n'étais pas le père biologique, malgré toute la colère qui m'a envahi face à cet ignoble mensonge, je ne pouvais pas juste les jeter dehors. Ce bébé, je m'en suis occupé jour et nuit lorsque Florence était au plus mal, puis je l'ai accompagné à tous ses rendez-vous médicaux, ses examens, ses hospitalisations. Il y avait de si grosses machines pour un si petit corps. Ma présence la rassurait, il y avait tant d'amour dans ses yeux... Quel homme aurais-je été si je l'avais laissé tomber à ce moment-là ?

— Mais pourquoi m'appeler en cachette uniquement ? Comment croire que rien n'avait repris entre Florence et toi alors que tu me traitais comme ta maîtresse ?

— Parce que j'étais perdu. Parce que j'étais con. Parce que je ne savais pas comment offrir un foyer normal à cet enfant avec un papa en couple avec une autre femme. C'était le bordel absolu dans ma tête, dans ma vie...

— Comment as-tu fait pour qu'elles s'en aillent ?

— Florence refusait d'informer le père biologique qu'il avait une petite fille. Mais l'urgence de son état de santé a été

Cinq Noëls trop tôt

plus forte que ses considérations d'égo à deux balles. D'abord complètement opposé au fait d'aider cet enfant, il est revenu vers Florence quelques jours après. Cela les a finalement rapprochés et il a investi son rôle de père. Les filles se sont installées chez lui.

— La petite ne te manque pas trop ?

— Si ! Son départ a été douloureux. J'allais la voir à l'hôpital, en prenant soin d'espacer mes visites, pour qu'elle s'habitue doucement à mon absence. Je reçois quelques photos et des nouvelles de temps en temps. C'est une belle poupée, tu sais, très courageuse ! La greffe a été possible à ses trois ans et ça a été son père, le donneur compatible. Depuis, elle grandit et vit normalement. C'est une miraculée. Je suis fier d'elle et heureux d'avoir pu partager un petit bout de sa vie, même si le prix à payer a été très élevé. Je ne l'ai réalisé que lorsque tu m'as quitté…

— Quitter est un bien grand mot. J'ai juste mis un terme à nos échanges épistolaires et aux appels de quelques minutes auxquels j'avais droit quand tu sortais acheter du pain. Notre histoire aura été bien courte, finalement, par rapport au mal qu'elle nous a causé à tous les deux !

— Courte, certes, mais d'une intensité inégalée et inégalable. Je t'ai dans la peau, Lili, c'est plus fort que moi. J'ai essayé d'autres bras, d'autres bouches, je n'y arrive pas. Tu es dans mes pensées, dans mon cœur, quoi que je fasse ! Je mourrais d'envie de t'écrire, de t'appeler, mais je ne voulais pas briser ton couple pour ne rien t'offrir de plus que des moments volés. Puis le drame avec tes parents s'est produit. J'ai vu comment Léandro te soutenait, prenait soin de toi. Tu semblais hagarde. Tu parlais avec les gens, mais tu n'étais pas là… Ma situation n'était pas ce dont tu avais besoin pour passer cet effroyable moment. J'ai cessé d'y croire et t'ai laissé vivre ta vie en priant pour qu'un jour, tu me reviennes.

Par Nathalie Sambat

— Cette place dans l'ombre que tu m'as laissée m'a rendue tellement malheureuse. J'ai détesté être cette femme jalouse et suspicieuse que j'étais devenue. J'essayais de rester celle que tu avais aimé un court instant lors de nos échanges, pour que tu reviennes, mais intérieurement, je brûlais de colère, d'injustice, de frustration. Je t'ai détesté, je crois, même. L'amour et la haine ne sont jamais très éloignés, paraît-il... Mais ni d'autres bras ni d'autres bouches n'ont pu remplacer ce que nous avons vécu. Peut-être ne regrettons-nous que la projection de ce qu'aurait été notre relation sans tout ça ?

— Je ne crois pas. Je ne sais pas où tu es actuellement, peut-être à New York, à Paris ou à Rome, mais viens me rejoindre, s'il te plaît. Il faut mettre un terme à ces cinq années de torture.

— Je me suis installée dans les Cévennes il y a peu. C'est fini, cette vie de dingue... D'ailleurs, que fais-tu là-bas ? C'est bien la piste des Gets que je reconnais sur la photo ?

— Oui, c'est la première fois que j'y remets les pieds depuis notre rupture. Je n'ai plus jamais célébré cette fête. La vue d'une guirlande me filait trop le bourdon. Cette année, j'ai eu envie de faire la paix avec tout ça, retrouver les choses douces de ma vie d'avant et obtenir ton pardon.

— Oui, je comprends parfaitement... Tu crois toujours en la magie de Noël ?

— Oui ! Depuis que je suis ici, je retrouve des repères qui me font du bien. Il ne manque que toi...

— Alors, ouvre ta porte, s'il te plaît...

— 6 —

6ᵉ Noël

Raphaël taquine Lili en sortant un paquet emballé du coffre de la voiture :

— Je ne sais pas pour qui est celui-ci, mais il n'y a aucun doute sur ce qu'il contient ! Laquelle de tes toiles offres-tu, mon amour ?

— Comme tu y vas ! Parce que c'est plat, carré, dur sur les côtés et mou au milieu, tout de suite tu imagines que c'est un tableau ?

— Si tu réponds à ma question par une autre question, c'est qu'en plus, il est pour moi... Ah ah ah !

— Ça, c'est la seule réponse dont tu as besoin ! dit Lili en rigolant juste avant de lui balancer une boule de neige et en s'enfuyant aussi vite que la neige épaisse au sol le lui permet pour éviter les représailles.

Raphaël la rattrape, la serre contre lui et l'embrasse amoureusement, non sans glisser ensuite un peu de neige dans le cou de Lili. C'est trempés et morts de rire qu'ils arrivent à l'appartement où ils sont attendus.

Cette année, ils rejoignent le « nouveau clan » qui a décidé de remettre à l'honneur la tradition familiale dans ce même grand appartement au pied des pistes. Ils retrouvent le frère de Lili avec sa femme et ses enfants, mais aussi sa sœur avec son mari et la petite fille de six mois qu'ils viennent d'adopter, ainsi que Sara, célibataire depuis peu et qui avait envie de découvrir notre dessert traditionnel, transformé en « bouche de Noël » par son délicieux accent.

Pour Lili et Raphaël, c'est aussi l'occasion de fêter leurs un an de vie commune. Depuis leurs retrouvailles, ils ne s'étaient plus quittés. Après de nombreux allers-retours chez l'un ou chez l'autre, Lili avait fini par s'installer définitivement chez lui. Il avait hérité assez jeune de la propriété de sa mère, un grand mas perdu au milieu des vignes sur la Côte d'Azur. La maison était grande et un studio à l'étage faisait office d'atelier de peinture. De la fenêtre, Lili pouvait y voir le golfe de Saint-Tropez. Raphaël avait son atelier d'ébéniste sur le côté de la maison. Ils ne parvenaient jamais à travailler plus d'une heure sans se rejoindre pour se prendre dans les bras et s'embrasser.

Les derniers évènements avaient quelque peu éloigné malgré eux les membres de la famille. Même si tout le monde était dispersé géographiquement, même si les emplois du temps de chacun étaient compliqués, les Gets avaient toujours été le doux nid où les parents de Lili parvenaient à réunir tout le monde. Lili n'avait pas eu de mal à les convaincre de renouer avec cette tradition. C'est sûrement ce qu'auraient souhaité ses parents.

Cette année, c'est Sara et Louis qui ont été tirés au sort pour la préparation du repas de réveillon. Louis, c'est le célibataire qui loue l'appartement du dessus. Il est venu avec son fils passer les vacances et il est toujours chez eux pour jouer avec les neveux de Lili. Sara et Louis, ça avait été comme pour Raphaël et Lili, un coup de foudre immédiat qu'ils essayaient de ne pas s'avouer. L'inviter pour le réveillon avec son fils avait été une évidence pour tout le monde. Pour forcer un peu le destin, Lili avait inscrit le prénom de Sara sur tous les petits papiers roses et celui de Louis sur tous les bleus pour le tirage au sort. Les regards échangés entre eux lors du repas de Noël ne laissaient aucun doute sur ce qui se dessinait. Raphaël et Lili, collés l'un contre l'autre, les regardent avec tendresse en se remémorant le début de leur histoire.

La table est magnifiquement dressée, le repas est délicieux et l'ambiance est joyeuse. On se remémore des souvenirs hilarants, des anecdotes incroyables… de vieilles histoires comme ciment de ce clan réuni.

Cinq Noëls trop tôt

Ce soir, au pied du sapin, Raphaël ne se doute pas du cadeau qui l'attend. S'il a deviné qu'il s'agissait d'une toile, il ne se doute pas de ce qu'il va y trouver : un tableau gris et noir avec juste un petit haricot blanc peint au milieu. Dans l'enveloppe qui l'accompagne, un petit mot : « À deux mois, il ou elle ressemble sûrement à cela. Je t'aime. »

Un Noël inattendu
Par Clora Fontaine 7

Je refuse de fêter Noël !
Par Zéa Marshall 47

La gauche porte bonheur
Par Jessica Motron 91

Aimer, c'est ce qu'il y a de plus beau
Par Bella Doré 121

Un Noël plein de surprises
Par Mickaële Eloy 163

La boule à neige de Noël
Par Marie-Claude Catuogno 195

Les yeux de l'amour
Par Agnès Brown 227

Cinq Noëls trop tôt
Par Nathalie Sambat 261

À découvrir dans la collection Romance Addict

Cœurs de Soldats
Tome 1 : Parce que c'est toi…
de Bella Doré

Doutes
Tome 1 : La part des anges
de Zéa Marshall

À paraître prochainement :

Plumes à Plume
de Nathalie Sambat

Doutes
Tome 2 : L'ivresse assassine
de Zéa Marshall

Addictive, acidulée, sexy, passionnée.
Une collection inédite, originale.
Elle se décline en 3 styles :
Romance, Sexy Romance et Dark Romance.

Retrouvez nos auteur(e)s, nos nouveautés, nos actualités sur la page Facebook de Romance Addict

Découvrez les autres collections de JDH Éditions

Magnitudes
Drôles de pages
Uppercut
Nouvelles pages
Versus
Les collectifs de JDH Éditions
Case Blanche
My feel good
Les Atemporels
Quadrato
Baraka
Les Pros de l'éco

L'Édredon
La revue littéraire de JDH Éditions

Venez découvrir les textes de la revue

Suivez **JDH Éditions** sur les réseaux sociaux
pour en savoir plus sur les auteurs,
les nouveautés, les projets…

Inscrivez-vous à notre Newsletter sur

www.jdheditions.fr
Pour recevoir l'actualité de nos nouvelles
parutions